Sermons du Bouddha

Môhan Wijayaratna

Sermons du Bouddha

La traduction intégrale de 20 textes du Canon bouddhique

PRÉFACE DE MICHEL HULIN

Éditions du Seuil

COLLECTION « POINTS SAGESSES »
DIRIGÉE PAR VINCENT BARDET ET JEAN-LOUIS SCHLEGEL

La première édition de cet ouvrage a été publiée
en 1988 aux Éditions du Cerf.

En couverture : le geste des mains de la célèbre statue
à Saranath, IIIe siècle) représente le Bouddha prêchant
son premier sermon. Dans l'art bouddhique, ce geste est connu
sous le nom de *dharma-cakra mudrā*.

ISBN 2-02-0815572-9

www.seuil.com

À la mémoire de
Ven. Nyanaponika Thera (Siegmund Feniger)
(Hanau, 1901-Kandy, 1994)

Préface

Le Canon pāli constitue un corpus immense même si l'on se limite, comme c'est le cas ici, aux « Corbeilles » (piṭaka) *dans lesquelles ont été recueillies et regroupées en textes autonomes* (sutta) *les paroles du Bouddha. Il a donc fallu procéder à des choix, ce qui ne va jamais sans une part d'arbitraire. La présente anthologie parvient cependant – me semble-t-il – à réduire cette part au minimum. On retrouvera ici les grands textes classiques sur les quatre nobles vérités, la Coproduction conditionnée, le* karman, *les Recueillements, etc. Mais, à côté d'eux, M. Môhan Wijayaratna présente quantité d'autres passages du Canon pāli, d'intérêt égal quoique de moindre notoriété. Le lecteur y trouvera ample matière à réflexion, ainsi que la possibilité de se faire du bouddhisme, de son éthique en particulier, une image moins conventionnelle et moins dogmatique que celle qui a cours habituellement. Ce n'est d'ailleurs pas un hasard si l'auteur a choisi de placer en tête de son recueil un* sutta *consacré à l'esprit de libre examen. On notera, à cet égard, l'importance que le bouddhisme accorde à la notion d'attention* (sati) *ou de vigilance, au point de la placer quasiment à la racine de toutes les vertus (extrait 8). On appréciera aussi la souplesse, le réalisme psychologique des préceptes relatifs à l'acquisition et à la jouissance des biens matériels, du moins s'il s'agit des laïcs (extraits 5 et 6). On mesurera également le véritable fossé qui, en tout cas sur certains points, sépare les règles valables pour les laïcs de celles qui s'appliquent aux moines. Il y a là une scission qui n'a cessé, jusqu'à nos jours, de peser lourdement sur le destin historique de la communauté bouddhique* (saṅgha) *et l'a peut-être même empêchée de se présenter tout à fait comme une religion à part entière.*

*Sur le plan proprement philosophique – ou sotériologique –, la richesse de ces textes n'est pas moindre. On a parfois tendance à penser que la philosophie bouddhique ne prend son véritable essor que plus tard, avec les premiers commentateurs et la littérature scolastique dite d'*Abhidhamma. *En fait, une lecture attentive des* Sermons *permet de constater que la plupart des options métaphysiques majeures présentées et discutées par les penseurs du Theravāda et du Mahāyāna s'y trouvent déjà contenues, au moins en germe. On pourrait même aller jusqu'à se demander si les systèmes philosophiques classiques du bouddhisme ont vraiment pris en compte et traduit en concepts toute la richesse du contenu des* Sermons. *Que l'on s'interroge, par exemple, sur le* Sīvaka-sutta *(extrait 13). On y verra se dessiner un point de vue assez peu « orthodoxe » – si l'on ose dire – qui refuse d'expliquer l'expérience affective, heureuse ou malheureuse, des individus par la seule rétribution karmique mais invoque sur le même plan qu'elle (et non plus subordonnés à elle à titre de simples « causes prochaines ») des facteurs tels que l'état de santé, le cours des saisons, divers accidents fortuits, etc. Dans un autre registre, il est clair qu'un texte comme l'*Anattalakkhaṇa-sutta *(extrait 10) présente la doctrine de Non-Soi d'une manière assez différente de celle qui a prévalu dans la littérature d'*Abhidhamma. *La notion de Soi n'y est pas rejetée comme contradictoire en elle-même. Elle est simplement posée comme un X qu'il n'est pas légitime d'identifier à ce qui se donne dans l'expérience sous* *la forme des cinq agrégats (corps, sensations, perceptions, etc.). Bref, il se pourrait que toute une partie de l'enseignement des* Sermons *demeure aujourd'hui encore à l'état d'« impensé ».*

On espère donc vivement que la traduction, si précise et limpide à la fois, de M. Wijayaratna contribuera à faire accéder un plus large public à un corpus qui demeure la nourriture spirituelle de centaines de millions d'hommes. Puisse surtout, par-delà les stéréotypes hérités du XIXe *siècle, s'établir enfin une relation vivante et féconde entre la pensée européenne et la très ancienne et toujours vivante tradition bouddhique !*

Michel Hulin

Professeur émérite à l'université de Paris-Sorbonne

Remerciements

Ce livre constitue la traduction intégrale de vingt sermons tirés des textes principaux du *Canon bouddhique[1], à savoir trois *suttas* (skt. *sūtra*) appartenant à l'*Aṅguttara-nikāya*, un des longs *suttas* du *Dīgha-nikāya*, six *suttas* faisant partie du *Majjhima-nikāya* et dix *suttas* du *Saṃyutta-nikāya*.

Si j'ai accompagné chaque *sutta* d'un avant-propos, c'est pour indiquer dans quelles circonstances tel ou tel sermon a été prononcé, et pour en souligner le contexte doctrinal et son rapport avec les autres passages analogues qui se trouvent dans divers endroits des textes canoniques. J'espère ainsi que de telles informations aideront le lecteur à mieux comprendre le caractère particulier de chacun des sermons présentés dans ce volume.

En premier lieu, je tiens à exprimer toute ma gratitude à mon maître, M. André Bareau, qui a bien voulu prendre le temps de lire mon manuscrit et de me prodiguer d'utiles et précieux conseils.

Ce travail a pu aboutir à sa rédaction finale grâce à des amis, que je dois remercier : le Pr Richard Gombrich, M. Éric Blanc et M. Jean-Claude Toutain, qui m'encouragent constamment dans mes travaux ; Mlles Marie-Thérèse

1. Pour le Canon bouddhique pāli, voir le tableau p. 28.

Drouillon et Brigitte Carrier ainsi que Mme Catherine Ojha, qui ont relu le manuscrit ; Mlles Chantal Duhuy et Isabelle Shelagowsky et le personnel de la bibliothèque des Instituts d'Extrême-Orient, qui m'ont aidé dans ma tâche de diverses façons. Ma pensée reconnaissante va également au P. Pierre Massein, de Saint-Wandrille, qui m'a fait rencontrer quelques bons amis au début de mon séjour à Paris, il y a maintenant plusieurs années.

Mes remerciements vont enfin à M. Michel Hulin, professeur à l'université de Paris-Sorbonne, qui a accepté d'écrire la préface de ce livre.

Môhan Wijayaratna

Paris, le 18 juillet 1988

Abréviations

A.	*Aṅguttara-nikāya,* 6 vol., PTS., 1885-1910.
AA.	*Aṅguttara-nikāya-aṭṭhakathā*, 5 vol., PTS., 1924-1975.
D.	*Dīgha-nikāya*, 3 vol., PTS., 1889-1910.
DA.	*Dīgha-nikāya-aṭṭhakathā*, 3 vol., PTS., 1886-1932.
Dhap.	*Dhammapada*, PTS., 1914.
DhapA.	*Dhammapada-aṭṭhakathā,* 4 vol., PTS., 1906-1914.
Iti.	*Itivuttaka*, PTS., 1948.
J.	*Jātaka*, 7 vol., PTS., 1877-1897.
Khap.	*Khuddakapāṭha*, PTS., 1931.
litt.	littéralement.
M.	*Majjhima-nikāya*, 3 vol., PTS., 1888-1902.
MA.	*Majjhima-nikāya-aṭṭhakathā*, 5 vol., PTS., 1892-1938.
Ps.	*Paṭisambhidāmagga,* 2 vol., PTS., 1905-1907.
PTS.	Pali Texts Society, Londres.
S.	*Saṃyutta-nikāya*, 5 vol., PTS., 1884-1898.
SA.	*Saṃyutta-nikāya-aṭṭhakathā*, 3 vol., PTS., 1829-1937.
skt.	sanskrit.
Sn.	*Sutta-nipāta*, PTS., 1913.
SnA.	*Sutta-nipāta-aṭṭhakathā*, 3 vol., PTS., 1883.
Theg.	*Theragāthā*, PTS., 1883.
ThegA.	*Theragāthā-aṭṭhakathā,* 3 vol., PTS., 1940-1959.

Therig. *Therīgāthā*, PTS., 1893.
TherigA. *Therīgāthā-aṭṭhakathā*, PTS., 1893.
Ud. *Udāna*, PTS., 1885.
UdA. *Udāna-aṭṭhakathā*, PTS., 1926.
v. verset(s).
Vin. *Vinaya-piṭaka*, 5 vol., PTS., 1879-1883.
Vsm. *Visuddhimagga*, Harvard University Press, Cambridge (Massachusetts), 1950.

Tous les mots et les expressions précédés d'un astérisque (*) sont expliqués dans le glossaire.

Introduction

C'est à l'âge de trente-cinq ans, quelques semaines après l'*Éveil, que le Bouddha commença à prêcher[1].

Dès lors, pendant quarante-cinq ans, il s'adressa jusqu'à sa disparition[2] aux membres de toutes les catégories sociales. Ainsi, dans l'histoire des religions, le Bouddha apparaît comme un maître qui exposa une discipline mentale qu'il avait lui-même déjà pratiquée avec succès et une réalité qu'il avait lui-même parfaitement comprise par le développement de ses propres capacités intérieures.

S'il voyagea bien souvent dans des provinces même très lointaines, ce fut pour rencontrer ceux qui, selon lui, avaient besoin de conseils religieux. De nombreux passages canoniques montrent cet infatigable conseiller parlant avec un paysan près d'une rizière, discutant avec un ascète au pied d'un arbre, exhortant un groupe de femmes venues lui rendre visite, encourageant un renonçant au bord d'une rivière ou encore s'entretenant avec un disciple malade afin

1. Tout d'abord, le Bouddha avait hésité à prêcher. D'une part, il pensait que sa *Doctrine serait mal accueillie, car il s'agissait d'un enseignement « allant à contre-courant, profond et subtil ». D'autre part, l'humanité se révélant attachée aux désirs et recouverte par les ténèbres de l'illusion, il pensait qu'elle ne pourrait comprendre cette Doctrine. Un peu plus tard, cependant, il constata que des gens étaient à même de l'appréhender.

2. Le Bouddha a atteint le **parinibbāna* à l'âge de quatre-vingts ans, très probablement en l'année 480 avant J.-C.

de le consoler. Pendant ses longs voyages, soit au bord d'une grande rue, soit dans un endroit où il passait la nuit, soit dans un lieu public[1], le Bouddha rencontra des gens intéressés par son mode de vie, sa ligne de pensée, et il leur prêcha la *Doctrine. Certaines personnes enthousiastes venues de très loin cherchaient l'endroit où le Bouddha séjournait, afin de lui rendre visite et d'entamer une discussion avec lui.

Pendant la saison des pluies, le Bouddha prononçait ses sermons dans une salle de réunion de la ville ou dans une résidence où il séjournait provisoirement[2]. Bien souvent, les premiers rangs de l'auditoire étaient occupés par les renonçants[3]. On trouvait parmi les *auditeurs (laïcs et renonçants) non seulement ceux qui cherchaient à atteindre les hauts sommets du *progrès intérieur, mais aussi ceux qui y étaient déjà parvenus. Même dans les cas où le Bouddha s'adressait à une seule personne, des tiers assistaient à l'entretien[4]. Une écoute attentive ainsi qu'une discussion sur le thème précédemment débattu permettaient à ces auditeurs d'améliorer leur connaissance théorique sur tel ou tel sujet doctrinal et d'apprendre comment aborder ces sujets devant les non-bouddhistes.

Parfois, dans l'après-midi, des auditeurs venaient discuter avec le Bouddha. De même, lorsqu'il en avait la possibilité, le Bouddha rendait visite à ces auditeurs, notamment ceux qui vivaient dans la solitude ou en petits groupes. En effet, selon les rapports canoniques, lorsque le Bouddha séjournait pendant un certain temps dans une

1. Dans un parc, dans la salle de réunion d'un bourg, etc.

2. Il existait de telles résidences à proximité des villes principales, comme Sāvatthi, Rājagaha, etc.

3. Ces renonçants, qui étaient souvent auprès du Bouddha, étaient appelés dans les textes canoniques par le nom commun *sāvakā* (féminin, *sāvikā*), c'est-à-dire les « auditeurs ».

4. Dans l'éducation ancienne, l'érudition découlait du fait d'écouter longuement et abondamment (*bahussuta*), afin d'apprendre parfaitement le sujet traité.

province, les *disciples demeurant dans cette province avaient pour habitude de lui préparer un siège dans leurs résidences, dans l'espoir d'avoir sa présence et de pouvoir l'accueillir à n'importe quel moment de l'après-midi. Le but de ces visites était d'encourager les disciples dans leur application des méthodes du progrès intérieur. Le Bouddha pouvait ainsi leur prodiguer des conseils particuliers sur la voie à suivre pour éliminer les *écoulements mentaux toxiques (*āsavā*). Même lorsqu'il rencontrait un disciple malade afin de lui apporter son soutien moral, il entamait avec lui une discussion sur un sujet doctrinal. Aux yeux du Bouddha, une bonne compréhension de la Doctrine par ses adeptes était un élément très important. Même quelques minutes avant sa disparition, il demanda plusieurs fois à ses auditeurs de lui poser des questions en cas de doutes à propos de son Enseignement, afin qu'ils n'aient pas à regretter plus tard de ne plus pouvoir les dissiper [1].

Les discussions et les sermons attribués au Bouddha sont désignés dans les Écritures canoniques par le nom commun **sutta* (skt. *sūtra* ; litt. « fil »). Chaque *sutta* contient principalement une ou plusieurs idées exprimées par le Bouddha, mais aussi d'autres renseignements intéressants, à savoir : le lieu où le Bouddha prononça le sermon en question, la personne à laquelle il était destiné, les interventions qui se produisirent le cas échéant pendant le discours et, enfin, le sentiment exprimé par le ou les interlocuteurs du Bouddha à propos de ses idées ou des explications qu'il put en donner. On constate dans de nombreux cas la satisfaction de l'auditoire. En effet, lorsqu'un interlocuteur n'était pas convaincu par les paroles du Bouddha, la fin du *sutta* concerné le mentionne clairement.

1. D. II, 154-155 ; voir Môhan Wijayaratna (ci-après nommé M. W.), *Le Dernier Voyage du Bouddha*, Paris, Éditions Lis, 1998, p. 108-109.

D'après les Écritures canoniques, les prédications du Bouddha furent généralement bien accueillies.

Il se produisit quand même quelques mécontentements populaires dans les régions dominées par les idées traditionnelles des brāhmanes, dans la mesure où les jeunes intellectuels y étaient fréquemment attirés par l'Enseignement du Bouddha[1]. Du reste, les idées et le mode de vie de celui-ci firent rapidement des adeptes chez les ascètes sérieux, dont certains devinrent ses disciples en abandonnant leurs pratiques ascétiques excessives.

De cette façon, l'Enseignement se propagea dans diverses provinces, notamment dans les régions urbaines. Appartenant à une classe sociale libre et bien informée, les hommes d'affaires des grandes villes soutenaient ce nouveau mouvement religieux. Il y eut aussi de nombreux hommes et femmes ordinaires qui furent attirés, non pas toujours par l'Enseignement, mais plutôt par la grande personnalité du Bouddha. Cela ne signifie pas que celui-ci ait encouragé le culte de la personnalité. Au contraire, il voulut s'effacer derrière la Doctrine (**dhamma*) qu'il dispensait. En s'adressant aux gens qui voulaient l'adorer, il disait : « Ne me regardez pas, regardez plutôt mon Enseignement[2]. » Il n'est pas inutile, toutefois, de dire quelques mots sur la personnalité de cet homme, afin de mieux comprendre dans quelle mesure elle l'a aidé dans sa « carrière » de maître religieux.

S'il est fort probable que la physionomie du Bouddha a différé sensiblement des portraits effectués depuis une vingtaine de siècles par les sculpteurs et les peintres des pays bouddhistes, il est pourtant possible de s'accorder avec eux sur deux points importants : en premier lieu, la physionomie du Bouddha ne laisse jamais transparaître la mélancolie ou la tristesse ; en deuxième lieu, elle est tou-

1. Parmi eux, il y avait de nombreux jeunes brāhmanes.
2. S. III, 120 ; voir aussi M. I, 12-13.

jours caractérisée par un air serein[1]. Sans doute cette sérénité n'est-elle pas une invention des artistes. En effet, le Bouddha jouissait manifestement d'une paix intérieure née, d'une part, d'une parfaite maîtrise de soi, d'autre part, de l'élimination complète du mécontentement, de la *haine, de l'attachement, du *désir, de la peur et de l'*illusion. Il est donc facile d'imaginer que cet état mental parfait a pu lui procurer le charme physique nécessaire à un « meneur d'hommes ». Les Écritures canoniques le décrivent comme élancé, grand, doux, mince, toujours en bonne forme ; ses contemporains le trouvaient beau ; ses gestes étaient pleins d'assurance, et ses paroles étaient empreintes de consolation et d'honnêteté.

Un des aspects importants de sa personnalité fut, à mon avis, son origine noble, souvent mentionnée dans les textes canoniques ; ceux-ci rapportent que ce fut en abandonnant son célèbre clan Sākya (de la classe sociale des guerriers aristocrates) qu'il entra dans la vie sans foyer[2]. Grâce à cette haute naissance, il fut respecté, malgré ses opinions philosophico-religieuses à contre-courant, par les membres des classes sociales supérieures de la société contemporaine, pour qui la notion de haute extraction était extrêmement importante. Ce fut même, vraisemblablement, cette origine qui lui facilita les contacts avec des représentants de la haute société pour s'entretenir avec eux des sujets doctrinaux.

1. Cependant, une statue appartenant à l'art de la région de Gandhara (IIIe siècle) et qui représente Gōtama en ascète extrêmement maigre, toutes ses côtes ressortant, est, à tort, désignée dans plusieurs ouvrages français illustrés, comme « Le Bouddha en méditation ». À proprement parler, cette statue ne représente pas le Bouddha en méditation, mais Gōtama avant l'*Éveil, alors qu'il s'adonnait à des pratiques ascétiques extrêmes – pratiques qu'il condamna lorsqu'il devint Bouddha. Néanmoins, par cette œuvre d'art, le sculpteur avait l'intention de démontrer l'intense détermination et l'effort énergique du *Bōdhisatta Gōtama essayant d'atteindre l'Éveil.

2. Nous ne songeons pas pour autant à dire que le Bouddha approuvait le système des classes ou celui des castes de la société de son époque. Au contraire, il les critiqua dans divers sermons. Voir *infra*, p. 75.

Ainsi, il compta parmi ses fidèles au moins deux puissants rois de l'époque et plusieurs princes et princesses.

En outre, la personnalité du Bouddha fut enrichie non seulement par les qualités mentales qu'il avait parfaitement développées, mais aussi par les capacités surhumaines qu'il avait déjà acquises en pratiquant des *exercices mentaux. Tout comme n'importe quel ascète sérieux ayant atteint une haute étape du progrès intérieur, le Bouddha possédait bien sûr certaines compétences surhumaines comme le pouvoir de connaître la pensée d'autrui par sa propre pensée (*para-cittavijānana-ñāṇa*), la capacité de voir ce qui n'est pas visible avec des yeux humains (*dibbacakkhu-ñāṇa*), la capacité d'entendre ce qui est inaudible pour les oreilles humaines (*dibbasōta-dhātu*), etc. De telles facultés l'aidèrent sans doute à mieux connaître le véritable caractère et les aptitudes réelles de ses auditeurs en quête de ses conseils pour avancer dans la voie du progrès intérieur.

S'il faut en croire la tradition, afin de convaincre les gens, le Bouddha employait parfois les pouvoirs miraculeux qu'il avait acquis avant son Éveil par la pratique d'exercices mentaux[1]. Parmi les nombreux miracles qui lui sont attribués, beaucoup sont des scènes légendaires. Cependant, une chose est sûre : grâce à ses exercices mentaux, il possédait une énorme capacité d'influence sur le plan psychique. S'il lui arrivait d'employer cette faculté, ce n'était certainement pas pour en tirer profit ni pour tromper les gens, mais toujours dans le cadre de la prédication et comme moyen d'instruction, comme *upāya kōsalla* (skt. *upāya-kauṣalya*). L'anecdote mentionnée ci-après montre dans quelles conditions et dans quels buts il employa ses pouvoirs de thaumaturge. Janapada-kalayāṇī Sundarī-Nandā, une jeune princesses sākyanne, extrêmement belle, décida de devenir *bhikkhunī. C'était sans conviction spé-

1. À cette époque, de nombreux hommes religieux s'adonnaient largement à des exercices mentaux. Chez eux, le pouvoir de faire des miracles n'était pas un phénomène rare.

ciale, elle suivait seulement l'avis de ses parents et de ses amis. Cependant, tout en ayant renoncé à la vie du foyer, elle conservait une attitude « narcissique ». Elle n'admirait pas les paroles du Bouddha, qui enseignait l'impermanence et la vanité de la beauté. C'est pourquoi elle évitait toujours d'aller écouter ses sermons. Un jour, toutefois, elle dut s'y rendre avec ses consœurs. Mais elle s'installa au dernier rang de l'auditoire afin d'éviter la vue du Bouddha, car elle n'avait aucun enthousiasme pour l'écouter. Sachant la présence de cette bhikkhunī et plein de *compassion pour elle, le Bouddha créa par ses pouvoirs miraculeux une jeune fille extrêmement belle, qui devint peu à peu une femme vieille, faible, malade et très laide. Voyant la beauté de cette jeune personne qui était près du Bouddha, Janapada-kalayāṇī fut d'abord surprise ; puis, constatant combien sa beauté incomparable disparaissait graduellement, elle commença à réfléchir au principe de l'impermanence. À ce moment-là, évaluant la maturité intellectuelle atteinte par Janapada-kalayāṇī, le Bouddha lui conseilla de voir de plus près la réalité et de se débarrasser de son attachement vis-à-vis du corps. Ainsi, en comprenant la vérité, la jeune princesse se défit complètement de ses *souillures mentales et arriva à l'état d'*Arahant[1]. Si les textes canoniques nous fournissent de nombreuses anecdotes similaires, ce n'est pas pour démontrer le pouvoir surhumain du Bouddha, mais plutôt pour souligner sa qualité d'instructeur compatissant qui veut indiquer la bonne voie en employant tous les moyens utiles[2].

1. Theg. v. 80-86.

2. Les textes canoniques rapportent souvent un récit stéréotypé citant les qualités du Bouddha : « Il est le Bienheureux qui est l'Arahant, l'*Éveillé parfait, parfait en Sagesse, parfait en Conduite, arrivé correctement à son but, connaisseur des mondes, l'incomparable guide des êtres qui doivent être guidés, l'instructeur des dieux et des êtres humains, le Bouddha, le Bienheureux. » Bien entendu, les qualités citées sont en rapport avec la conduite, la sagesse et la compétence du Bouddha en tant qu'instructeur compatissant.

Il est vrai que le message fondamental de tous les sermons du Bouddha est commun et universel.

Cependant, les conseils donnés dans chaque sermon doivent être interprétés selon le contexte et compte tenu de la personnalité de l'individu auquel ils sont destinés. En effet, le Bouddha choisissait son sujet en fonction du niveau intellectuel de son interlocuteur. Bien souvent, il utilisait des paraboles pour mieux expliquer les choses. Lorsqu'il parlait à un enfant, il employait des mots et des images appropriés[1]. Lorsqu'il s'adressait à un paysan, il choisissait des paraboles relatives à la riziculture pour décrire des points doctrinaux. Dans un sermon adressé à un homme d'affaires, la parabole était relative au commerce.

De plus, le Bouddha modifiait la structure de son sermon en fonction des besoins de ses interlocuteurs. Par exemple, alors que les thèmes généralement abordés étaient l'impermanence (*anicca*), l'état non satisfaisant (**dukkha*) et l'absence de Soi (**anatta*), le Bouddha amenait rapidement la discussion sur le thème du Non-Soi s'il parlait à un savant brāhmanique qui soutenait la théorie de l'**ātman*.

Lorsqu'il s'adressait à une personne n'ayant pas encore atteint les quatre premiers *recueillements dits **jhānas*, il l'encourageait d'abord à y accéder. En revanche, lorsqu'il parlait à un individu ayant déjà atteint ces *jhānas*, il critiquait la valeur de ces états mentaux, puis il l'engageait à atteindre la deuxième série de quatre recueillements dits *āyatanas*. S'agissant d'une personne déjà parvenue à ces hauts états du progrès intérieur, il insistait sur la nécessité d'avancer encore plus loin pour atteindre l'émancipation complète de l'individu par rapport à tous les liens. Dans les adresses aux personnes ordinaires, le Bouddha évoquait la valeur des actes méritoires afin qu'elles puissent renaître dans les états célestes, tandis que, dans les sermons destinés aux renonçants, le Bouddha critiquait la volonté ou

1. Voir *infra*, p. 84, 156-157.

l'espoir d'une renaissance dans les cieux, mais soulignait les méthodes du progrès intérieur à mettre en œuvre afin de sortir complètement du cycle des *renaissances. Ainsi, tous ces sermons montrent bien que le Bouddha s'est efforcé de mettre son Enseignement à la portée de chacun.

Certains sermons ont un contenu identique mais présenté avec des explications variant suivant le public. Il en est de même en ce qui concerne certaines listes citées dans les sermons. Voici, à titre d'exemple, quelques-unes d'entre elles qui mentionnent les qualités essentielles dont un renonçant doit faire preuve pour progresser sur le chemin de la *libération :

– *saddhā* (*confiance sereine), *sīla* (maîtrise des sens), *suta* (érudition), *cāga* (renoncement), *paññā* (haute sagesse)[1] ;
– *saddhā* (confiance sereine), *viriya* (effort), *sati* (*attention), *samādhi* (*concentration mentale), *paññā* (haute sagesse)[2] ;
– *saddhā* (confiance sereine), *hīri* (honte de faire le mal), *bahussuta* (érudition), *āraddha-viriya* (effort énergique), *uappaṭṭhita-sati* (l'attention qui est toujours présente), *paññā* (haute sagesse)[3] ;
– *saddhā* (confiance sereine), *appābādha* (santé physique), *asaṭha* (honnêteté), *āraddha-viriya* (effort énergique), *paññā* (haute sagesse)[4].

Ces listes diffèrent évidemment les unes des autres, car elles figurent dans des sermons qui s'adressent à des personnes dont le caractère, le tempérament, les capacités mentales et le degré de progrès intérieur sont variables[5].

1. M. I, 465 ; II, 180 ; III, 99 ; A. II, 66 ; III, 6, 64 ; IV, 270, 271, 284, 288.
2. A. V, 96.
3. M. III, 23 ; A. II, 218 ; IV, 23, 38.
4. M. II, 128.
5. Voir M. W., *Le Renoncement au monde*, Paris, Éditions Lis, 2002, p. 220-221.

Bien sûr, on constate dans les textes canoniques une tendance à la répétition qui risque d'irriter un lecteur occidental, surtout s'il est pressé ! On peut se demander pourquoi ces répétitions sont aussi abondantes. À l'origine, depuis le **parinibbāna* du Bouddha et pendant les trois siècles suivants, tous les « textes » furent transmis uniquement par la voie orale, du précepteur à l'élève. Le recours à cette méthode était efficace dans le cadre de l'éducation ancienne, où la relation entre le précepteur et l'élève était très importante et où la capacité d'apprendre et de réciter par cœur était un devoir indispensable[1]. Cependant, même lorsque les textes étaient écrits, ils ne furent pas, pendant des siècles, destinés à des « lecteurs », mais à des « auditeurs ». Autrement dit, ils n'étaient pas destinés à être lus, mais une personne compétente en faisait la lecture à haute voix et les membres de l'auditoire l'écoutaient. On pouvait de cette façon préserver la tradition : cette méthode constituait un témoignage de personne à personne de l'Enseignement du Maître, par l'intermédiaire des « livres ». De plus, ces textes avaient pour objectif d'enseigner les points doctrinaux jusqu'à ce qu'ils pénètrent la pensée de l'auditeur. Au sujet des racines du mal, par exemple, ces sermons mentionnent les trois souillures mentales qui en sont à l'origine : l'*avidité, la haine et l'*illusion (*lōbha*, *dōsa* et *mōha*). Pour expliquer ces trois souillures, la même formule est citée trois fois. Sans doute ces répétitions permettaient-elles aux auditeurs de méditer pendant un certain temps sur le même sujet doctrinal et de mieux le comprendre, en n'omettant aucun détail, au point de finir par le connaître par cœur. En fait, les savants qui ont préparé des copies de ces sermons pendant des siècles n'ignoraient pas que, quel que soit le système éducatif, la répétition est le fondement de la pédagogie.

1. Les précepteurs ainsi que leurs élèves ayant pratiqué longuement des méthodes de concentration mentale étaient parfaitement capables d'exécuter cette tâche.

Avant de terminer cette introduction, il faut dire un mot du vocabulaire utilisé dans les traductions ci-après.

On trouve généralement dans les ouvrages bouddhiques publiés en France des termes sanskrits tels que *nirvāṇa, dharma, karma*, etc., et des noms propres sanskrits comme Gautama, Śāriputra, Kāṣyapa. Dans le présent ouvrage, nous avons utilisé délibérément des termes pāli (**nibbāna*, *dhamma*, **kamma*, etc.) ainsi que des noms propres pāli (Gōtama, Sāriputta, Kassapa, etc.). En effet, les sermons présentés ici ont été traduits directement à partir de textes canoniques pāli.

Soulignons, enfin, que la traduction des textes bouddhiques en français est une tâche délicate, triplement compliquée. En premier lieu, le traducteur est contraint de rester fidèle aux textes originaux et, pour cette raison, de les traduire mot à mot. En deuxième lieu, si ledit traducteur est obligé de respecter la langue française, il prend le risque, dans le cadre d'une traduction mot à mot, de déroger au bon français ! En troisième lieu, le problème principal réside dans la difficulté à exprimer certaines idées bouddhiques, faute de mots ou d'expressions adéquats en français ; c'est pourquoi le traducteur doit inventer quelques expressions ! Quoi qu'il en soit, tout comme nos prédécesseurs, nous avons essayé, dans la mesure du possible, de surmonter ces difficultés.

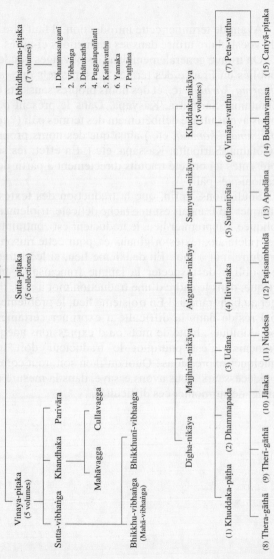

Canon bouddhique
dit « Tipiṭaka »

- Vinaya-piṭaka (5 volumes)
  - Sutta-vibhaṅga
    - Bhikkhu-vibhaṅga (Mahā-vibhaṅga)
    - Bhikkhunī-vibhaṅga
  - Khandhaka
    - Mahāvagga
    - Cullavagga
  - Parivāra
- Sutta-piṭaka (5 collections)
  - Dīgha-nikāya
  - Majjhima-nikāya
  - Aṅguttara-nikāya
  - Samyutta-nikāya
  - Khuddaka-nikāya (15 volumes)
    - (1) Khuddaka-pāṭha
    - (2) Dhammapada
    - (3) Udāna
    - (4) Itivuttaka
    - (5) Suttanipāta
    - (6) Vimāṇa-vatthu
    - (7) Peta-vatthu
    - (8) Thera-gāthā
    - (9) Therī-gāthā
    - (10) Jātaka
    - (11) Niddesa
    - (12) Paṭisambhidā
    - (13) Apadāna
    - (14) Buddhavaṃsa
    - (15) Cariyā-piṭaka
- Abhidhamma-piṭaka (7 volumes)
  1. Dhammasaṅganī
  2. Vibhaṅga
  3. Dhātukathā
  4. Puggalapaññatti
  5. Kathāvatthu
  6. Yamaka
  7. Paṭṭhāna

1

L'accès aux libres examens

Kālāma-sutta

Le *Kālāma-sutta* (A. I, 187-191) est considéré comme la « charte » du bouddhisme en ce qui concerne le libre examen et la liberté religieuse. Dans ce sermon, le Bouddha demande tout d'abord à ses interlocuteurs de s'affranchir de toutes les opinions, qu'elles viennent de la tradition, de textes religieux ou de maîtres spirituels renommés. Il dit : « Ne vous laissez pas guider par des rapports, ni par une tradition religieuse, ni par ce que vous avez entendu dire, [...] ni par l'autorité des textes religieux. » Compte tenu de la religiosité de son époque, l'impact d'une telle déclaration semble significatif. En parlant ainsi, le Bouddha annonçait sans doute une attitude « anarchique » à l'égard du fidéisme de certaines religions contemporaines, l'orthodoxie brāhmanique qui exigeait une foi fondée sur l'autorité des textes sacrés védiques[1]. Cela ne signifie pas que le Bouddha proposait un pur rationalisme ; au contraire, il disait : « Ne vous laissez pas guider par [...] la simple logique ou les allégations, ni par les apparences, ni par la spéculation sur des opinions, ni par des vraisemblances probables. »

Selon le *Kālāma-sutta*, on ne doit pas accepter une opinion ou un énoncé de quelqu'un en se fondant sur son auto-

1. Il faut rappeler que le Bouddha contesta dans certains sermons et discussions l'autorité même des Veda (voir D. II, 12, 126 ; A. II, 167, 170).

rité ou sur son amitié, mais on doit étudier sérieusement les conséquences de cette opinion ou de cet énoncé à la lumière de sa propre intelligence et de ses propres expériences, en vue de vérifier s'ils sont corrects ou non. Ainsi, la prescription principale du *Kālāma-sutta* est : « Examiner avant d'accepter ou de rejeter. » Plusieurs sermons dans les Écritures canoniques encouragent cette attitude. Par exemple, le *Vīmansaka-sutta* (M. I, 318) et le *Cankī-sutta* (M. II, 173) sont consacrés à la façon dont on doit évaluer un maître religieux ou ses opinions. Dans plusieurs sermons, les auditeurs sont invités à examiner les qualités intérieures du Bouddha pour savoir si celui-ci possédait vraiment la haute moralité, la haute concentration et la haute sagesse[1].

Le *Kālāma-sutta* rapporte une discussion entre le Bouddha et les Kālāmas, un clan distingué du pays des Kōsalas. La ville de Kesaputta, où les Kālāmas vivaient, était située au bord d'une grande route et, par conséquent, des philosophes et des chefs religieux y passaient souvent. Ayant écouté les paroles de ces divers maîtres spirituels, les Kālāmas ressentaient une forte incertitude, notamment sur les différentes opinions religieuses, et ne savaient plus quel orateur avait raison. C'est au milieu de cette perplexité que le Bouddha arriva à Kesaputta. Il fut chaleureusement accueilli par les Kālāmas, en raison non seulement de sa bonne réputation, mais encore de l'affection particulière que les habitants portaient à « quelqu'un de la maison »[2].

Dans cette discussion, le Bouddha n'aborde pas les diverses opinions émises par tel ou tel chef religieux ; il se

1. Exiger une foi inconditionnelle fondée sur les textes religieux est un fait tout à fait étranger au bouddhisme. Nous pouvons comprendre que des sermons comme le *Kālāma-sutta* ont initialement contribué à créer chez les bouddhistes à la fois une attitude critique et une mentalité tolérante.

2. Selon le Commentaire, la raison de cet attachement particulier était la suivante : le Bouddha était issu de la catégorie sociale dite **khattiya* (skt. *kṣatriya*), celle des guerriers aristocrates, à laquelle les Kālāmas de Kesaputta appartenaient.

contente simplement de signaler aux Kālāmas quelques points sur les maux que sont l'*avidité, la *haine et l'*illusion[1] ; autrement dit, quelques remarques acceptables par tout le monde et qui ne sont pas nécessairement liées à une religion quelconque. Devant la « perplexité » des Kālāmas, une telle attitude de la part du Bouddha se révéla sans doute fructueuse. À la fin de l'entretien, le Bouddha conseille aux Kālāmas de cultiver la bonté, la *compassion, la joie pour le succès des autres, l'*équanimité[2]. Les Kālāmas ont sans doute pu accepter sans problème ces quatre états mentaux, car tout homme sait par expérience que de tels principes sont bons, même s'ils ne sont pas liés à une religion.

Kālāma-sutta (L'accès aux libres examens)

*Ainsi ai-je entendu : une fois, le Bienheureux, en voyageant dans le pays des Kōsalas, avec un grand groupe de *bhikkhus, arriva dans la ville de Kesaputta.

Les Kālāmas, habitants de Kesaputta, apprirent que « le Samana Gōtama, fils des *Sākyas, ayant abandonné sa famille sākyanne et quitté son foyer pour entrer dans la vie sans foyer, voyageant dans le pays des Kōsalas, était arrivé à Kesaputta ». Or se propagea le bruit de la bonne réputation de ce Bienheureux Gōtama en ces termes : « Il est Bienheureux, l'*Arahant, l'*Éveillé parfait, parfait en Savoir et parfait en Conduite, bien arrivé à son but, connaisseur du monde, incomparable guide des êtres qui doivent être guidés, instructeur des dieux et des humains, l'Éveillé, le Bienheureux. Ayant compris le monde constitué des dieux, des Mārās, des Brahmās et des humains, des *samanas et des brāhmanes, par sa propre connaissance spécifique, il le fait

1. L'illusion (*mōha*) a pour caractéristique de se tromper encore et encore.

2. Ces quatre qualités sont désignées dans les Écritures canoniques sous le nom de « *Demeures sublimes » (*brahmavihāra*).

connaître aux autres. Il enseigne une doctrine bonne en son début, bonne en son milieu, bonne en sa fin, bonne dans sa lettre et son esprit ; il exalte la *Conduite sublime parfaitement pleine et parfaitement pure. Aller voir un tel Arahant est vraiment une bonne chose. »

Les Kālāmas, habitants de Kesaputta, s'approchèrent alors de l'endroit où se trouvait le Bienheureux. S'étant approchés, certains parmi eux rendirent hommage au Bienheureux et s'*assirent à l'écart sur un côté. D'autres échangèrent avec lui des compliments de politesse et des paroles de courtoisie, et s'assirent ensuite à l'écart sur un côté. D'autres, les mains jointes, rendirent hommage de loin dans la direction où se trouvait le Bienheureux, puis s'assirent à l'écart sur un côté. D'autres encore, ayant énoncé leurs noms et leurs noms de famille, s'assirent à l'écart sur un côté. D'autres s'assirent à l'écart sur un côté sans rien dire.

S'étant assis à l'écart sur un côté, ils dirent au Bienheureux : « Vénéré, il y a des samanas et des brāhmanes qui arrivent à Kesaputta. Ils exposent et exaltent seulement leur propre doctrine, mais ils condamnent et méprisent les doctrines des autres. Puis d'autres samanas et brāhmanes arrivent aussi à Kesaputta. Eux aussi exposent et exaltent leur propre doctrine, et il méprisent, critiquent et brisent les doctrines des autres. Vénéré, il y a un doute, il y a une perplexité chez nous à propos de ces diverses opinions. Parmi ces samanas et ces brāhmanes, qui dit la vérité et qui dit des mensonges ? »

Le Bienheureux s'adressa aux Kālāmas et dit : « Il est juste pour vous, ô Kālāmas, d'avoir un doute et d'être dans la perplexité. Car le doute est né chez vous à propos d'une matière qui est douteuse. Venez, ô Kālāmas, ne vous laissez pas guider par des rapports, ni par une tradition religieuse, ni par ce que vous avez entendu dire. Ne vous laissez pas guider par l'autorité des textes religieux, ni par la simple logique ou les allégations, ni par les apparences, ni par la spéculation sur des opinions, ni par des vraisemblances probables, ni par la pensée que "ce religieux est notre maître bien-aimé". Cependant, ô Kālāmas, lorsque vous savez par vous-mêmes que certaines choses sont défavorables, que telles choses blâmables sont condamnées par les sages, et que, lorsqu'on les met en pratique, ces choses conduisent au mal et au malheur, alors, à ce moment-là, abandonnez-les. Maintenant, je vous demande : Qu'en pensez-vous, ô Kālāmas ? Lorsque l'avidité apparaît chez quelqu'un, cette avidité apparaît-elle pour le bien de cet individu ou pour son mal ? »

Les Kālāmas répondirent : « Vénéré, l'avidité apparaît pour le mal de cet individu. »

« Ô Kālāmas, en se donnant à l'avidité, étant vaincu par l'avidité, étant enveloppé mentalement par l'avidité, un tel individu tue des êtres vivants, commet des vols, s'engage dans l'adultère et profère des paroles mensongères. Il pousse même un autre à accomplir aussi de tels actes. De tels actes entraînent-ils son mal et son malheur pendant longtemps ?

– Certainement oui, Vénéré.

– Qu'en pensez-vous, ô Kālāmas ? Lorsque la haine apparaît chez quelqu'un, cette haine apparaît-elle pour le bien de cet individu ou pour son mal ?

– Vénéré, la haine apparaît pour le mal de cet individu.

– Ô Kālāmas, en se donnant à la haine, étant vaincu par la haine, étant enveloppé mentalement par la haine, un tel individu tue des êtres vivants, commet des vols, s'engage dans l'adultère et profère des paroles mensongères. Il pousse même un autre à accomplir aussi de tels actes. De tels actes entraînent-ils son mal et son malheur pendant longtemps ?

– Certainement oui, Vénéré.

– Qu'en pensez-vous, ô Kālāmas ? Lorsque l'*égarement apparaît chez quelqu'un, cet égarement apparaît-il pour le bien de cet individu ou pour son mal ?

– Vénéré, l'égarement apparaît pour le mal de cet individu.

– Ô Kālāmas, en se donnant à l'égarement, étant vaincu par l'égarement, étant enveloppé mentalement par l'égarement, un tel individu tue des êtres vivants, commet des vols, s'engage dans l'adultère et profère des paroles mensongères. Il pousse même un autre à accomplir aussi de tels actes. De tels actes entraînent-ils son mal et son malheur pendant longtemps ?

– Certainement oui, Vénéré.

– Qu'en pensez-vous, ô Kālāmas ? Lorsque l'impétuosité apparaît chez quelqu'un, cette impétuosité apparaît-elle pour le bien de cet individu ou pour son mal ?

– Vénéré, l'impétuosité apparaît pour le mal de cet individu.

– Ô Kālāmas, en se donnant à l'impétuosité, étant vaincu par l'impétuosité, étant enveloppé mentalement par l'impétuosité, un tel individu tue des êtres vivants, commet des vols, s'engage dans l'adultère et profère des paroles mensongères. Il pousse même un autre à accomplir aussi de tels actes. De tels actes entraînent-ils son mal et son malheur pendant longtemps ?

– Certainement oui, Vénéré.

– Maintenant, qu'en pensez-vous, ô Kālāmas ? Ces tendances mentales sont-elles bonnes ou mauvaises ?

– Vénéré, ces tendances mentales sont mauvaises.

– Ces tendances mentales sont-elles blâmables ou louables ?

– Vénéré, ces tendances mentales sont blâmables.

– Est-ce que ces tendances mentales sont condamnées ou pratiquées par les sages ?

– Vénéré, ces tendances mentales sont condamnées par les sages.

– Qu'en pensez-vous, ô Kālāmas ? Lorsqu'on les met en pratique, ces tendances mentales conduisent-elles au mal et au malheur ?

– Lorsqu'on les met en pratique, ces tendances mentales conduisent au mal et au malheur. C'est ce qui est généralement accepté. C'est ce que nous aussi, nous pensons.

– C'est pourquoi, ô Kālāmas, nous avons déjà dit : "Ne vous laissez pas guider par des rapports, ni par une tradition religieuse, [...], ni par la pensée 'ce religieux est notre maître bien-aimé'. Cependant, lorsque vous savez par vous-mêmes que certaines choses sont défavorables, que telles choses blâmables sont condamnées par les sages, et que, lorsqu'on les met en pratique, ces choses conduisent au mal et au malheur, alors, à ce moment-là, abandonnez-les." »

Ensuite, le Bienheureux s'adressa à nouveau aux Kālāmas, et dit : « Ô Kālāmas, ne vous laissez pas guider par des rapports, ni par une tradition religieuse, [...], ni par la pensée que "ce religieux est notre maître bien-aimé". Cependant, lorsque vous savez par vous-mêmes que certaines choses sont favorables, que telles choses louables sont pratiquées par les sages, et que, lorsqu'on les met en pratique, ces choses conduisent au bien et au bonheur, pénétrez-vous de telles choses et pratiquez-les. Maintenant, je vous demande : Qu'en pensez-vous, ô Kālāmas ? Lorsque l'absence d'avidité apparaît chez quelqu'un, cette absence d'avidité apparaît-elle pour le bien-être de cet individu ou pour son mal ?

– Vénéré, l'absence d'avidité apparaît pour le bien-être de cet individu.

– Ô Kālāmas, en ne se donnant pas à l'avidité, en n'étant pas vaincu par l'avidité, en n'étant pas enveloppé mentalement par l'avidité, un tel individu ne tue pas d'êtres vivants, ne commet pas de vols, ne s'engage pas dans l'adultère et ne profère pas de paroles mensongères. Il pousse un autre aussi à s'abstenir de tels actes. Est-ce que cela entraîne son bonheur et son bien-être ?

– Certainement oui, Vénéré.

– Qu'en pensez-vous, ô Kālāmas ? Lorsque l'absence de

haine apparaît chez quelqu'un, cette absence de haine apparaît-elle pour le bien-être de cet individu ou pour son mal ?

– Vénéré, l'absence de haine apparaît pour le bien-être de cet individu.

– Ô Kālāmas, en ne se donnant pas à la haine, en n'étant pas vaincu par la haine, en n'étant pas enveloppé mentalement par la haine, un tel individu ne tue pas d'êtres vivants, ne commet pas de vols, ne s'engage pas dans l'adultère et ne profère pas de paroles mensongères. Il pousse un autre aussi à s'abstenir de tels actes. Est-ce que cela entraîne son bonheur et son bien-être ?

– Certainement oui, Vénéré.

– Qu'en pensez-vous, ô Kālāmas ? Lorsque l'absence d'égarement apparaît chez quelqu'un, cette absence d'égarement apparaît-elle pour le bien-être de cet individu ou pour son mal ?

– Vénéré, l'absence d'égarement apparaît pour le bien-être de cet individu.

– Ô Kālāmas, en ne se donnant pas à l'égarement, en n'étant pas vaincu par l'égarement, en n'étant pas enveloppé mentalement par l'égarement, un tel individu ne tue pas d'êtres vivants, ne commet pas de vols, ne s'engage pas dans l'adultère et ne profère pas de paroles mensongères. Il pousse un autre aussi à s'abstenir de tels actes. Est-ce que cela entraîne son bonheur et son bien-être ?

– Certainement oui, Vénéré.

– Qu'en pensez-vous, ô Kālāmas ? Lorsque l'absence d'impétuosité apparaît chez quelqu'un, cette absence d'impétuosité apparaît-elle pour le bien-être de cet individu ou pour son mal ?

– Vénéré, l'absence d'impétuosité apparaît pour le bien-être de cet individu.

– Ô Kālāmas, en ne se donnant pas à l'impétuosité, en n'étant pas vaincu par l'impétuosité, en n'étant pas enveloppé mentalement par l'impétuosité, un tel individu ne tue pas d'êtres vivants, ne commet pas de vols, ne s'engage pas dans l'adultère et ne profère pas de paroles mensongères. Il pousse un autre aussi à s'abstenir de tels actes. Est-ce que cela entraîne son bonheur et son bien-être ?

– Certainement oui, Vénéré.

– Maintenant, qu'en pensez-vous, ô Kālāmas ? Ces qualités mentales sont-elles bonnes ou mauvaises ?

– Vénéré, ces qualités mentales sont certainement bonnes.

– Ces qualités mentales sont-elles blâmables ou louables ?

– Vénéré, ces qualités mentales sont louables.

– Est-ce que ces qualités mentales sont condamnées ou pratiquées par les sages ?

– Vénéré, ces qualités mentales sont pratiquées par les sages.

– Qu'en pensez-vous, ô Kālāmas ? Lorsqu'on les met en pratique, ces qualités mentales conduisent-elles au bien-être et au bonheur, ou bien ne conduisent-elles ni au bien-être ni au bonheur ?

– Lorsqu'on les met en pratique, Vénéré, ces qualités mentales conduisent au bien-être et au bonheur. C'est ce qui est généralement accepté. C'est ce que nous pensons aussi.

– C'est pourquoi, ô Kālāmas, nous avons déjà dit : "Ne vous laissez pas guider par des rapports, ni par une tradition religieuse, [...], ni par la pensée que 'ce religieux est notre maître bien-aimé'. Cependant, lorsque vous savez par vous-mêmes que certaines choses sont efficaces, que telles choses louables sont pratiquées par les sages, et que, lorsqu'on les met en pratique, ces choses conduisent au bien et au bonheur, pénétrez-vous de telles choses et pratiquez-les." Ô Kālāmas, le *disciple noble, qui s'est ainsi séparé de l'avidité, de la haine et de l'illusion, ayant une compréhension claire et une *attention de la pensée, demeure, faisant rayonner la pensée de bienveillance dans une direction [de l'univers], et de même dans une deuxième, dans une troisième, dans une quatrième, au-dessus, au-dessous, au travers, partout dans la totalité et en tout lieu de l'univers, il demeure, faisant rayonner la pensée de bienveillance, large, profonde, sans limites, sans haine et libérée de la malveillance.

Également, le disciple noble demeure, faisant rayonner la pensée de compassion dans une direction [de l'univers], et de même dans une deuxième, dans une troisième, dans une quatrième, au-dessus, au-dessous, au travers, partout dans la totalité et en tout lieu de l'univers, il demeure, faisant rayonner la pensée de compassion, large, profonde, sans limites, sans haine et libérée de la malveillance.

Également, le disciple noble demeure, faisant rayonner la pensée de joie sympathique[1] dans une direction [de l'univers], et de même dans une deuxième, dans une troisième, dans une quatrième, au-dessus, au-dessous, au travers, partout dans la totalité et en tout lieu de l'univers, il demeure, faisant rayonner la pensée de joie sympathique, large, profonde, sans limites, sans haine et libérée de la malveillance.

Également, le disciple noble demeure, faisant rayonner la pensée d'*équanimité dans une direction [de l'univers], et de même dans une deuxième, dans une troisième, dans une quatrième, au-dessus, au-dessous, au travers, partout dans la totalité et en tout lieu de l'univers, il demeure, faisant rayonner la pensée d'équanimité, large, profonde, sans limites, sans haine et libérée de la malveillance. »

« Ô Kālāmas, le disciple noble, qui a une pensée ainsi libérée de la haine, de la malveillance, qui a une pensée non souillée et une pensée pure, est quelqu'un qui trouve les quatre soulagements, ici et maintenant, en pensant :

"Supposons qu'il y ait, après la mort, des résultats pour

1. Joie sympathique (*muditā*) : joie pour le succès et le bonheur des autres. La troisième des *quatre demeures sublimes.

les actes bons et mauvais [accomplis avant la mort]. En ce cas, il est possible pour moi de naître après la dissolution du corps, après la mort, dans un état céleste où se trouvent des bonheurs divins." Cela est le premier soulagement.

"Supposons qu'il n'y ait pas, après la mort, des résultats pour les actes bons et mauvais [accomplis avant la mort]. Tout de même, ici et maintenant, dans cette vie, je demeure sain et sauf avec une pensée heureuse, libérée de la haine, de la malveillance." Cela est le deuxième soulagement.

"Supposons que de mauvais résultats tombent sur l'individu qui a accompli de mauvais actes. Quant à moi, je ne souhaite aucun mal à personne. Allons, comment se pourrait-il qu'un mauvais résultat tombe sur moi qui ne fais aucune action mauvaise ?" Cela est la troisième soulagement.

"Supposons que de mauvais résultats ne tombent pas sur l'individu qui fait des actions mauvaises. Alors, dans ces deux cas[1], je trouve que je suis pur." Cela est le quatrième soulagement.

Ainsi, ô Kālāmas, le disciple noble, qui a une pensée libérée de la haine, de la malveillance, qui a une telle pensée non souillée, une pensée pure, est quelqu'un qui a ces quatre soulagements, ici et maintenant. »

Les Kālāmas dirent : « Cela est exact, Vénéré, cela est exact, Sugata[2]. Le disciple noble, qui a une pensée libérée de la haine, de la malveillance, qui a une telle pensée non souillée, une pensée pure, est quelqu'un qui a ces quatre soulagements, ici et maintenant. »

Ayant entendu la parole du Bienheureux, les Kālāmas s'écrièrent : « C'est merveilleux, Vénéré, c'est merveilleux. De même que l'on redresse ce qui a été renversé, que l'on montre ce qui a été caché, que l'on indique le chemin à l'égaré ou que l'on apporte une lampe dans l'obscurité en

1. Soit les mauvais résultats tombent, soit ils ne tombent pas.
2. *Sugata*, voir glossaire.

pensant “que ceux qui ont des yeux voient les formes”, de même, le Bienheureux a rendu claire la *Doctrine de nombreuses façons. Alors nous, nous prenons refuge auprès du Bienheureux, auprès de l’Enseignement et auprès de la *communauté des disciples. Que le Bienheureux veuille nous accepter comme disciples laïcs de ce jour jusqu’à la fin de nos vies. »

(A., I, 187-191.)

2

Le principe de non-violence

Aggi-sutta

Dans la société contemporaine du Bouddha, notamment dans les régions dominées par les idées védiques, les prêtres brāhmaniques effectuaient des sacrifices d'animaux pour appeler la bénédiction et le bonheur sur les rois, les chefs militaires et les riches commerçants. Les souverains dépensaient beaucoup pour faire organiser de tels sacrifices par les brāhmanes. Ainsi, le roi, ordonnateur du sacrifice, était assuré d'une lignée, de la longévité, de la popularité et en outre d'une bonne réputation. Certains rois, grâce à ces grands sacrifices, espéraient non seulement prolonger leur pouvoir politique, mais encore renaître dans les états célestes, après la mort[1]. Mais le Bouddha dénonça catégoriquement les sacrifices sanglants : « Les sacrifices où l'on massacre des vaches, des chèvres, des moutons, des volailles, des pourceaux et où d'autres êtres vivants sont tués, tout sacrifice qui entraîne un massacre, je le désapprouve[2]. »

Le *Dhammapada* propose une autre déclaration du Bouddha : « Un homme qui maltraite des êtres vivants n'est

1. Traditionnellement, les souverains avaient des officiants brāhmaniques pour effectuer ces sacrifices.

2. S. I, 76 ; A. II, 42-43 ; Sn. v. 307. Le *Kūṭadanta-sutta* (D. I, 127-149) parle d'un grand sacrifice organisé par un autre brāhmane distingué. Pour une traduction intégrale de ce texte, voir M. W., *Les Entretiens du Bouddha*, Paris, Éditions du Seuil, 2001, p. 133-162.

pas un “noble” [**ariya* ; skt. *āryan*]. En revanche, celui qui est compatissant à l'égard de tous les êtres vivants mérite d'être appelé “*noble”[1]. » Par ces mots, le Bouddha voulut sans doute dénoncer l'attitude violente et agressive du peuple āryen[2], dont les membres se considéraient comme « les nobles » et effectuaient des sacrifices sanglants pour des dieux tels que Agni, Mitra, Varuṇa, Indra…, sacrifices toujours encouragés par les livres sacrés des brāhmanes, même à l'époque du Bouddha[3].

Dans le *Canon bouddhique ou dans les textes post-canoniques, on ne trouve nulle part la moindre petite ligne qui autorise de tuer délibérément un être vivant quel qu'il soit. Au contraire, ils louent sans cesse l'*amour universel, qui non seulement insiste sur la non-violence à l'égard de tous les êtres vivants, mais encore incite à les protéger et à les aider à vivre. Dans le fameux *Metta-sutta* (Sn. v. 143-152), nous lisons :

> « Tous les êtres vivants, faibles ou forts, longs, grands ou moyens, courts ou petits, visibles ou invisibles, proches ou lointains, nés ou à naître, que tous ces êtres soient heureux ! Que nul, par colère ou par haine, ne souhaite de mal à un autre ! De même qu'une mère au péril de sa vie surveille et protège son unique enfant, de même avec une pensée sans limites doit-on chérir tout être vivant, aimer le monde en son entier, au-dessus, au-dessous, et tout autour, sans limitation, avec une bonté bienveillante et infinie. »

Dans plusieurs sermons et discussions, le Bouddha s'élève contre les pratiques sociales visant à la destruction des animaux. Vivre dans la bonté et dans la *compassion

1. « *Na tena ariyō hōti – tena pāṇāni himsati,*
ahimsā sabbapāṇānaṃ – ariyō' ti pavuccati. » (Dhap. v. 270.)
2. Āryens : populations de l'Antiquité qui envahirent le nord de l'Inde.
3. Les textes brāhmaniques comme le *Śatapatha Brāhmaṇa* prescrivent avec beaucoup de détails ces sacrifices d'animaux.

est prescrit dans de nombreux passages canoniques comme étant le « mode de vie sublime ».

Le premier principe du *disciple (laïc ou renonçant) est expliqué dans les *Écritures canoniques par ces mots : « Ayant abandonné le meurtre des êtres vivants, il s'abstient du meurtre des êtres vivants. Ayant déposé le bâton, déposé les armes, décent, compatissant, il demeure plein de bienveillance et de compassion envers tous les êtres vivants. » Ainsi, « s'abstenir de tuer les êtres vivants » est le premier précepte du bouddhisme. En respectant ce principe, le bouddhiste reconnaît donc le droit de vivre non seulement pour lui, mais pour tous les êtres vivants.

Voici un des sermons du Bouddha où il dénonce les sacrifices sanglants. Celui-ci, intitulé *Aggi-sutta* (A. IV, 41-46), fut prononcé pour un riche brāhmane nommé Uggatasarīra, qui avait organisé un grand sacrifice.

Aggi-sutta (Le principe de non-violence)

Une fois, le Bienheureux séjournait au parc d'Anāthapiṇḍika, situé dans le bois de Jeta, près de la ville de Sāvatthi.

En ce temps-là, un grand sacrifice avait été organisé par le brāhmane Uggatasarīra. Les animaux, soit cinq cents taureaux, cinq cents jeunes bœufs, cinq cents génisses, cinq cents chèvres, cinq cents béliers, avaient été amenés au poteau sacrificiel afin d'être immolés.

Alors, le brāhmane Uggatasarīra s'approcha de l'endroit où se trouvait le Bienheureux. S'étant approché du Bienheureux, il échangea avec lui des compliments de politesse et des paroles de courtoisie, puis s'*assit à l'écart sur un côté. S'étant assis à l'écart sur un côté, le brāhmane Uggatasarīra dit au Bienheureux : « Honorable Gōtama, j'ai entendu dire que le fait d'allumer un feu de sacrifice et le fait d'ériger un poteau sacrificiel étaient des choses avantageuses et très fructueuses. »

Le Bienheureux dit : « Moi aussi, ô brāhmane, j'ai entendu dire que le fait d'allumer un feu de sacrifice et le fait d'ériger un poteau sacrificiel étaient des choses avantageuses et très fructueuses. »

Le brāhmane Uggatasarīra dit pour la deuxième fois : « Honorable Gōtama, j'ai entendu dire que le fait d'allumer un feu de sacrifice et le fait d'ériger un poteau sacrificiel étaient des choses avantageuses et très fructueuses. »

Le Bienheureux dit également pour la deuxième fois : « Moi aussi, ô brāhmane, j'ai entendu dire que le fait d'allumer un feu de sacrifice et le fait d'ériger un poteau sacrificiel étaient des choses avantageuses et très fructueuses. »

Pour la troisième fois, le brāhmane Uggatasarīra dit : « Honorable Gōtama, j'ai entendu dire que le fait d'allumer un feu de sacrifice et le fait d'ériger un poteau sacrificiel étaient des choses avantageuses et très fructueuses. »

Le Bienheureux aussi répéta alors : « Moi aussi, ô brāhmane, j'ai entendu dire que le fait d'allumer un feu de sacrifice et le fait d'ériger un poteau sacrificiel étaient des choses avantageuses et très fructueuses. »

Enfin, le brāhmane Uggatasarīra dit au Bienheureux : « Dans ce cas, nous avons donc le même point de vue ! Mon opinion et celle de l'honorable Gōtama sont tout à fait semblables sur ce point ! »

[Pendant cette discussion, l'Āyasmanta[1] Ānanda était présent et écoutait.]

Lorsque le brāhmane Uggatasarīra eut ainsi parlé, l'Āyasmanta Ānanda dit : « Ô brāhmane, le *Tathāgata ne doit pas être interrogé ainsi, en disant : "Honorable Gōtama, j'ai entendu dire que le fait d'allumer un feu de sacrifice et le fait d'ériger un poteau sacrificiel étaient des choses avantageuses et très fructueuses." Vous devez for-

1. Voir glossaire.

muler votre demande ainsi : “Vénéré, je me prépare à allumer un feu de sacrifice et à ériger un poteau sacrificiel. Que le Bienheureux me conseille ! Que le Bienheureux m’instruise pour que ses conseils m’amènent le bonheur et le bien-être pour longtemps.” »

Le brāhmane Uggatasarīra dit alors au Bienheureux : « Vénéré, je me prépare à allumer un feu de sacrifice et à ériger un poteau sacrificiel. Que le Bienheureux me conseille ! Que le Bienheureux m’instruise pour que ses conseils m’amènent le bonheur et le bien-être pour longtemps ! »

Le Bienheureux s’adressa ainsi au brāhmane Uggatasarīra : « Ô brāhmane, même avant que le sacrifice ne commence, celui qui prépare le feu de sacrifice et qui érige le poteau sacrificiel dresse trois épées malfaisantes, mauvaises dans leur efficacité, mauvaises dans leur résultat. Quelles sont ces trois épées ? L’épée des actions corporelles, l’épée des actions verbales et l’épée des actions mentales.

Ô brāhmane, même avant que le sacrifice ne commence, celui qui prépare le feu de sacrifice et qui érige le poteau sacrificiel fait naître les pensées suivantes : “Que pour ce sacrifice soient massacrés tant de taureaux, tant de jeunes bœufs, tant de génisses, tant de chèvres, tant de béliers.” De cette façon, il accumule des démérites, mais en pensant acquérir des mérites. Il fait une chose mauvaise, mais en pensant que c’est une bonne chose. Il prépare la voie conduisant à une destination malheureuse, mais en pensant préparer une voie pour une destination heureuse. Ainsi, ô brāhmane, même avant que le sacrifice ne commence, celui qui prépare le feu de sacrifice et qui érige le poteau sacrificiel dresse en premier lieu cette épée des actions mentales, qui est malfaisante, mauvaise dans son efficacité, mauvaise dans son résultat.

Et encore, ô brāhmane, même avant que le sacrifice ne commence, celui qui prépare le feu de sacrifice et qui érige le poteau sacrificiel déclare : “Que pour ce sacrifice soient massacrés tant de taureaux, tant de jeunes bœufs, tant de génisses, tant de chèvres, tant de béliers." De cette façon, il accumule des démérites, mais en pensant acquérir des mérites. Il fait une chose mauvaise, mais en pensant que c'est une bonne chose. Il prépare la voie conduisant à une destination malheureuse, mais en pensant préparer une voie pour une destination heureuse. Ainsi, ô brāhmane, même avant que le sacrifice ne commence, celui qui prépare le feu de sacrifice et qui érige le poteau sacrificiel dresse en deuxième lieu cette épée des actions verbales, qui est malfaisante, mauvaise dans son efficacité, mauvaise dans son résultat.

Et encore, ô brāhmane, même avant que le sacrifice ne commence, celui qui prépare le feu de sacrifice et qui érige le poteau sacrificiel met en marche lui-même toute l'affaire, en disant : "Que pour ce sacrifice soient massacrés tant de taureaux, tant de jeunes bœufs, tant de génisses, tant de chèvres, tant de béliers." De cette façon, il accumule des démérites, mais en pensant acquérir des mérites. Il fait une chose mauvaise, mais en pensant que c'est une bonne chose. Il prépare la voie conduisant à une destination malheureuse, mais en pensant préparer une voie pour une destination heureuse. Ainsi, ô brāhmane, même avant que le sacrifice ne commence, celui qui prépare le feu de sacrifice et qui érige le poteau sacrificiel dresse en troisième lieu cette épée des actions corporelles, qui est malfaisante, mauvaise dans son efficacité, mauvaise dans son résultat.

De cette façon, ô brāhmane, même avant que le sacrifice ne commence, celui qui prépare le feu de sacrifice et qui érige le poteau sacrificiel dresse ces trois épées, qui sont malfaisantes, mauvaises dans leur efficacité, mauvaises dans leurs résultats.

Il y a, ô brāhmane, trois sortes de feux qu'il faut abandonner, qu'il faut éloigner, qu'il faut éviter. Quels sont ces trois feux ? Ce sont le feu de l'*avidité, le feu de la *haine et le feu de l'*illusion. Pourquoi, ô brāhmane, faut-il abandonner le feu de l'avidité, l'éloigner, l'éviter ? Avec une pensée obsédée par l'avidité, dominée par l'avidité, impressionnée par l'avidité, on s'engage dans un cours mauvais en action corporelle, mauvais en action verbale et mauvais en action mentale. Alors, après la désintégration du corps, après la mort, on renaîtra dans les états inférieurs, dans les destinations malheureuses, dans le malheur, dans les états infernaux.

Pourquoi, ô brāhmane, faut-il abandonner le feu de la haine, l'éloigner, l'éviter ? Avec une pensée obsédée par la haine, dominée par la haine, impressionnée par la haine, on s'engage dans un cours mauvais en action corporelle, mauvais en action verbale et mauvais en action mentale. Alors, après la désintégration du corps, après la mort, on renaîtra dans les états inférieurs, dans les destinations malheureuses, dans le malheur, dans les états infernaux.

Pourquoi, ô brāhmane, faut-il abandonner le feu de l'illusion, l'éloigner, l'éviter ? Avec une pensée obsédée par l'illusion, dominée par l'illusion, impressionnée par l'illusion, on s'engage dans un cours mauvais en action corporelle, mauvais en action verbale et mauvais en action mentale. Alors, après la désintégration du corps, après la mort, on renaîtra dans les états inférieurs, dans les destinations malheureuses, dans le malheur, dans les états infernaux.

Ainsi, ô brāhmane, ces trois sortes de feux doivent être abandonnés, doivent être éloignés, doivent être évités.

[Cependant], il y a, ô brāhmane, trois sortes de feux qui amènent le bonheur lorsqu'on les respecte, vénère et révère. Quels sont ces trois feux ? Le feu des êtres dignes de respect, le feu des chefs de famille et le feu des êtres dignes de dons.

Quel est le feu des êtres dignes de respect ? Supposons, ô brāhmane, que quelqu'un honore sa mère et son père. La mère et le père sont appelés "le feu des êtres dignes de respect". Pourquoi ? Parce que ce feu est producteur. Pour cette raison, ô brāhmane, le feu des êtres dignes de respect, s'il est respecté, vénéré et révéré, ne manque pas d'amener le bonheur.

Quel est le feu des chefs de famille ? Supposons, ô brāhmane, que quelqu'un traite correctement ses enfants et son épouse, ses esclaves, ses serviteurs, ses travailleurs. Ces gens-là [appartenant au chef de famille] sont appelés "le feu des chefs de famille". Pour cette raison, ô brāhmane, le feu des chefs de famille, s'il est respecté, vénéré et révéré, ne manque pas d'amener le bonheur.

Quel est le feu des êtres dignes de dons ? Supposons, ô brāhmane, qu'il y ait des *samanas et des brāhmanes qui s'abstiennent de la vaine gloire, de l'orgueil et de l'indolence, qui supportent tout avec patience et sérénité, tantôt essayant de se dompter eux-mêmes, tantôt s'efforçant d'obtenir l'émancipation. Ces êtres sont appelés "le feu des êtres dignes de dons". Pour cette raison, ô brāhmane, le feu des êtres dignes de dons, s'il est respecté, vénéré et révéré, ne manque pas d'amener le bonheur.

De cette façon, ô brāhmane, ces trois sortes de feux, s'ils sont respectés, vénérés et révérés, ne manquent pas d'amener le bonheur.

Concernant le feu de bois, ô brāhmane, disons qu'il faut l'allumer de temps en temps, le maintenir de temps en temps, l'éteindre de temps en temps, l'abandonner de temps en temps. »

Cela étant dit, le brāhmane Uggatasarīra dit au Bienheureux : « C'est merveilleux, honorable Gōtama. C'est extraordinaire, honorable Gōtama. Que l'honorable Gōtama m'admette comme l'un des disciples laïcs à partir d'aujourd'hui jusqu'à la fin de ma vie, moi qui pris refuge en lui. Honorable Gōtama, je laisse en liberté ces cinq cents taureaux, je leur donne la vie ; je laisse en liberté ces cinq cents jeunes bœufs, je leur donne la vie ; je laisse en liberté ces cinq cents génisses, je leur donne la vie ; je laisse en liberté ces cinq cents béliers, je leur donne la vie. Que ces animaux mangent de l'herbe comme ils veulent. Qu'ils boivent l'eau fraîche comme ils veulent. Que la douceur du vent souffle sur leur corps. »

(A. IV, 41-46.)

3-4

Non à la guerre

Saṅgāma-sutta et Pabbatūpama-sutta

Comme tous les hommes issus de la caste des guerriers aristocrates appelée **khattiya* (skt. *kṣatriya*), Siddhattha[1] Gōtama (skt. Siddhārtha Gautama) avait pendant sa jeunesse suivi un entraînement à l'art de la guerre[2]. Puis, après être devenu un maître religieux à la suite de son Éveil, il compta parmi ses fidèles plusieurs chefs politiques : Seniya Bimbisāra, roi du pays des Magadhas, Pasenadi Kōsala, roi du pays des Kōsalas, les Liccavis, princes républicains du pays des Vajjis, etc. Des militaires, comme le général Sīha, venaient s'entretenir avec lui[3]. Des hommes d'État, tels que le Premier ministre Vassakāra, du pays des Magadhas, venaient également évoquer devant lui certaines démarches politiques. Ainsi, il est évident que le Bouddha avait une certaine connaissance de la vie politique, des conflits et des guerriers de son époque.

Les textes anciens signalent d'ailleurs au moins trois circonstances dans lesquelles le Bouddha intervint personnel-

1. Le prénom Siddhattha est quasiment absent dans les textes canoniques. En revanche, le nom Gōtama y revient souvent.

2. Pourtant, jusqu'à son départ du foyer des Sākyas à l'âge de vingt-neuf ans, il n'eut à participer à aucune guerre, puisque la principauté Kapilavatthu, son pays natal, jouissait à cette époque du calme politique.

3. Pour une discussion avec le général Sīha, voir M. W., *Les Entretiens du Bouddha*, Paris, Éditions du Seuil, 2001, p. 83-93.

lement pour éviter des conflits sanglants. La première fois, ce fut lorsque les *Sākyas et les Kōliyas s'opposèrent à propos de l'usage de l'eau de la rivière Rōhinī[1] ; les deux autres fois, à l'occasion des opérations militaires menées contre les Sākyas par le prince Viḍūḍabha[2].

Très sensible au problème de la souffrance du monde tout entier, le Bouddha était naturellement hostile à toute violence, aux tortures et aux meurtres. En revanche, il loua sans cesse dans ses sermons la non-violence, la compassion envers tous les êtres vivants et l'amitié entre les individus ainsi qu'entre les peuples. Pour ce grand humaniste, il n'existait pas de différence entre les « guerres justes » et les « guerres injustes ». En effet, à ses yeux, toutes les guerres étaient injustes, pour notamment quatre raisons.

En premier lieu, la guerre est condamnable sur le plan éthique, car elle engendre des tueries. De nombreux sermons du Bouddha insistent sur la nécessité, déjà évoquée plus haut, de « s'abstenir de tuer les êtres vivants » (voir *supra*, p. 41) ; il est donc logique qu'il n'approuve pas les crimes de guerre.

En deuxième lieu, le Bouddha est hostile à la guerre d'un point de vue psychologique, car non seulement elle est la conséquence de la *haine, mais encore elle allume et propage l'incendie de la haine individuelle et collective. Or, dans maints passages canoniques, la haine (*dōsa*)[3] est désignée par le Bouddha comme l'une des racines des actes moralement mauvais[4]. Bien entendu, la mentalité haineuse qui cause la destruction est diamétralement opposée aux qualités mentales telles que la patience (*khanti*), la bien-

1. Sn. 182 ; voir J. V, 412 ; DA. 672 ; DhapA. III, 254-256.

2. DhapA. I, 346-349 ; 357-361 ; J. I, 133, IV, 146-147. Beaucoup plus tard, Viḍūḍabha réussit néanmoins à massacrer de nombreux Sākyas.

3. Il faut noter que, dans le sens bouddhique, le terme « haine » (*dōsa*) englobe même le moindre mécontentement vis-à-vis de soi-même.

4. Les deux autres racines sont l'avidité (*lōbha*) et l'illusion (*mōha*).

veillance (*mettā*), la *compassion (*karuṇā*), etc., hautement louées par le Bouddha.

En troisième lieu, sur le plan social, la guerre est un phénomène tout à fait incompatible avec la pensée du Bouddha, car elle représente d'une part le trouble, d'autre part l'intolérance. Or, le Bouddha insiste sur la valeur du calme intérieur et extérieur, de la paix individuelle ainsi que de la paix sociale, et de la tolérance à l'égard des idées, des idéaux, des nations, des religions… d'autrui. Ainsi, le *disciple du Bouddha est prêt à accepter le pluralisme et à respecter la liberté des autres, en ce qui concerne les choix individuels comme les choix collectifs[1]. D'ailleurs, lorsqu'un adepte distingué d'une autre religion voulut devenir son disciple, le Bouddha lui demanda de bien réfléchir, une fois encore, avant de prendre une telle décision[2]. Une telle attitude explique bien pourquoi l'histoire du bouddhisme ne connaît pas de « guerres saintes »[3].

En quatrième lieu, sur le plan doctrinal, l'idée de guerre est tout à fait étrangère à la pensée du Bouddha : à ses yeux, tout ce pour quoi les êtres humains se battent (par exemple

1. Selon le code de la Discipline (*Vinaya*) monastique, il est interdit aux religieux de porter atteinte aux lieux de culte des autres religions (par exemple aux arbres sacrés, etc.), même s'ils ont besoin des terrains concernés pour établir des résidences destinées à la communauté (voir Vin. IV, 34).

2. L'anecdote du général Sīha constitue, en la matière, un bon exemple. Après une discussion avec le Bouddha, Sīha, fidèle important de Nigaṇṭha Nāthaputta, grand maître contemporain du Bouddha, exprima sa volonté de devenir bouddhiste. Le Bouddha lui demanda de bien réfléchir avant d'entreprendre une telle démarche. Le général Sīha maintenant sa décision, le Bouddha l'accepta alors comme disciple laïc, mais lui conseilla de continuer à respecter son ancien maître et à lui fournir son aide matérielle comme auparavant (A. IV, 184-185 ; Vin. I, 233-234). Voir M. W., *Les Entretiens du Bouddha*, *op. cit.*, p. 83-93.

3. Bien que les bouddhistes aient été victimes de persécutions, le bouddhisme ne donne pas à ses adeptes l'occasion de créer la notion de « martyr », car celle-ci aurait pu susciter d'amers souvenirs de la défaite subie ainsi que des sentiments haineux vis-à-vis des « adversaires ». De plus, une telle notion aurait pu constituer un encouragement direct à aller au combat ou, du moins, à rechercher un persécuteur dans l'espoir de devenir martyr.

les idées, les idéologies, la religion, la race, la richesse, la nation, le progrès, la victoire, la gloire, les frontières…) n'est qu'imaginaire et passager. Or, en considérant à tort que les choses sont permanentes et substantielles, on leur attache une valeur fausse et on commence à prendre les armes à cause d'elles et pour elles. Ainsi, pour le Bouddha, l'éradication de tout conflit tant intérieur qu'extérieur passe par une compréhension correcte.

Il faut préciser que, dans le cas de la non-haine, le Bouddha loue non pas la valeur de la « mémoire », mais la valeur de l'« oubli ». Dans le *Dhammapada*, nous lisons :

> « Chez ceux qui chérissent les pensées telles que "on m'a maltraité, on m'a battu, on m'a vaincu, on m'a harcelé", la haine n'est pas apaisée[1]. » Il faut donc avoir une certaine capacité pour oublier ou pour rester sans penser au passé malheureux, car « la haine n'est pas éteinte par la haine en ce monde. C'est par la non-haine seule que les haines sont éteintes. C'est un fait valable pour toujours[2] ».

Nous allons lire maintenant deux brefs passages canoniques concernant cette question. Intitulé *Saṅgāma-sutta* (S. I, 82-85), le premier prône la paix intérieure et l'inutilité de se joindre aux conflits. Dans le second, un récit appelé *Pabbatūpama-sutta* (S. I, 100-102), le Bouddha rappelle au roi Pasenadi du pays des Kōsalas qu'il ne faut pas oublier que la vieillesse et la mort écrasent tout le monde, même les grands souverains, et que les guerres sont inopportunes devant l'impermanence de la vie.

1. « *Akkocchi maṃ, avadhi maṃ ajinim maṃ ahāsi me*
Ye taṃ upanayhanti – veraṃ tesaṃ na sammati » (Dhap. v. 3).
2. « *Nahi verena verāni sammantī da kudācanaṃ*
Averanaca sammanti – esa dhammō sanantanō » (Dhap. v. 5).

Saṅgāma-sutta (La guerre et la paix)

Une fois, le Bienheureux séjournait à Sāvatthi. En ce temps-là, Vedehiputta Ajātasattu, roi du pays des Magadhas, ayant déployé une armée de quatre divisions, s'avança jusqu'à Kāsi, pour affronter le roi Pasenadi, du pays des Kōsalas. Le roi Pasenadi apprit l'expédition militaire du roi Vedehiputta Ajātasattu et déploya lui aussi une armée de quatre divisions, puis il s'avança jusqu'à Kāsi pour faire face à l'armée du roi Vedehiputta Ajātasattu. Ainsi ces deux souverains se firent la guerre. De la bataille, le roi Vedehiputta Ajātasattu sortit vainqueur du roi Pasenadi. Celui-ci, vaincu, fit alors retraite jusqu'à Sāvatthi, sa propre capitale.

Ce jour-là, de nombreux *bhikkhus, s'étant habillés de bon matin, prirent leur bol à aumône et leur *cīvara*[1], entrèrent dans la ville de Sāvatthi pour recevoir leur nourriture[2]. Puis, ayant fini leur tournée d'aumône, après avoir terminé leur repas, ils s'approchèrent de l'endroit où se trouvait le Bienheureux. S'étant approchés, ils rendirent hommage au Bienheureux et *s'assirent à l'écart sur un côté. S'étant assis à l'écart sur un côté, ils l'informèrent : « Vénéré, le roi Ajātasattu, du pays des Magadhas, a déployé son armée de quatre divisions et s'est avancé jusqu'à Kāsi contre le roi Pasenadi, du pays des Kōsalas. Le roi Pasanadi, ayant appris l'expédition militaire du roi Ajātasattu, déploya lui aussi son armée de quatre divisions, s'avança jusqu'à Kāsi pour faire face au roi Ajātasattu. [...]. Le roi Pasenadi, vaincu, fit retraite jusqu'à Sāvatthi, sa propre capitale. »

Le Bienheureux dit : « Ô bhikkhus, Vedehiputta Ajātasattu est un ami immoral, il est un compagnon immoral, il

1. Dans ce contexte, le *cīvara* signifie « *saṅghāṭi* » (le vêtement de dessus en doublure).

2. *Piṇḍāya* : pour recevoir la nourriture que les gens mettent dans les bols à aumône des bhikkhus.

est un allié immoral. Cependant, ô bhikkhus, quant au roi Pasenadi, du pays des Kōsalas, il est un ami vertueux, il est un compagnon vertueux, il est un allié vertueux. Pour le moment, ce roi Pasenadi passe cette nuit-ci dans la misère en éprouvant sa défaite. »

Ensuite, le Bienheureux s'exprima ainsi par cette *gāthā*[1] :

> « La conquête engendre la haine,
> Le vaincu demeure dans la misère.
> Celui qui se tient paisible,
> Ayant abandonné toute idée de victoire ou de défaite,
> Se maintient heureux. »

[Quelque temps après, encore une fois], Vedehiputta Ajātasattu, roi du pays des Magadhas, ayant déployé une armée de quatre divisions, s'avança jusqu'à Kāsi, contre Pasenadi, roi du pays des Kōsalas. Le roi Pasenadi apprit l'expédition militaire du roi Vedehiputta Ajātasattu et déploya lui aussi une armée de quatre divisions, puis il s'avança jusqu'à Kāsi pour faire face à l'armée du roi Vedehiputta Ajātasattu. Ainsi, ces deux souverains se firent la guerre. Dans cette bataille, le roi Pasenadi sortit vainqueur du roi Vedehiputta Ajātasattu et réussit à le prendre vivant. Le roi Pasenadi, du pays des Kōsalas, se dit : « Bien que je ne sois pas hostile à ce roi, lui est hostile à mon égard. Et, en tout cas, il est mon neveu. Il faut seulement que je confisque son armée : la division des éléphants, celle des chevaux, celle des chars de guerre et celle des soldats d'infanterie. Quant à Vedehiputta Ajātasattu, je ne le tue pas, et je le laisse en liberté. » Ainsi, le roi Pasenadi, du pays des Kōsalas, confisqua l'armée de Vedehiputta Ajātasattu et laissa celui-ci en liberté.

1. *Gāthā* : stance rythmée et composée selon des règles de versification.

Ce jour-là, de nombreux bhikkhus, s'étant habillés de bon matin, prirent leur bol à aumône et leur *cīvara*, entrèrent dans la ville de Sāvatthi pour recevoir leur nourriture. Puis, ayant fini leur tournée d'aumône, après avoir terminé leur repas, ils s'approchèrent de l'endroit où se trouvait le Bienheureux. S'étant approchés, ils rendirent hommage au Bienheureux et s'assirent à l'écart sur un côté. S'étant assis à l'écart sur un côté, ils l'informèrent : « Vénéré, le roi Ajātasattu, du pays des Magadhas, a déployé son armée de quatre divisions et s'est avancé jusqu'à Kāsi contre le roi Pasenadi, du pays des Kōsalas. Le roi Pasenadi, ayant appris l'expédition militaire du roi Ajātasattu, déploya lui aussi son armée de quatre divisions, s'avança jusqu'à Kāsi pour faire face au roi Ajātasattu. […] Dans cette bataille, le roi Pasenadi sortit vainqueur du roi Vedehiputta Ajātasattu et réussit à le prendre vivant. […] Ainsi, le roi Pasenadi, du pays des Kōsalas, confisqua l'armée de Vedehiputta Ajātasattu et laissa celui-ci en liberté. »

À ce moment-là, ayant entendu tout cela, sachant les faits, le Bienheureux s'exprima ainsi par cette *gāthā* :

« Un homme ruine un autre homme
Jusqu'à ce que son acte serve à sa propre ruine.
Or, lorsqu'il est ruiné par les autres,
Même s'étant ruiné, il en ruine un autre.

Jusqu'à ce que son acte ne soit pas mûr,
L'imbécile imagine : "Voici mon tour venu."
Cependant, au moment où l'acte est mûr,
Cet idiot ne sort pas des souffrances.

Un meurtrier retrouve son futur meurtrier,
Un vainqueur retrouve son futur vainqueur,
Un offenseur retrouve son futur offenseur,
Un malfaiteur retrouve son futur malfaiteur,
Ainsi, selon la maturité de l'acte commis,
Même s'étant ruiné, il en ruine un autre. »

(S. I, 82-85.)

Pabbatūpama-sutta
(Les guerres pendant les avalanches)

Une fois, alors que le Bienheureux séjournait à Sāvatthi, pendant un après-midi, le roi Pasenadi, du pays des Kōsalas, s'approcha de l'endroit où se trouvait le Bienheureux. S'étant approché, il rendit hommage au Bienheureux et s'assit à l'écart sur un côté. Le Bienheureux s'adressa au roi Pasenadi, du pays des Kōsalas : « Vous voilà donc, ô grand roi. Où êtes-vous allé, ces temps-ci ? »

Le roi répondit : « Je fus très occupé, Vénéré, dans diverses affaires dont les rois s'occupent, c'est-à-dire dans les affaires des rois d'origine *khattiya* qui ont été couronnés, qui sont ivres de l'intoxication de la puissance, qui se sont adonnés aux *plaisirs sensuels, qui ont établi la sécurité dans leur royaume et qui demeurent vainqueurs d'une large superficie de la Terre. »

Le Bienheureux dit : « À ce propos, qu'en pensez-vous, ô grand roi ? Supposons qu'un homme loyal et fidèle envers vous vienne en courant de l'est et vous informe ainsi : "Que Votre Majesté sache que je viens des provinces de l'Est, où j'ai vu une avalanche qui glisse d'une très haute montagne, écrasant tous les êtres sur son passage. Que Votre Majesté prenne les mesures nécessaires à ce sujet." Supposons également qu'un homme loyal et fidèle envers vous vienne en courant de l'ouest et vous informe ainsi : "Que Votre Majesté sache que je viens des provinces de l'Ouest, où j'ai vu une avalanche qui glisse d'une très haute montagne, écrasant tous les êtres sur son passage. Que Votre Majesté prenne les mesures nécessaires à ce sujet." Supposons également qu'un homme loyal et fidèle envers vous vienne en courant du sud et vous informe ainsi : "Que Votre Majesté sache que je viens des provinces du Sud, où j'ai vu une avalanche qui glisse d'une très haute montagne, écrasant tous les êtres sur son passage. Que Votre Majesté prenne les mesures nécessaires à ce sujet.” Supposons également qu’un homme loyal et fidèle envers vous vienne en courant du nord et vous informe ainsi : “Que Votre Majesté sache que je viens des provinces du Nord, où j’ai vu une avalanche qui glisse d’une très haute montagne, écrasant tous les êtres sur son passage. Que Votre Majesté prenne les mesures nécessaires à ce sujet.” Dans ce cas-là, ô grand roi, en écoutant ces quatre nouvelles, étant saisi par une si grande terreur devant de si graves pertes humaines, alors que la *naissance en tant qu’être humain est une occasion très difficile et rare à obtenir, qu’y aurait-il à faire ? »

Le roi répondit : « Dans une si grande terreur, Vénéré, devant de si graves pertes humaines, alors que la naissance en tant qu’être humain est une occasion très difficile et rare à obtenir, qu’y aurait-il à faire, sinon vivre [pendant le temps si court qui reste] selon la droiture, selon la justice, et faire des actes bons et méritoires qui donnent de bons résultats ! »

Le Bienheureux dit alors : « Je vous informe, ô grand roi, que la vieillesse et la mort arrivent tout comme une avalanche. Puisque la vieillesse et la mort arrivent tout comme une avalanche, qu’y a-t-il à faire ? »

Le roi répondit : « Puisque la vieillesse et la mort arrivent tout comme une avalanche, Vénéré, qu’y aurait-il à faire, sinon vivre [pendant le temps si court qui reste] selon la droiture, selon la justice, et faire des actes bons et méritoires qui donnent de bons résultats ! Les guerres où les éléphants sont employés existent chez les rois d’origine *khattiya* qui ont été couronnés, qui sont ivres de l’intoxication de la puissance, qui se sont adonnés aux plaisirs sensuels, qui ont établi la sécurité dans leur royaume et qui demeurent vainqueurs d’une large superficie de la Terre. Cependant, lorsque la vieillesse et la mort apparaissent, ces guerres qu’ils font en employant des éléphants sont inutiles et inopportunes.

Également, Vénéré, les guerres où les chevaux sont employés existent chez les rois d’origine *khattiya* qui ont été couronnés, [...]. Cependant, lorsque la vieillesse et la mort apparaissent, ces guerres qu'ils font en employant des chevaux sont inutiles et inopportunes.

Également, Vénéré, les guerres où les chars de guerre sont employés existent chez les rois d'origine *khattiya* qui ont été couronnés, [...]. Cependant, lorsque la vieillesse et la mort apparaissent, ces guerres qu'ils font en employant des chars de guerre sont inutiles et inopportunes.

Également, Vénéré, les guerres où les soldats d'infanterie sont employés existent chez les rois d'origine *khattiya* qui ont été couronnés, qui sont ivres de l'intoxication de la puissance, qui se sont adonnés aux plaisirs sensuels, qui ont établi la sécurité dans leur royaume et qui demeurent vainqueurs d'une large superficie de la Terre. Cependant, lorsque la vieillesse et la mort apparaissent, ces guerres qu'ils font en employant des soldats d'infanterie sont inutiles et inopportunes.

Également, Vénéré, il y a à ma cour royale des conseillers très capables qui sont compilateurs des formules sacrées utilisables en vue d'arrêter des ennemis qui s'avancent. Cependant, lorsque la vieillesse et la mort apparaissent, ces guerres qu'on fait en employant des formules sacrées sont inutiles et inopportunes.

Également, Vénéré, il y a chez moi une grande quantité d'or, entassée dans des souterrains ou amassée dans les chambres fortes des hauts étages, utilisable comme une stratégie financière en vue d'arrêter des ennemis qui s'avancent. Cependant, lorsque la vieillesse et la mort apparaissent, ces guerres qu'on fait en employant des stratégies financières sont inutiles et inopportunes. Lorsque la vieillesse et la mort apparaissent, Vénéré, qu'y a-t-il à faire, sinon vivre [pendant le temps si court qui reste] selon la droiture, selon la justice, et faire des actes bons et méritoires qui donnent de bons résultats ! »

Le Bienheureux dit : « Vous avez raison, ô grand roi, vous avez raison. Lorsque la vieillesse et la mort apparaissent, il n'y a rien à faire, sinon vivre [pendant le temps si court qui reste] selon la droiture, selon la justice, et faire des actes bons et méritoires qui donnent de bons résultats ! »

Ensuite, le Bienheureux s'exprima ainsi :

« Tout comme un rocher d'une grande montagne
Perçant le ciel
S'écoule en avalanche de tous les côtés,
En écrasant les terrains plats dans les quatre directions,
De même la vieillesse et la mort arrivent
En écrasant tout le monde sans distinction.

Les nobles, les brāhmanes,
Les hommes d'affaires et les intouchables,
Personne ne peut s'évader ou s'en amuser.

Le danger imminent ensevelit chacun et tout le monde.
Dans ce domaine,
il n'y a ni place ni utilité pour la guerre.
La victoire ne peut survenir
Par déploiement des éléphants, ni des chevaux,
Ni des chars de guerre, ni des soldats d'infanterie,
Ni des formules sacrées, ni de la finance.

Que l'homme sage utilise la capacité de sa pensée
Pour son bien-être.
Qu'il ait confiance dans le Bouddha,
Dans la *Doctrine, dans la *communauté des disciples.

Celui qui vit selon la droiture,
Au moyen de son corps, de sa pensée et de sa parole,
Est vénéré ici-bas, de par le monde,
Il trouve aussi le bonheur céleste
Dans la vie prochaine. »

(S. I, 100-102.)

5-6

Conseils aux laïcs

Veḷudvāreyya-sutta et Aputtaka-sutta

Tout d'abord, il faut noter que les sermons concernant la vie séculière sont relativement peu nombreux dans le *Canon bouddhique pour deux raisons.

Premièrement, conformément à la religiosité de la société contemporaine du Bouddha, les sermons de celui-ci comportaient de nombreux thèmes philosophico-religieux, car, à l'époque, on se passionnait pour discuter sur les hauts concepts spirituels, pour atteindre une certaine étape du *progrès intérieur ou au moins pour acquérir des pouvoirs surnaturels. Le plus souvent, donc, les interlocuteurs du Bouddha, les intellectuels, tenaient avec lui des propos qui n'avaient rien à voir avec la vie domestique.

Deuxièmement, la préoccupation principale du Bouddha n'était pas d'expliquer la manière dont la vie familiale devait être conduite dans le siècle, mais de diriger les gens intéressés, hommes et femmes, autant que possible, vers les hauts sommets du progrès intérieur, afin qu'ils puissent sortir de **dukkha*. Un bouddha, d'ailleurs, n'était pas essentiel pour donner au monde des leçons concernant la vie familiale.

En outre, à l'origine, le « bouddhisme » ne fut pas, à proprement parler, une religion, mais plutôt une discipline psychosomatique destinée aux « renonçants » qui menaient une vie errante[1].

Cependant, le Bouddha lui-même comprit que la plupart des humains aimaient mener une vie familiale ; autrement dit, que tout le monde ne veut pas être renonçant. Sans aucun doute, il y eut de nombreux entretiens entre le Bouddha et les laïcs. De leur côté, ces laïcs désiraient plutôt obtenir de simples conseils utiles pour accéder au bonheur de la vie familiale et pour renaître dans un des états célestes, après leur mort. Par exemple, dans le sermon intitulé *Veḷudvāreyya-sutta* (S. V, 352-356), plusieurs brāhmanes chefs de famille viennent voir le Bouddha et lui demandent : « Nous sommes des laïcs ordinaires et nous menons une vie familiale avec femmes et enfants. Donnez-nous quelques conseils qui nous conduisent vers le bonheur dans ce monde et au-delà. » La réponse du Bouddha fut très significative, d'abord sur le plan sociologique, ensuite sur le plan religieux. Elle nous montre que les préceptes bouddhiques ne se présentent pas comme des « commandements » venant d'en haut, mais comme de bons principes qu'on doit s'approprier avec une compréhension correcte de leur valeur sociale et morale, afin d'éviter les malheurs non seulement pour soi, mais encore dans la société où l'on demeure. Pour distinguer le bien et le mal, le Bouddha utilise, dans ce sermon, l'expérience personnelle de l'individu comme un critère valable.

L'autre texte présenté ici, intitulé *Aputtaka-sutta* (S. I, 91-92), concerne la richesse chez les laïcs. Dans ce sermon, le Bouddha s'exprime à propos de la mort d'un homme riche, avare et sans héritier. Le Bouddha y compare la

1. On peut ajouter une autre raison pour justifier la rareté relative des sermons concernant la vie laïque : le Canon bouddhique est une littérature protégée depuis le ve siècle avant J.-C., non pas par des laïcs, mais par les renonçants. Il est donc normal qu'il y ait beaucoup de sermons particulièrement utiles pour ces derniers. Même si de nombreux sermons concernant la vie du foyer furent prononcés par le Bouddha, sans doute les renonçants ont-ils pensé que ceux-ci ne devaient pas être préservés de la même façon !

richesse d'un homme égoïste à un lac situé dans une région que personne ne peut atteindre. Sur ce sujet, l'idée clef du bouddhisme est « mangez et également donnez aux autres » (« *Bhuñjatha, dadatha* »). Cette attitude charitable est comprise dans la perspective bouddhique de « dépenser correctement la richesse », sur laquelle insistent plusieurs sermons. Par exemple, selon l'*Āditta-sutta* : « Tout comme quelqu'un qui retire ses biens de sa maison en flammes plutôt que de les laisser brûler dedans, de même, dans cette vie qui est enflammée par la vieillesse, par la mort, etc., l'homme intelligent doit jouir de sa richesse et doit donner aux autres plutôt que d'épargner sans cesse d'une façon avare » (S. I, 31-32). Un autre sermon exige du laïc qu'il dépense ses ressources pour son bonheur, pour celui de ses parents, de ses amis, et pour le bien-être des religieux (A. III, 259). D'après un autre sermon : « Le laïc ne doit gagner de l'argent que d'une façon juste. Ainsi, il est satisfait et il partage sa richesse avec son entourage. Il fait des actions méritoires. Il utilise sa richesse sans *avidité, sans avarice, sans engouement, mais avec la compréhension de la vanité de la richesse » (A. I, 181).

Lisons d'abord le *Veḷudvāreyya-sutta*, où se trouvent quelques principes éthiques.

Veḷudvāreyya-sutta (Les préceptes aux nobles)

*Ainsi ai-je entendu : une fois, le Bienheureux, en voyageant dans les provinces du pays des Kōsalas avec un groupe important de *bhikkhus, parvint à Veḷudvāra, un village de brāhmanes.

Habitant Veḷudvāra, les brāhmanes chefs de famille[1]

1. Les textes canoniques emploient l'expression « les brāhmanes chefs de famille » (*brāhmaṇa gahapati*) pour désigner les gens qui sont issus de la caste brāhmane et qui mènent une vie conjugale.

apprirent ceci : « L'honorable Samana Gōtama, fils des *Sākyas, ayant abandonné sa famille sākyanne et quitté son foyer pour entrer dans la vie sans foyer, voyageant dans les provinces du pays des Kōsalas, avec un groupe important de bhikkhus, est parvenu à Veḷudvāra. Or, il se propagea le bruit de la bonne réputation du Bienheureux en ces termes : “Il est le Bienheureux, l'*Arahant, l'*Éveillé parfait, parfait en Savoir et parfait en Conduite, bien arrivé à son but, connaisseur du monde, incomparable guide des êtres qui doivent être guidés, instructeur des dieux et des humains, l'Éveillé, le Bienheureux. Ayant compris le monde constitué des dieux, des Mārās, des Brahmās et des humains, des *samanas et des brāhmanes, par sa propre connaissance spécifique, il le communique aux autres. Il enseigne une doctrine bonne en son début, bonne en son milieu, bonne en sa fin, bonne dans sa lettre et dans son esprit, il exalte la *Conduite sublime parfaitement pleine et parfaitement pure. Aller voir un tel méritant est vraiment une bonne chose. »

Alors les brāhmanes chefs de famille, habitants de Veḷudvāra, s'approchèrent de l'endroit où se trouvait le Bienheureux. S'étant approchés, certains parmi eux rendirent hommage au Bienheureux et s'*assirent à l'écart sur un côté. D'autres échangèrent avec lui des compliments de politesse et des paroles de courtoisie, et s'assirent ensuite à l'écart sur un côté. Certains, les mains jointes, rendirent hommage dans la direction où se trouvait le Bienheureux, puis s'assirent à l'écart sur un côté. D'autres encore, ayant énoncé leurs noms et leurs noms de famille, s'assirent à l'écart sur un côté. D'autres s'assirent à l'écart sur un côté sans rien dire.

S'étant assis à l'écart sur un côté, les brāhmanes chefs de famille, habitants de Veḷudvāra, s'adressèrent au Bienheureux et dirent : « Honorable Gōtama, nous sommes des gens qui avons telles passions, tels espoirs, telles intentions comme de vivre au milieu de beaucoup d'enfants, d'utiliser le santal venant de Bārāṇasī[1], de porter des guirlandes et d'utiliser des parfums et des onguents, d'accepter l'or et l'argent, de renaître dans les destinations heureuses, dans les états célestes, après la dissolution du corps, après la mort. Nous vous demandons, honorable Gōtama, enseignez-nous une doctrine selon laquelle nous pourrions vivre avec telles passions, tels espoirs, telles intentions comme de vivre au milieu de beaucoup d'enfants, d'utiliser le santal venant de Bārāṇasī, de porter des guirlandes et d'utiliser des parfums et des onguents, d'accepter l'or et l'argent, de renaître dans les destinations heureuses, dans les états célestes, après la dissolution du corps, après la mort. »

Le Bienheureux dit : « Ô chefs de famille[2], je vous enseignerai donc un mode de vie qui procure un profit à chacun. Écoutez, fixez bien votre attention. Je vais vous en parler. »

« Oui, honorable Gōtama », répondirent les brāhmanes chefs de famille, habitants de Veḷudvāra.

Le Bienheureux dit : « Quel est, ô chefs de famille, le mode de vie qui procure un profit à chacun ? Supposons, ô chefs de famille, que le *disciple noble[3] réfléchisse ainsi : "J'aime la vie et je ne veux pas mourir. J'aime la joie et je répugne aux douleurs. Si je suis privé de la vie par quelqu'un, c'est un fait qui n'est ni agréable ni plaisant pour moi. Si, moi, je prive quelqu'un d'autre de sa vie, ce ne sera un fait ni agréable ni plaisant pour lui, car il ne veut pas qu'on le tue, et il aime la joie, et il répugne aux douleurs. Ainsi, un fait qui n'est ni agréable ni plaisant pour moi doit être un fait qui n'est ni agréable ni plaisant pour quelqu'un d'autre. Donc, un fait qui n'est ni agréable ni

1. Bārāṇasī (fr. Bénarès). L'expression « utiliser le santal venant de Bārāṇasi » symbolise une vie de luxe.

2. Le Bouddha s'adresse à ces brāhmanes par le terme *gahapatayō*, c'est-à-dire « ô chefs de famille ».

3. Dans les textes canoniques, les bouddhistes laïcs sont désignés par le terme « *ariya sāvaka* » (disciples nobles).

plaisant pour moi, comment puis-je l'infliger à quelqu'un d'autre ?"

Le résultat d'une telle réflexion est que le disciple noble lui-même s'abstient de tuer les êtres vivants. Il encourage les autres à s'abstenir de tuer les êtres vivants. Il parle et fait l'éloge d'une telle abstinence. Ainsi, en ce qui concerne la conduite de son corps, il est complètement pur.

Et encore, ô chefs de famille, supposons que le disciple noble réfléchisse ainsi : "Si quelqu'un prenait avec l'intention de la voler une chose m'appartenant que je ne lui ai pas donnée, ce serait un fait ni agréable ni plaisant pour moi. Si moi, je prenais avec l'intention de la voler une chose appartenant à quelqu'un d'autre qu'il ne m'aurait pas donnée, ce serait un fait ni agréable ni plaisant pour lui. Ainsi, un fait qui n'est ni agréable ni plaisant pour moi doit être un fait qui n'est ni agréable ni plaisant pour quelqu'un d'autre. Donc, un fait qui n'est ni agréable ni plaisant pour moi, comment puis-je l'infliger à quelqu'un d'autre ?"

Le résultat d'une telle réflexion est que le disciple noble lui-même s'abstient de prendre ce qui ne lui est pas donné. Il encourage les autres à s'abstenir de prendre ce qui ne leur est pas donné. Il parle et fait l'éloge d'une telle abstinence. Ainsi, en ce qui concerne la conduite de son corps, il est complètement pur.

Et encore, ô chefs de famille, supposons que le disciple noble réfléchisse ainsi : "Si quelqu'un avait des relations sexuelles avec mes femmes, ce serait un fait ni agréable ni plaisant pour moi. Si moi, j'avais des relations sexuelles avec les femmes de quelqu'un d'autre, ce serait un fait ni agréable ni plaisant pour lui. Ainsi, un fait qui n'est ni agréable ni plaisant pour moi doit être un fait qui n'est ni agréable ni plaisant pour quelqu'un d'autre. Donc, un fait qui n'est ni agréable ni plaisant pour moi, comment puis-je l'infliger à quelqu'un d'autre ?"

Le résultat d'une telle réflexion est que le disciple noble lui-même s'abstient de s'engager dans des relations sexuelles illicites. Il encourage les autres à s'abstenir de s'engager dans des relations sexuelles illicites. Il parle et fait l'éloge d'une telle abstinence. Ainsi, en ce qui concerne la conduite de son corps, il est complètement pur.

Et encore, ô chefs de famille, supposons que le disciple noble réfléchisse ainsi : "Si quelqu'un entame mon bien-être par des mensonges, ce serait un fait ni agréable ni plaisant pour moi. Si moi, j'entamais le bien-être de quelqu'un d'autre, ce serait un fait ni agréable ni plaisant pour lui. Ainsi, un fait qui n'est ni agréable ni plaisant pour moi doit être un fait qui n'est ni agréable ni plaisant pour quelqu'un d'autre. Donc, un fait qui n'est ni agréable ni plaisant pour moi, comment puis-je l'infliger à quelqu'un d'autre ?"

Le résultat d'une telle réflexion est que le disciple noble lui-même s'abstient de dire des mensonges. Il encourage les autres à s'abstenir de dire des mensonges. Il parle et fait l'éloge d'une telle abstinence. Ainsi, en ce qui concerne la conduite de son corps, il est complètement pur.

Et encore, ô chefs de famille, supposons que le disciple noble réfléchisse ainsi : "Si quelqu'un me séparait de mes amis par la calomnie, ce serait un fait ni agréable ni plaisant pour moi. Si moi, je séparais un autre de ses amis par la calomnie, ce serait un fait ni agréable ni plaisant pour lui. Ainsi, un fait qui n'est ni agréable ni plaisant pour moi doit être un fait qui n'est ni agréable ni plaisant pour quelqu'un d'autre. Donc, un fait qui n'est ni agréable ni plaisant pour moi, comment puis-je l'infliger à quelqu'un d'autre ?"

Le résultat d'une telle réflexion est que le disciple noble lui-même s'abstient de dire des paroles calomnieuses. Il encourage les autres à s'abstenir de dire des paroles calomnieuses. Il parle et fait l'éloge d'une telle abstinence. Ainsi, en ce qui concerne la conduite de son corps, il est complètement pur.

Et encore, ô chefs de famille, supposons que le disciple noble réfléchisse ainsi : "Si quelqu'un me traitait avec des paroles insensées, des paroles futiles, ce serait un fait ni agréable ni plaisant pour moi. Si moi, je traitais un autre avec des paroles insensées, des paroles futiles, ce serait un fait ni agréable ni plaisant pour lui. Ainsi, un fait qui n'est ni agréable ni plaisant pour moi doit être un fait qui n'est ni agréable ni plaisant pour quelqu'un d'autre. Donc, un fait qui n'est ni agréable ni plaisant pour moi, comment puis-je l'infliger à quelqu'un d'autre ?"

Le résultat d'une telle réflexion est que le disciple noble lui-même s'abstient de dire des paroles insensées, des paroles futiles. Il encourage les autres à s'abstenir de dire des paroles insensées, des paroles futiles. Il parle et fait l'éloge d'une telle abstinence. Ainsi, en ce qui concerne la conduite de son corps, il est complètement pur.

Puis, ce disciple noble possède une *confiance sereine à l'égard du Bouddha, en réfléchissant : "Il est le Bienheureux, l'Arahant, l'Éveillé parfait, parfait en Savoir et parfait en Conduite, bien arrivé à son but, connaisseur du monde, incomparable guide des êtres qui doivent être guidés, instructeur des dieux et des humains, l'Éveillé, le Bienheureux."

Puis, ce disciple noble possède une confiance sereine à l'égard de la *Doctrine, en réfléchissant : "Bien exposée par le Bienheureux est la Doctrine, donnant des résultats ici même, immédiate, invitant à comprendre, conduisant à la perfection, compréhensible par les sages en eux-mêmes."

Puis, ce disciple noble possède une confiance sereine à l'égard de la *communauté des disciples, en réfléchissant : "La communauté des disciples du Bienheureux est de conduite droite, la communauté des disciples du Bienheureux est de conduite correcte, la communauté des disciples du Bienheureux est de conduite bienséante ; ce sont en fait les quatre paires d'êtres : les huit êtres [1]. Telle est la commu-

1. Les quatre paires d'êtres : les huit êtres : 1. celui qui est sur la voie de **sōtāpatti* et celui qui a atteint l'étape de *sōtāpatti* ; 2. celui qui est dans la voie de **sakadāgāmi* et celui qui a atteint l'étape de *sakadāgāmi* ; 3. celui est dans la voie d'**anāgāmi* et celui qui a atteint l'étape d'*anāgāmi* ; 4. celui qui est dans la voie d'*arahant et celui qui a atteint l'état d'arahant.

nauté des disciples du Bienheureux, digne des offrandes, digne de l'hospitalité, digne de dons, digne de respect ; le plus grand champ de mérite pour le monde."

Désormais, ô chefs de famille, puisque ce disciple noble a rempli ces sept conditions, s'il le veut, il peut déclarer avec certitude : "La voie vers les états infernaux a été coupée, la voie vers les naissances animales a été coupée, la voie vers le domaine des esprits malheureux a été coupée, la voie vers le monde de malheur, vers le malheur, vers les destinations malheureuses, a été coupée. Je suis entré dans le courant[1]. Il est sûr que je ne suis plus destiné à retomber. Je suis destiné à atteindre la compréhension parfaite." »

Cela étant dit, les brāhmanes chefs de famille, habitants de Veḷudvāra, dirent au Bienheureux : « C'est merveilleux, honorable Gōtama, c'est sans précédent, honorable Gōtama ! C'est [vraiment], honorable Gōtama, comme si l'on redressait ce qui a été renversé, découvrait ce qui a été caché, indiquait le chemin à l'égaré ou apportait une lampe à huile dans l'obscurité en pensant "que ceux qui ont des yeux voient les formes". De même, l'honorable Gōtama a rendu claire la Doctrine de maintes façons. Vénéré, nous prenons refuge en l'honorable Gōtama, en la Doctrine et en la communauté des disciples. Que l'honorable Gōtama veuille nous accepter comme disciples laïcs à partir d'aujourd'hui jusqu'à la fin de nos vies, nous qui avons pris refuge en lui. »

(S. V, 352-356.)

1. « Entrer dans le courant » (**sōtāpatti*) : première étape de la voie de la libération.

Aputtaka-sutta (La richesse chez l'avare)

Une fois, alors que le Bienheureux séjournait à Sāvatthi, pendant un après-midi, le roi Pasenadi, du pays des Kōsalas, s'approcha de l'endroit où se trouvait le Bienheureux. S'étant approché, il rendit hommage au Bienheureux et s'assit à l'écart sur un côté. Le Bienheureux lui demanda : « Ô grand roi, vous voilà donc. Où êtes-vous allé pendant l'après-midi ? »

Le roi répondit : « Vénéré, à la ville de Sāvatthi, un chef de famille extrêmement riche vient de mourir. Il est mort, sans enfants, et moi, je suis venu ici après avoir envoyé au trésor royal la richesse de cet homme : huit millions en or, et que dire de la quantité d'argent ! Cependant, Vénéré, lorsque cet homme riche était vivant, un gâteau de grains accompagné d'un gruau avec de la balle de riz constituait son repas quotidien. Quelques morceaux d'étoffe de chanvre couvrant seulement les trois quarts du corps étaient son costume ! Une vieille charrette au toit couvert de paille était son carrosse ! »

Le Bienheureux dit alors : « C'est possible, ô grand roi, c'est possible. Un homme égoïste, ayant amassé une grande richesse, ne la dépense pas pour la joie et le plaisir de lui-même. Il ne la dépense pas pour la joie et pour le bonheur de ses parents. Il ne la dépense pas pour la joie et le plaisir de sa famille. Il ne la dépense pas pour la joie et le plaisir de ses esclaves ni de ses artisans, ni de ses serviteurs. Il ne la dépense pas pour la joie et le plaisir de ses amis, ni de ses collègues. Il ne laisse pas de côté une partie de sa richesse pour donner aux samanas et aux brāhmanes, en vue d'acquérir des mérites produisant le bonheur céleste (dans sa vie prochaine), conduisant aux bonheurs célestes (dans sa vie prochaine). Ainsi, la grande richesse d'un tel individu, qui n'a pas été correctement utilisée, sera confisquée par les rois, ou elle sera enlevée par les voleurs, ou elle sera brûlée par des incendies, ou elle sera détruite par des inondations, ou bien elle tombera aux mains d'héritiers qui n'auront pas d'affection pour lui. De cette façon, ô grand roi, la richesse qui n'a pas été correctement utilisée est destinée à se perdre, non à être consommée pour le bonheur. C'est tout comme, ô grand roi, un lac qui a une eau pure, délicieuse, fraîche, transparente, mais qui est situé dans une région sauvage, où personne ne peut venir pour boire ou pour se baigner, ou pour utiliser l'eau d'une façon ou d'une autre. Ô grand roi, l'eau qui n'est pas bien utilisée coule en pure perte et n'est pas consommée pour le bonheur. De même, ô grand roi, un homme égoïste ayant amassé une grande richesse ne la dépense pas pour la joie et le plaisir de lui-même. Il ne la dépense pas pour la joie et pour le bonheur de ses parents. [...] De cette façon, ô grand roi, la richesse qui n'a pas été correctement utilisée est destinée à se perdre, non à être consommée pour le bonheur.

Cependant, ô grand roi, un homme généreux ayant amassé une grande richesse la dépense pour la joie et le plaisir de lui-même. Il la dépense pour la joie et pour le bonheur de ses parents. Il la dépense pour la joie et le plaisir de sa famille. Il la dépense pour la joie et le plaisir de ses esclaves, de ses artisans, de ses serviteurs. Il la dépense pour la joie et le plaisir de ses amis, de ses collègues. Il laisse de côté une partie de sa richesse pour donner aux samanas et aux brāhmanes, en vue d'acquérir des mérites produisant le bonheur céleste (dans sa vie prochaine), conduisant aux bonheurs célestes (dans sa vie prochaine). Ainsi, la grande richesse d'un tel individu, qui a été correctement utilisée, ne sera pas confisquée par les rois, ou elle ne sera pas enlevée par les voleurs, ou elle ne sera pas brûlée par des incendies, ou elle ne sera pas détruite par des inondations, ou bien elle ne tombera pas aux mains d'héritiers qui n'auront pas d'affection pour lui. De cette façon, ô grand roi, la richesse qui a été correctement utilisée n'est pas destinée à se perdre, mais à être consommée pour le bonheur. C'est tout comme, ô grand roi, un lac qui a une eau pure, délicieuse, fraîche, transparente, et qui est bien situé près d'un village ou d'un bourg, et où les gens peuvent venir pour boire ou pour se baigner, ou pour utiliser l'eau d'une façon ou d'une autre. Ô grand roi, l'eau qui est bien utilisée ne coule pas en pure perte, mais est consommée pour le bonheur. De même, ô grand roi, un homme généreux, ayant amassé une grande richesse, la dépense pour la joie et le plaisir de lui-même. Il la dépense pour la joie et pour le bonheur de ses parents. […] De cette façon, ô grand roi, la richesse qui a été correctement utilisée n'est pas destinée à se perdre, mais à être consommée pour le bonheur.

L'eau fraîche qui se trouve dans une région sauvage,
Personne ne s'en approche pour boire,
Cette eau coule en vain, inutilement.
Semblable est la richesse amassée
par un homme égoïste,
Il ne la dépense ni pour lui ni pour donner.

L'homme qui a une pensée forte,
Et qui a amassé une richesse,
Il la consomme et l'utilise pour remplir ses devoirs.
Il nourrit ses parents et ses amis.
Lui qui a un cœur noble, sans fautes,
Après la mort, il va au bonheur céleste. »

(S. I, 91-92.)

7

Les dieux et les déesses

Verañjaka-sutta

Comme nous l'avons noté plus haut, il existe un certain nombre de sermons prononcés à l'intention des laïcs. Dans ces sermons se trouvent plutôt des conseils simples par rapport aux prescriptions élaborées destinées à une vie contemplative. Le Bouddha propose dans ces sermons une vie familiale heureuse, harmonieuse et équilibrée. Dans ce cas-là, ces textes prennent en compte tous les aspects de la vie familiale et sociale. Par exemple, le *Sigālōvāda-sutta* (D. III, 180) explique comment on doit maintenir de bonnes relations et l'harmonie entre le chef de famille et son entourage, y compris ses serviteurs, ses ouvriers, ses collègues. Le même sermon décrit les devoirs réciproques de l'employeur et de ses employés. Le *Vasala-sutta* (Sn. v. 116-142) montre comment devenir un homme respectable et *noble grâce à un bon comportement. Dans ce domaine, le Bouddha rejette les privilèges, entièrement et absolument, aussi bien que les interdictions imposées aux basses castes. Selon lui, « ce n'est pas par la naissance que l'on devient un paria. Ce n'est pas par la *naissance que l'on devient un brāhmane. Par ses actes l'on devient un paria. Par ses actes l'on devient un brāhmane »[1].

1. Voir G. P. Malalasekera et K. N. Jayatilleke, *Le Bouddhisme et la Question raciale*, Paris, Unesco, 1968.

Quant au *Parābhava-sutta* (Sn. v. 91-115), il explique pourquoi un individu devient pauvre et malheureux, et comment éviter un tel déclin. Les conseils pour la réussite économique ne sont pas absents de ces textes. Le *Vyaggapajja-sutta* (A. IV, 281-282) expose la manière de gagner de l'argent, de le dépenser, celle aussi de l'économiser[1]. Plusieurs sermons (voir D. III, 236; A. III, 252; Ud. 86-87) montrent combien il est bénéfique de ne pas avoir de vices comme flâner dans les rues à des heures indues, avoir du goût pour les jeux de hasard, etc. Quelques sermons adressés à Anāthapinḍika, le plus célèbre homme d'affaires de la ville de Sāvatthi évoquent non seulement la réussite économique, mais encore la valeur de la générosité (A. I, 261 ; II, 45-48 ; 64-66; III, 204, 206). Ces sermons demandent que soient évitées les boissons enivrantes, et en indiquent précisément les conséquences nuisibles : « Les boissons enivrantes causent l'*égarement et l'inattention. Elles causent la perte de la fortune, l'augmentation des disputes, la prédisposition aux maladies, le gain d'une mauvaise réputation, les scandales honteux, la diminution de l'intelligence » (voir D. III, 68).

En ce qui concerne la vie familiale, le *Sigālōvāda-sutta* (D. III, 180) conseille d'entretenir l'amitié et l'harmonie entre la femme et son époux, de même qu'entre les enfants et les parents. Plusieurs passages canoniques traitent de la fidélité entre les membres de la famille.

Certains fidèles laïcs parlaient ouvertement de leur vie familiale avec le Bouddha. Ainsi, Nakula Pitā, un chef de famille très âgé, dit un jour au Bouddha : « Vénéré, lorsque ma femme fut conduite chez moi, c'était simplement une petite fille. Moi, j'étais simplement un jeune garçon. Cependant, je n'ai pas de souvenir de l'avoir trompée, même en

1. Pour une traduction du *Vyaggapajja-sutta*, voir M. W., *Les Entretiens du Bouddha*, Paris, Éditions du Seuil, 2001, p. 51-56.

pensée. Comment alors, Vénéré, moi et mon épouse, ne souhaiterions-nous pas nous voir mutuellement dans l'existence présente et encore nous voir mutuellement dans la vie future[1] ? » Cette déclaration du vieux Nakula Pitā témoigne d'un sentiment très amoureux de sa part pour sa vieille épouse. Le plus important est la réponse donnée par le Bouddha au couple Nakula : « Si le mari et la femme ont vraiment tous deux même *confiance sereine, même moralité, même générosité, même sagesse, ils se voient mutuellement dans l'existence présente et il se verront ensemble dans la vie future » (A. I, 61-62). Dans un autre passage canonique (A. I, 151 ; III, 43), nous apprenons que le Bouddha comparait à un grand arbre sāla en fleur le bon chef de famille qui s'efforçait d'assurer à sa femme et à ses enfants des conditions de vie heureuses et justes.

Ici nous devons noter que les peuples contemporains du Bouddha pratiquaient diverses coutumes tribales en ce qui concerne la vie conjugale. Le bouddhisme a simplement adopté le plus haut degré de l'idéal en vogue, c'est-à-dire notamment la monogamie ; il lui a donné des justifications supplémentaires et l'a accentuée pour ses *disciples laïcs.

Le sermon intitulé *Verañjaka-sutta* (A. III, 57-59), que nous allons lire, mentionne plutôt l'aspect vertueux d'un couple. Ici, le Bouddha n'insiste pas sur les coutumes ou les rites particuliers liés à telle ou telle religion, mais sur quelques principes utiles pour maintenir le bien-être de tous dans la société où vit le couple. Le mari et sa femme qui mènent leur vie d'une manière correcte sont comparés ici à l'union d'un dieu et d'une déesse.

1. Nakula Mātā, l'épouse de Nakula Pitā, fit aussi une déclaration analogue au sujet de son mari. Un autre jour, le Bouddha se rendit chez eux alors qu'ils étaient malades. Nakula Pitā lui parla de sa femme, si bien que le Bouddha lui dit : « Vous avez de la chance, chef de famille, d'avoir une épouse comme Nakula Mātā, qui est pleine de *compassion, qui désire votre bonheur » (A. III, 295).

Verañjaka-sutta (Les dieux et les déesses)

Une fois, le Bienheureux était en voyage sur la grande route entre Madhurā et Veranjā. À ce moment-là, un nombre important de chefs de famille voyageaient aussi avec leurs épouses sur cette grande route.

Le Bienheureux, en quittant la route, s'assit sur un siège préparé au pied d'un arbre, au bord de cette route.

En voyant que le Bienheureux s'était assis, les chefs de famille et leurs épouses s'approchèrent de l'endroit où se trouvait le Bienheureux. S'étant approchés, ils lui rendirent hommage, puis s'*assirent à l'écart sur un côté. Lorsqu'ils furent assis, le Bienheureux s'adressa à eux et dit :

« Ô chefs de famille, il y a quatre façons de vivre ensemble [dans la vie conjugale]. Quelles sont ces quatre façons ? Un homme semblable à un cadavre qui vit avec une femme semblable à un cadavre ; un homme semblable à un cadavre qui vit avec une femme semblable à une déesse ; un homme semblable à un dieu qui vit avec une femme semblable à un cadavre ; un homme semblable à un dieu qui vit avec une femme semblable à une déesse.

Comment, ô chefs de famille, un homme semblable à un cadavre vit-il avec une femme semblable à un cadavre ? Dans ce cas, ô chefs de famille, le mari est quelqu'un qui tue des êtres vivants, il commet des vols, il s'engage dans des relations sexuelles illicites, il profère des mensonges, il consomme des boissons enivrantes qui causent l'égarement et l'inattention, il est cruel et fait du mal aux autres, il vit avec un cœur impur, il insulte les *samanas et les brāhmanes. Son épouse également tue des êtres vivants, elle commet des vols, elle s'engage dans des relations sexuelles illicites, elle profère des mensonges, elle consomme des boissons enivrantes qui causent l'égarement et l'inattention, elle est cruelle et fait du mal aux autres, elle vit avec un cœur impur, et elle insulte les samanas et les brāhmanes.

C'est ainsi, ô chefs de famille, qu'un homme semblable à un cadavre mène sa vie avec une femme semblable à un cadavre.

Et comment, ô chefs de famille, un homme semblable à un cadavre mène-t-il sa vie avec une femme semblable à une déesse ? Dans ce cas, ô chefs de famille, le mari est quelqu'un qui tue des êtres vivants, il commet des vols, il s'engage dans des relations sexuelles illicites, il profère des mensonges, il consomme des boissons enivrantes qui causent l'égarement et l'inattention, il est cruel et fait du mal aux autres, il vit avec un cœur impur, il insulte les samanas et les brāhmanes. Cependant, son épouse est quelqu'un qui s'abstient de tuer des êtres vivants, elle s'abstient de commettre des vols, elle s'abstient de s'engager dans des relations sexuelles illicites, elle s'abstient de proférer des mensonges, elle s'abstient de consommer des boissons enivrantes qui causent l'égarement et l'inattention, elle est compatissante et elle ne fait de mal à personne, elle vit avec un cœur pur et elle respecte les samanas et les brāhmanes. C'est ainsi, ô chefs de famille, qu'un homme semblable à un cadavre mène sa vie avec une femme semblable à une déesse.

Et comment, ô chefs de famille, un homme semblable à un dieu mène-t-il sa vie avec une femme semblable à un cadavre ? Dans ce cas, ô chefs de famille, le mari est quelqu'un qui s'abstient de tuer des êtres vivants, il s'abstient de commettre des vols, il s'abstient de s'engager dans des relations sexuelles illicites, il s'abstient de proférer des mensonges, il s'abstient de consommer des boissons enivrantes qui causent l'égarement et l'inattention, il est compatissant et il ne fait de mal à personne, il vit avec un cœur pur et il respecte les samanas et les brāhmanes. Cependant, son épouse est quelqu'un qui tue des êtres vivants, elle commet des vols, elle s'engage dans des relations sexuelles illicites, elle profère des mensonges, elle consomme des boissons enivrantes qui causent l'égarement et l'inattention, elle est cruelle et fait du mal aux autres, elle vit avec un cœur impur, et elle insulte les samanas et les brāhmanes. C'est ainsi, ô chefs de famille, qu'un homme semblable à un dieu mène sa vie avec une femme semblable à un cadavre.

Et comment, ô chefs de famille, un homme semblable à un dieu mène-t-il sa vie avec une femme semblable à une déesse ? Dans ce cas, ô chefs de famille, le mari est quelqu'un qui s'abstient de tuer des êtres vivants, il s'abstient de commettre des vols, il s'abstient de s'engager dans des relations sexuelles illicites, il s'abstient de proférer des mensonges, il s'abstient de consommer des boissons enivrantes qui causent l'égarement et l'inattention, il est compatissant et il ne fait de mal à personne, il vit avec un cœur pur et il respecte les samanas et les brāhmanes. Cependant, son épouse est quelqu'un qui s'abstient de tuer des êtres vivants, elle s'abstient de commettre des vols, elle s'abstient de s'engager dans des relations sexuelles illicites, elle s'abstient de proférer des mensonges, elle s'abstient de consommer des boissons enivrantes qui causent l'égarement et l'inattention, elle est compatissante et elle ne fait de mal à personne, elle vit avec un cœur pur et elle respecte les samanas et les brāhmanes. C'est ainsi, ô chefs de famille, qu'un homme semblable à un dieu mène sa vie avec une femme semblable à une déesse.

Telles sont, ô chefs de famille, les quatre façons de vivre ensemble dans la vie conjugale. »

(A. III, 57-59.)

8

L'utilité de l'attention

Ambalaṭṭhikā-Rāhulōvāda-sutta

Les deux sujets principaux de ce sermon intitulé *Ambalaṭṭhikā-Rāhulōvāda-sutta* (M. I, 414-420) sont la sincérité et l'attention de la pensée, deux éléments indispensables pour bâtir un caractère solide qui permette de développer la faculté mentale.

La valeur de l'attention[1] est comparée dans ce sermon à l'utilité d'un miroir. L'attention est un élément capital de la doctrine bouddhique. Par conséquent, il existe à son propos de nombreux sermons, dont le fameux *Satipaṭṭhāna-sutta* (D. II, 290-315 ; M. I, 56-63)[2], où le Bouddha explique longuement comment et pourquoi le *disciple doit développer son attention. Naturellement, celle-ci constitue une base essentielle pour maîtriser d'abord les actions, puis la pensée afin de mieux la diriger vers les sommets du *progrès intérieur par le développement de la capacité d'introspection.

Quant à la sincérité, elle est une nécessité fondamentale de la vie religieuse du disciple. D'abord, elle concerne la

1. L'*attention (*sati*) signifie l'application de la pensée à son objet et la vigilance, qui est identifiée également par le terme pāli *appamāda* (voir D. I, 13 ; III, 30, 104, 112, 244, 248 ; M. I, 477 ; S. I, 25, 86, 158, 214 ; II, 29, 132 ; IV, 78 ; A. I, 16, 50 ; III, 330, 364, 449 ; IV, 28, 120 ; Sn. v. 184, 264, 334 ; Dhap. v. 21-36).

2. Pour une traduction intégrale de ce texte, voir M. W., *Dīgha-nikāya*, à paraître.

pureté intérieure, puis la dignité et l'ouverture du cœur. À cette fin, un des moyens prescrits dans ce sermon est la confession[1]. Or, cette confession n'a pas pour but de demander le pardon de tel ou tel dieu ou du Bouddha, ni de reconnaître que celui qui se confesse est un pécheur. Le disciple déclare ses fautes simplement devant un de ses confrères, ou devant un groupe de ses confrères. Sociologiquement, une telle confession traduit le fait qu'il n'y a pas de vie privée, pour un renonçant, au sein de sa communauté. Psychologiquement, en déclarant sa faute, on devient sincère vis-à-vis de soi-même et on se méfie également des tentations pour l'avenir. Un autre résultat psychologique de ces confessions est que, comme l'indique le code de la *Discipline (*Vinaya*), la pensée du disciple se trouve par ce moyen allégée. Une pensée allégée est une nécessité très importante dans la voie du progrès intérieur.

Dans l'*Ambalaṭṭhikā-Rāhulōvāda-sutta*, un conseil est donné au novice Rāhula[2] lorsque celui-ci était encore très jeune[3]. Une fois de plus, il est clair que le Bouddha savait habilement employer des mots et des paraboles facile-

1. C'est une pratique prescrite dans la Discipline (*Vinaya*) destinée aux renonçants. (Voir, de M. W., *Le Moine bouddhiste selon les textes du Theravāda*, Paris, Cerf, 1983, p. 160-161 ; *Les Moniales bouddhistes…*, Paris, Cerf, 1991, p. 61, 85, 94.) Cependant, se confesser n'est pas une pratique religieuse chez les laïcs bouddhistes. Les *bhikkhus ou les *bhikkhunīs ne jouent jamais le rôle d'un confesseur.

2. Rāhula était fils du prince Siddhatta Gōtama. Lorsque celui-ci renonça à la vie du foyer, Rāhula était encore un nourrisson. Plus tard, pendant le premier voyage du Bouddha dans le pays des Sākyas, le jeune Rāhula rencontra pour la première fois son père, devenu désormais un maître religieux (voir Vin. I, 82-83). Selon les conseils du Bouddha, l'Āyasmanta Sāriputta, l'un des grands disciples de ce dernier, fit entrer Rāhula dans la communauté des renonçants. Le même Sāriputta fut le précepteur du novice Rāhula. Parmi les confrères, celui-ci était connu sous le nom de Rāhula-bhadda, Rāhula l'Heureux (Theg. v. 295).

3. Deux autres sermons adressés au novice Rāhula se trouvent également dans le *Majjhima-nikāya*. Ils sont intitulés *Mahā-Rāhulōvāda-sutta* (M. I, 420-426) et *Cūḷa-Rāhulōvāda-sutta* (M. III, 272-279). Ce dernier sermon se trouve également dans le *Saṃyutta-nikāya* (S. IV, 105-107).

ment compréhensibles par son auditoire, dans le cas présent un enfant[1].

Dans le domaine de l'éthique, ce sermon est un texte très important. Il nous présente l'un des critères bouddhiques en ce qui concerne le bien et le mal.

Ambalaṭṭhikā-Rāhulōvāda-sutta
(L'utilité de l'attention)

*Ainsi ai-je entendu : une fois, le Bienheureux demeurait à l'endroit appelé Kalandaka-nivāpa, dans le bois de bambous, près de la ville de Rājagaha.

En ce temps-là, l'Āyasmanta Rāhula séjournait à Ambalaṭṭhikā[2]. Un après-midi, le Bienheureux, s'étant levé de son repos solitaire, se rendit à Ambalaṭṭhikā pour voir l'Āyasmanta Rāhula.

L'Āyasmanta Rāhula vit de loin le Bienheureux qui s'approchait ; il prépara un siège à son intention et de l'eau pour se laver les pieds.

Étant arrivé, le Bienheureux s'assit sur le siège préparé à son intention et se lava les pieds. L'Āyasmanta Rāhula rendit hommage au Bienheureux puis *s'assit à l'écart sur un côté.

Ayant laissé une petite quantité d'eau dans l'écuelle, le Bienheureux s'adressa à l'Āyasmanta Rāhula : « Ô Rāhula, voyez-vous cette petite quantité d'eau qui reste dans l'écuelle ? »

« Oui, Vénéré », répondit l'Āyasmanta Rāhula.

« De même, ô Rāhula, il n'y a que très peu de qualités de

1. D'après les paraboles employées dans le sermon, nous pouvons facilement imaginer que Rāhula était très jeune. Le commentateur (AA. III, 152) dit que, à cette époque-là, Rāhula avait sept ans.

2. Ambalaṭṭhikā était un parc royal situé près de Rājagaha. Les bhikkhus y séjournaient de temps en temps.

*samana chez les individus qui n'ont pas honte de dire des mensonges délibérés. »

Puis le Bienheureux jeta la petite quantité d'eau et s'adressa à nouveau à l'Āyasmanta Rāhula : « Maintenant, voyez-vous, ô Rāhula, la petite quantité d'eau qui a été jetée ?

– Oui, Vénéré.

– De même, ô Rāhula, la qualité de samana chez les individus qui n'ont pas honte de dire des mensonges délibérés est une chose abandonnée. »

Ensuite, ayant renversé l'écuelle d'eau, le Bienheureux s'adressa à nouveau à l'Āyasmanta Rāhula : « Voyez-vous maintenant, ô Rāhula, cette écuelle d'eau qui est renversée ?

– Oui, Vénéré.

– De même, ô Rāhula, les qualités de samana chez les individus qui n'ont pas honte de dire des mensonges délibérés sont une chose renversée. »

Ensuite, le Bienheureux retourna l'écuelle et s'adressa à nouveau à l'Āyasmanta Rāhula : « Voyez-vous maintenant, ô Rāhula, cette écuelle vide ?

– Oui, Vénéré.

– De même, ô Rāhula, la qualité de samana des individus qui n'ont pas honte de dire des mensonges délibérés est vide et sans valeur. Supposons, ô Rāhula, que l'éléphant du roi, aux défenses longues comme des bras de charrue dans la plénitude de sa maturité, bien nourri, soit accoutumé à la bataille. Supposons qu'étant amené sur le champ de bataille il exécute, lors de la lutte, de hauts faits, avec ses quatre pieds, avec ses pattes postérieures, avec son avant-train, avec son arrière-train, et aussi avec sa tête, ses oreilles, sa queue, ses défenses, tandis qu'il protège seulement sa trompe. Alors cette idée vient au cornac : "Cet éléphant du roi exécute de hauts faits, avec ses quatre pieds, avec ses pattes postérieures, avec son avant-train, avec son arrière-train, et aussi avec sa tête, ses oreilles, sa queue, ses défenses, tandis qu'il protège seulement sa trompe. Malgré sa vaillance et les hauts faits variés qu'il exécute, la vie de l'éléphant royal n'est pas en danger." Cependant, ô Rāhula, supposons que l'éléphant royal, allant à la bataille, exécute de hauts faits aussi avec sa trompe. Alors cette idée vient au cornac : "Cet éléphant du roi exécute de hauts faits, avec ses quatre pieds, avec ses pattes postérieures, avec son avant-train, avec son arrière-train, et aussi avec sa tête, ses oreilles, sa queue, ses défenses, et aussi avec sa trompe. Malgré sa vaillance et les hauts faits variés qu'il exécute, la vie de l'éléphant royal est en danger, car, désormais, il n'y a plus rien chez l'éléphant royal qui ne soit en péril." De même, ô Rāhula, je dis que chez quelqu'un qui n'a pas honte de dire des mensonges délibérés, il n'y a plus aucun mal qu'il ne soit capable de faire[1]. C'est pour cela, ô Rāhula, que vous devez vous discipliner en vous disant : "Même pour m'amuser, je ne dirai pas de mensonge." Qu'en pensez-vous, ô Rāhula ? Quelle est l'utilité d'un miroir ?

– Obtenir une réflexion, Vénéré.

– De même, ô Rāhula, c'est après la réflexion répétée qu'un acte corporel doit être accompli ; c'est après la réflexion répétée qu'un acte verbal doit être accompli ; c'est après la réflexion répétée qu'un acte mental doit être accompli. Ô Rāhula, lorsque vous voulez accomplir un acte corporel, il faut réfléchir : "Cet acte corporel que je veux accomplir avec mon corps contribuera-t-il à mon propre mal, ou au mal des autres, ou bien au mal des deux parties[2] ? Est-il un acte corporel inefficace et négatif qui apportera des conséquences désagréables, des résultats désagréables ?" Si, lorsque vous réfléchissez ainsi, vous constatez : "Oui, l'acte corporel que je veux faire contribuera à mon propre mal, ou au mal des autres, ou bien au mal des deux parties. Cet acte corporel inefficace et néga-

1. Il n'y a plus aucun mal qu'il ne soit capable de faire pour soi-même et pour les autres. Il est capable de faire tous les maux à lui-même et aux autres.

2. Les deux parties : moi-même et les autres.

tif amènera des conséquences désagréables, des résultats désagréables", alors, un tel acte corporel, ô Rāhula, ne doit pas être accompli.

Cependant, si, lorsque vous réfléchissez ainsi, vous constatez : "Non, l'acte corporel que je veux faire ne contribuera pas à mon propre mal, ni au mal des autres, ni au mal des deux parties. Cet acte corporel efficace et positif amènera des conséquences agréables, des résultats agréables", alors, un tel acte corporel, ô Rāhula, doit être accompli.

Également, ô Rāhula, lorsque vous êtes en train d'accomplir un acte corporel, il faut réfléchir : "Cet acte corporel que je suis en train d'accomplir avec mon corps contribuera-t-il à mon propre mal, ou au mal des autres, ou bien au mal des deux parties ? Est-il un acte corporel inefficace et négatif qui apportera des conséquences désagréables, des résultats désagréables ?" Si, lorsque vous réfléchissez ainsi, vous constatez : "Oui, l'acte corporel que je suis en train d'accomplir contribuera à mon propre mal, ou au mal des autres, ou bien au mal des deux parties. Cet acte corporel inefficace et négatif amènera les conséquences désagréables, des résultats désagréables", alors, un tel acte corporel, ô Rāhula, doit être arrêté.

Cependant, si, lorsque vous réfléchissez ainsi, vous constatez : "Non, l'acte corporel que je suis en train d'accomplir ne contribuera ni à mon propre mal, ni au mal des autres, ni au mal des deux parties. Cet acte corporel efficace et positif amènera des conséquences agréables, des résultats agréables", alors, un tel acte corporel, ô Rāhula, doit être accompli.

Également, ô Rāhula, lorsque vous avez accompli un acte corporel, il faut réfléchir : "Cet acte corporel que j'ai accompli avec mon corps contribuera-t-il à mon propre mal, ou au mal des autres, ou bien au mal des deux parties ? Est-il un acte corporel inefficace et négatif qui apportera des conséquences désagréables, des résultats désagréables ?" Si, lorsque vous réfléchissez ainsi, vous constatez : “Oui, l'acte corporel que j'ai accompli contribuera à mon propre mal, ou au mal des autres, ou bien au mal des deux parties. Cet acte corporel inefficace et négatif amènera des conséquences désagréables, des résultats désagréables”, alors, un tel acte corporel, ô Rāhula, accompli par vous, doit être confessé, doit être révélé, doit être exposé devant le maître ou devant un confrère intelligent. L'ayant confessé, révélé et exposé, vous devez vous déterminer à ne plus accomplir un tel acte dans le futur.

Cependant, si, lorsque vous réfléchissez ainsi, vous constatez : “Non, l'acte corporel que j'ai accompli ne contribuera pas à mon propre mal, ni au mal des autres, ni au mal des deux parties. Cet acte corporel efficace et positif amènera des conséquences agréables, des résultats agréables”, alors, à cause de cette véritable raison, ô Rāhula, vous pouvez demeurer dans la joie et dans le bonheur, jour et nuit, vous entraînant vous-même dans les états mentaux efficaces et positifs.

Ô Rāhula, lorsque vous voulez accomplir un acte verbal, il faut réfléchir : “Cet acte verbal que je veux accomplir avec ma parole contribuera-t-il à mon propre mal, ou au mal des autres, ou bien au mal des deux parties ? Est-il un acte verbal inefficace et négatif qui apportera des conséquences désagréables, des résultats désagréables ?” Si, lorsque vous réfléchissez ainsi, vous constatez : “Oui, l'acte verbal que je veux faire contribuera à mon propre mal, ou au mal des autres, ou bien au mal des deux parties. Cet acte verbal inefficace et négatif amènera des conséquences désagréables, des résultats désagréables”, alors, un tel acte verbal, ô Rāhula, ne doit pas être accompli.

Cependant, si, lorsque vous réfléchissez ainsi, vous constatez : “Non, l'acte verbal que je veux faire ne contribuera ni à mon propre mal, ni au mal des autres, ni au mal des deux parties. Cet acte verbal efficace et positif amènera des conséquences agréables, des résultats agréables”, alors, un tel acte verbal, ô Rāhula, doit être accompli. »

[Ensuite, le Bienheureux explique à l'Āyasmanta Rāhula, de la même façon, comment il doit réfléchir pendant et après tel ou tel acte mental.]

« Ô Rāhula, lorsque vous voulez accomplir un acte mental, il faut réfléchir : "Cet acte mental que je veux accomplir avec ma pensée contribuera-t-il à mon propre mal, ou au mal des autres, ou bien au mal des deux parties ? Est-il un acte mental inefficace et négatif qui apportera des conséquences désagréables, des résultats désagréables ?" Si, lorsque vous réfléchissez ainsi, vous constatez : "Oui, l'acte mental que je veux faire contribuera à mon propre mal, ou au mal des autres, ou bien au mal des deux parties. Cet acte mental inefficace et négatif amènera des conséquences désagréables, des résultats désagréables", alors, un tel acte mental, ô Rāhula, ne doit pas être accompli.

Cependant, si, lorsque vous réfléchissez ainsi, vous constatez : "Non, l'acte mental que je veux faire ne contribuera pas à mon propre mal, ni au mal des autres, ni au mal des deux parties. Cet acte mental efficace et positif amènera des conséquences agréables, des résultats agréables", alors, un tel acte mental, ô Rāhula, doit être accompli.

[Ensuite, le Bienheureux explique à l'Āyasmanta Rāhula, de la même façon, comment il doit réfléchir pendant et après tel ou tel acte mental.]

« Cependant, si, lorsque vous réfléchissez ainsi, vous constatez : "Non, l'acte mental que j'ai accompli ne contribuera ni à mon propre mal, ni au mal des autres, ni au mal des deux parties. Cet acte mental efficace et positif amènera des conséquences agréables, des résultats agréables", alors, à cause de cette véritable raison, ô Rāhula, vous pouvez demeurer dans la joie et dans le bonheur jour et nuit, vous entraînant vous-même dans les états mentaux efficaces et positifs.

Dans le passé le plus lointain, ô Rāhula, tous les samanas et les brāhmanes qui ont purifié leurs actes corporels, leurs actes verbaux et leurs actes mentaux, tous l'ont fait de la même manière : ils ont purifié leurs actes corporels par une réflexion constante ; ils ont purifié leurs actes verbaux par une réflexion constante ; ils ont purifié leurs actes mentaux par une réflexion constante.

Dans le futur le plus éloigné, ô Rāhula, tous les samanas et les brāhmanes qui purifieront leurs actes corporels, leurs actes verbaux et leurs actes mentaux, tous le feront de la même manière : ils purifieront leurs actes corporels par une réflexion constante ; ils purifieront leurs actes verbaux par une réflexion constante ; ils purifieront leurs actes mentaux par une réflexion constante.

Dans le présent également, ô Rāhula, tous les samanas et les brāhmanes qui purifient leurs actes corporels, leurs actes verbaux et leurs actes mentaux, tous le font de la même manière : ils purifient leurs actes corporels par une réflexion constante ; ils purifient leurs actes verbaux par une réflexion constante ; ils purifient leurs actes mentaux par une réflexion constante.

C'est pour cela que vous, ô Rāhula, vous devez vous entraîner ainsi : "Par la réflexion constante, nous purifierons nos actes corporels ; par la réflexion constante, nous purifierons nos actes verbaux ; par la réflexion constante, nous purifierons nos actes mentaux." »

Ainsi parla le Bienheureux. L'Āyasmanta Rāhula, heureux, se réjouit des paroles du Bienheureux.

(M. I, 414-420.)

9

Les quatre nobles vérités

Dhamma-cakkappavattana-sutta

Ceci est le fameux « premier sermon » du Bouddha, intitulé *Dhamma-cakkappavattana-sutta* (S. V, 420-424 ; voir Vin. I, 110-112)[1], où il présenta les *quatre nobles vérités. Tout d'abord, il faut noter que l'adjectif « *noble » (*ariya*) est employé dans ce sermon pour indiquer l'importance, la certitude, la véracité et l'utilité de ces quatre sujets ainsi que leur place incontestable vis-à-vis des autres « vérités » quelles qu'elles soient. Par exemple, l'énoncé scientifique « la Terre tourne autour du Soleil » est une vérité, mais ce n'est pas une vérité noble, car un tel énoncé n'a aucun rapport avec la voie du *progrès intérieur qui vise à la *libération de l'individu. Si un homme bon vivant dit qu'il n'y a pas de souffrance chez lui, ce peut être une vérité, mais sa déclaration n'est pas une vérité noble, car d'une part sa déclaration n'explique pas l'ensemble de la réalité universelle, et d'autre part son observation personnelle et temporaire n'a rien à voir avec le progrès intérieur qui vise à la libération de l'individu.

Selon le point de vue du Bouddha, ces quatre vérités sont les vérités nobles parce qu'elles sont fondamentalement liées à la *Conduite sublime, elles mènent au désenchante-

1. L'expression « *Dhamma-cakkappavattana* » signifie « mettre en marche la roue de la Doctrine ».

ment[1], au détachement, à la cessation complète de la souffrance, à la sérénité, à la réalisation complète, au *nibbāna.

Ainsi, dans le *Dhamma-cakkappavattana-sutta*, le Bouddha parle de **dukkha*, qui doit être correctement compris ; il parle de la source de *dukkha* (*dukkha-samudaya*), qui doit être complètement éliminée ; il parle également de la cessation de *dukkha* (*dukkha-nirōdha*), qui doit être complètement achevée, et finalement il parle d'un projet pour la cessation de *dukkha* (*dukkha-nirōdha-gāminī-paṭipadā*), qui doit être correctement mis en œuvre.

Ce sermon fut prononcé à l'intention des cinq ascètes[2], anciens compagnons de Gōtama, qui s'étaient livrés à des pratiques ascétiques, notamment des mortifications. Pendant plusieurs années avant son Éveil, le futur Bouddha avait vécu avec eux, en pratiquant un ascétisme rigoureux. Puis, lorsqu'il renonça à ces pratiques, les cinq renonçants mécontents l'abandonnèrent et partirent pour continuer ailleurs leurs mortifications. Quelque temps après, ayant atteint l'Éveil par d'autres méthodes plus efficaces et non mortifiantes, le Bouddha avait voulu rencontrer ses anciens amis et leur expliquer sa découverte. Peut-être pensait-il en son for intérieur que ces cinq renonçants seraient plus aptes à comprendre sa Doctrine. Étant arrivé à Bārāṇasī[3], où ils vivaient, le Bouddha essaya de leur parler, mais ils ne voulurent pas l'écouter, car ils n'avaient aucune confiance en lui. Enfin, le Bouddha leur dit : « Reconnaissez-vous, ô amis, que je ne vous ai jamais parlé ainsi ? » Les cinq renonçants affirmèrent alors que cet homme n'avait jamais parlé de cette façon pendant les années où ils avaient vécu

1. Le désenchantement (*nibbidā*) encourage le détachement (*virāga*). Le détachement dirige vers la libération (*vimutti*). Aussi longtemps qu'on est enchanté, il n'y a pas de détachement.

2. Les cinq ascètes – Koṇḍañña, Bhaddiya, Vappa, Mahānāma et Assajī –, issus de la caste brāhmane, étaient plus âgés que le Bouddha.

3. Actuellement Bénarès.

ensemble. C'est seulement après cette réflexion qu'ils voulurent bien l'écouter.

Le Bouddha clarifia sa nouvelle position à l'égard de la vie de luxe et des mortifications religieuses. Lorsque le Bouddha réprouva les pratiques austères des religieux, une nouvelle page de l'histoire des religions se tourna, car, à son époque, presque tous les ascètes avaient l'habitude de s'adonner aux mortifications et, selon l'opinion publique, de tels ascètes étaient les plus vénérables. Ainsi, la « *Voie du milieu » prônée dans ce sermon est un point très important.

Dhamma-cakkappavattana-sutta (Les quatre nobles vérités)

*Ainsi ai-je entendu : une fois, le Bienheureux séjournait au parc des Diams, à Isipatana, près de Bārāṇasī. Il s'adressa aux cinq *bhikkhus et dit :

« Ô bhikkhus, il existe deux extrêmes qui doivent être évités par quelqu'un qui est arrivé à une vie sans foyer. Quels sont ces deux extrêmes ? S'adonner aux *plaisirs des sens, ce qui est inférieur, vulgaire, mondain, ignoble, et engendre de mauvaises conséquences, et s'adonner aux mortifications, ce qui est pénible, ignoble, et engendre de mauvaises conséquences. Sans aller à ces deux extrêmes, ô bhikkhus, le *Tathāgata a découvert la Voie du milieu qui prodigue la vision, qui donne la connaissance, qui conduit à la quiétude, à la sagesse, à l'Éveil et à l'émancipation.

Et quelle est, ô bhikkhus, cette Voie du milieu que le Tathāgata a découverte, cette Voie du milieu qui prodigue la vision, qui donne la connaissance, qui conduit à la quiétude, à la sagesse, à l'Éveil et à l'émancipation ? Ce n'est que la *Noble Voie octuple, à savoir : le point de vue correct, la pensée correcte, la parole correcte, l'action correcte, le moyen d'existence correct, l'effort correct, l'*attention correcte et la *concentration mentale correcte. Cela est, ô bhikkhus, la Voie du milieu que le Tathāgata a découverte, la Voie du milieu qui prodigue la vision, qui donne la connaissance, qui conduit à la quiétude, à la compréhension directe, à l'Éveil et au *nibbāna*.

Voici, ô bhikkhus, la vérité noble dite **dukkha*. La *naissance aussi est *dukkha*, la vieillesse est aussi *dukkha*, la maladie est aussi *dukkha*, la mort est aussi *dukkha*, être uni à ce que l'on n'aime pas est *dukkha*, être séparé de ce que l'on aime est *dukkha*, ne pas obtenir ce que l'on désire est aussi *dukkha*. En résumé, les *cinq agrégats d'*appropriation sont *dukkha*.

Voici, ô bhikkhus, la vérité noble dite l'apparition de *dukkha*. C'est cette "*soif" produisant la ré-existence et le re-devenir et qui est liée à une *avidité passionnée, qui trouve une nouvelle jouissance tantôt ici, tantôt là, c'est-à-dire la soif des plaisirs sensuels, la soif de l'existence et du devenir, et la soif de non-existence.

Voici, ô bhikkhus, la vérité noble dite la cessation de *dukkha*. C'est la cessation complète de cette "soif", c'est la délaisser, y renoncer, s'en libérer, s'en débarrasser.

Voici, ô bhikkhus, la vérité noble dite le Sentier conduisant à la cessation de *dukkha*. C'est la Noble Voie octuple, à savoir le point de vue correct, la pensée correcte, la parole correcte, l'action correcte, le moyen d'existence correct, l'effort correct, l'attention correcte et la concentration mentale correcte.

Ô bhikkhus, c'est avec la compréhension : *"Ceci est la vérité noble dite* dukkha" que, dans les choses qui n'avaient pas été entendues auparavant, s'est élevée en moi la vision, s'est élevée en moi la connaissance, s'est élevée en moi la sagesse, s'est élevée en moi la science, s'est élevée en moi la lumière[1].

1. Tous ces termes – la vision, la connaissance, la sagesse, la science, la lumière –, sont les synonymes de la compréhension vécue.

Ô bhikkhus, c'est avec la compréhension : *"Cette vérité noble dite* dukkha *doit être comprise"* que, dans les choses qui n'avaient pas été entendues auparavant, s'est élevée en moi la vision, s'est élevée en moi la connaissance, s'est élevée en moi la sagesse, s'est élevée en moi la science, s'est élevée en moi la lumière.

Ô bhikkhus, c'est avec la compréhension : *"Cette vérité noble dite* dukkha *a été comprise"* que, dans les choses qui n'avaient pas été entendues auparavant, s'est élevée en moi la vision, s'est élevée en moi la connaissance, s'est élevée en moi la sagesse, s'est élevée en moi la science, s'est élevée en moi la lumière.

Ô bhikkhus, c'est avec la compréhension : *"Cette vérité noble dite l'apparition de* dukkha" que, dans les choses qui n'avaient pas été entendues auparavant, s'est élevée en moi la vision, s'est élevée en moi la connaissance, s'est élevée en moi la sagesse, s'est élevée en moi la science, s'est élevée en moi la lumière.

Ô bhikkhus, c'est avec la compréhension : *"Cette vérité noble dite l'apparition de* dukkha *doit être détruite"* que, dans les choses qui n'avaient pas été entendues auparavant, s'est élevée en moi la vision, s'est élevée en moi la connaissance, s'est élevée en moi la sagesse, s'est élevée en moi la science, s'est élevée en moi la lumière.

Ô bhikkhus, c'est avec la compréhension : *"Cette vérité noble dite l'apparition de* dukkha *a été détruite"* que, dans les choses qui n'avaient pas été entendues auparavant, s'est élevée en moi la vision, s'est élevée en moi la connaissance, s'est élevée en moi la sagesse, s'est élevée en moi la science, s'est élevée en moi la lumière.

Ô bhikkhus, c'est avec la compréhension : *"Cette vérité noble dite la cessation de* dukkha" que, dans les choses qui n'avaient pas été entendues auparavant, s'est élevée en moi la vision, s'est élevée en moi la connaissance, s'est élevée en moi la sagesse, s'est élevée en moi la science, s'est élevée en moi la lumière.

Ô bhikkhus, c'est avec la compréhension : "*Cette vérité noble dite la cessation de* dukkha *doit être atteinte*" que, dans les choses qui n'avaient pas été entendues auparavant, s'est élevée en moi la vision, s'est élevée en moi la connaissance, s'est élevée en moi la sagesse, s'est élevée en moi la science, s'est élevée en moi la lumière.

Ô bhikkhus, c'est avec la compréhension : "*Cette vérité noble dite le sentier conduisant à la cessation de* dukkha" que, dans les choses qui n'avaient pas été entendues auparavant, s'est élevée en moi la vision, s'est élevée en moi la connaissance, s'est élevée en moi la sagesse, s'est élevée en moi la science, s'est élevée en moi la lumière.

Ô bhikkhus, c'est avec la compréhension : "*Cette vérité noble dite le sentier conduisant à la cessation de* dukkha *doit être parcouru*" que, dans les choses qui n'avaient pas été entendues auparavant, s'est élevée en moi la vision, s'est élevée en moi la connaissance, s'est élevée en moi la sagesse, s'est élevée en moi la science, s'est élevée en moi la lumière.

Ô bhikkhus, c'est avec la compréhension : "*Cette vérité noble dite le sentier conduisant à la cessation de* dukkha *a été parcouru*" que, dans les choses qui n'avaient pas été entendues auparavant, s'est élevée en moi la vision, s'est élevée en moi la connaissance, s'est élevée en moi la sagesse, s'est élevée en moi la science, s'est élevée en moi la lumière.

Ô bhikkhus, tant que cette vision, cette connaissance réelle des quatre vérités nobles sous leurs trois aspects et dans leurs douze modalités n'était pas absolument claire en moi, aussi longtemps je n'ai pas proclamé à ce monde constitué des dieux, des Mārās, des Brahmās et des humains, des *samanas et des brāhmanes, que j'avais atteint l'incomparable et suprême connaissance. Cependant, ô bhikkhus, lorsque cette vision, cette connaissance réelle des quatre vérités nobles sous leurs trois aspects et dans leurs douze modalités me devint parfaitement claire, alors seulement j'ai proclamé à ce monde constitué des dieux, des Mārās, des Brahmās et des humains, des samanas et des brāhmanes, que j'avais atteint l'incomparable et suprême connaissance. Et la connaissance profonde s'est élevée en moi : "Inébranlable est la libération de ma pensée, cela est ma dernière naissance, il n'y aura plus d'autre existence." »

Ainsi parla le Bienheureux. Les cinq bhikkhus, heureux, se réjouirent des paroles du Bienheureux[1].

(S. V, 420-424 ; Vin. I, 110-112.)

1. Nous pouvons imaginer que, ce soir-là, le Bouddha s'entretint longuement avec les cinq bhikkhus. Le premier sermon, présenté ici, nous donne seulement un résumé de ce que le Bouddha expliqua. Tout d'abord, ce fut Koṇḍañña, l'ascète le plus intelligent, qui comprit le sens des paroles du Bouddha. Les textes canoniques nous disent qu'après ce sermon le Bouddha dut parler et donner ses conseils à plusieurs reprises pour que les quatre autres ascètes accèdent à une compréhension correcte.

10

La doctrine de « Non-Soi »

Anattalakkhaṇa-sutta

L'*Anattalakkhaṇa-sutta* (S. III, 66-67 ; Vin. I, 13-14) est considéré comme le deuxième sermon du Bouddha ; il fut prononcé quelques jours seulement après le premier sermon, à l'intention des mêmes cinq *bhikkhus [1]. Il est important de savoir que le Bouddha a dû prononcer un sermon sur le sujet du « Non-Soi » devant ces renonçants afin d'approfondir leur compréhension de la vérité. Il est également important de savoir que ces cinq renonçants étaient issus de la caste des brāhmanes et que peut-être eux aussi avaient adopté, héréditairement, l'une ou l'autre théorie de l'**ātman* (*attā*), tout comme beaucoup de brāhmanes savants de l'époque. De toute façon, ce n'est pas le seul sermon où le Bouddha nie l'existence d'une âme immortelle.

Nous l'avons dit plus haut, le Bouddha n'était pas entré dans la polémique sur les diverses questions métaphysiques. Cependant, il n'a pas hésité à montrer sa désapprobation totale à l'égard des gens qui croyaient à l'existence d'une âme humaine ou divine, à l'intérieur de l'individu ou en dehors de l'individu, dans l'univers ou en dehors de lui. Si donc le Bouddha a abordé ce sujet dans de nombreux sermons, ce n'était pas seulement pour répondre aux gens qui soutenaient la théorie de l'*ātman*, c'était aussi pour

1. Voir *supra*, p. 92, note 2.

affirmer que, de son point de vue, une telle croyance était fortement nuisible dans la voie de la délivrance complète de l'individu, car cette théorie engendre la fausse notion de la personnalité. Il n'y a donc pas de place dans la doctrine bouddhique pour un principe personnel analogue à l'*ātman* du brāhmanisme, ni pour un principe vital (*jīva*) semblable à celui du *jaïnisme. Le Bouddha a rejeté de tels concepts, tout comme il a refusé de reconnaître celui d'un dieu éternel, omnipotent, miséricordieux et créateur de toute chose.

Les idées et les arguments apportés par le Bouddha et par ses disciples savants à l'encontre des théories de l'*ātman* constituent la doctrine de Non-Soi du bouddhisme. Dans les sermons du Bouddha se trouvent deux types d'enseignements concernant le sujet. Le premier a pour but d'attaquer des idées fausses comme « cela est mien », « je suis cela », « cela est mon Soi », etc. Le second dénonce des idées telles que « un *agrégat[1] ou l'ensemble des agrégats constitue le Soi », ou bien « le Soi se trouve dans un agrégat ou dans l'ensemble des agrégats », etc. La similitude de ces deux sortes d'enseignements est leur attitude à l'égard de divers éléments : la forme matérielle, la sensation, la perception, etc. Or, selon l'analyse bouddhique, ce ne sont que des agrégats, et l'individu (*puggala*), ou sa personnalité, n'est qu'un assemblage des cinq agrégats.

L'ensemble de ces cinq groupes est appelé « individu », et cela n'est qu'une appellation conventionnelle. Le Bouddha et ses disciples se servaient généralement de métaphores comme le « char » pour expliquer : « Un char n'est autre chose que l'ensemble de diverses pièces (comme les roues, le châssis, le timon, etc.) ; de même, un être vivant n'est autre chose qu'un nom conventionnel pour

1. Les agrégats : la forme physique (*rūpa*), les sensations (*vedanā*), les perceptions (*saññā*), les compositions mentales (*saṅkhāra*) et la conscience (*viññāṇa*).

l'ensemble de cinq agrégats » ; ceux-ci ont des caractéristiques comme la non-permanence (*anicca*), l'absence d'état satisfaisant (**dukkha*) et l'absence d'un Soi (**anatta*). Le point le plus important est que, selon le bouddhisme, toutes les choses, y compris les choses non conditionnées elles-mêmes, tel le **nibbāna* (skt. *nirvāṇa*), sont dépourvues de « Soi », comme l'indique le passage canonique « *Sabbe dhamma anattā* », c'est-à-dire : « Toutes les **dhammas* [les choses conditionnées ou non conditionnées] sont dépourvues de Soi[1]. »

Anattalakkhaṇa-sutta (La doctrine de « Non-Soi »)

*Ainsi ai-je entendu : une fois, le Bienheureux séjournait au parc des Diams, à Isipatana, près de Bārāṇasī. [...]. Le Bienheureux s'adressa aux cinq bhikkhus et dit :

« La forme physique [*rūpa*], ô bhikkhus, n'est pas le Soi. Si la forme physique était le Soi, ô bhikkhus, la forme physique ne serait pas sujette aux maladies et l'on aurait la possibilité de dire à propos du corps : “Que mon corps devienne ou ne devienne pas tel pour moi.” Cependant, puisque la forme physique n'est pas le Soi, la forme physique est sujette aux maladies et l'on n'a pas la possibilité de dire à propos de la forme physique : “Que mon corps devienne ou ne devienne pas tel pour moi.”

La sensation [*vedanā*], ô bhikkhus, n'est pas le Soi. Si la sensation était le Soi, ô bhikkhus, la sensation ne serait pas sujette aux maladies et l'on aurait la possibilité de dire à propos de la sensation : “Que ma sensation devienne ou ne devienne pas telle pour moi.” Cependant, puisque la sensation n'est pas le Soi, la sensation est sujette aux maladies et

1. Voir M. W., *La Philosophie du Bouddha*, Paris, Éditions Lis, 2000, p. 137-162.

l'on n'a pas la possibilité de dire à propos de la sensation : "Que ma sensation devienne ou ne devienne pas telle pour moi."

La perception [*saññā*], ô bhikkhus, n'est pas le Soi. Si la perception était le Soi, ô bhikkhus, la perception ne serait pas sujette aux maladies et l'on aurait la possibilité de dire à propos de la perception : "Que ma perception devienne ou ne devienne pas telle pour moi." Cependant, puisque la perception n'est pas le Soi, la perception est sujette aux maladies et l'on n'a pas la possibilité de dire à propos de la perception : "Que ma perception devienne ou ne devienne pas telle pour moi."

La composition mentale [*saṅkhāra*], ô bhikkhus, n'est pas le Soi. Si la composition mentale était le Soi, ô bhikkhus, la composition mentale ne serait pas sujette aux maladies et l'on aurait la possibilité de dire à propos de la composition mentale : "Que ma composition mentale devienne ou ne devienne pas telle pour moi." Cependant, puisque la composition mentale n'est pas le Soi, la composition mentale est sujette aux maladies et l'on n'a pas la possibilité de dire à propos de la composition mentale : "Que ma composition mentale devienne ou ne devienne pas telle pour moi."

La *conscience [*viññāṇa*], ô bhikkhus, n'est pas le Soi. Si la conscience était le Soi, ô bhikkhus, la conscience ne serait pas sujette aux maladies et l'on aurait la possibilité de dire à propos de la conscience : "Que ma conscience devienne ou ne devienne pas telle pour moi." Cependant, puisque la conscience n'est pas le Soi, la conscience est sujette aux maladies et l'on n'a pas la possibilité de dire à propos de la conscience : "Que ma conscience devienne ou ne devienne pas telle pour moi."

Maintenant, qu'en pensez-vous, ô bhikkhus ? La forme physique est-elle permanente ou impermanente ?

– Vénéré, la forme physique est impermanente.

– Si une chose est impermanente, est-elle dans l'état satisfaisant ou dans l'état insatisfaisant ?

– Vénéré, elle est dans l'état insatisfaisant.

– Alors, donc, de ce qui est impermanent, de ce qui est dans l'état insatisfaisant, sujet au changement, peut-on, quand on le considère, dire : "Cela est mien, je suis cela, cela est mon Soi ?"

– Certainement non, Vénéré.

– Qu'en pensez-vous, ô bhikkhus ? La sensation est-elle permanente ou impermanente ?

– Vénéré, la sensation est impermanente.

– Si une chose est impermanente, est-elle dans l'état satisfaisant ou dans l'état insatisfaisant ?

– Vénéré, elle est dans l'état insatisfaisant.

– Alors, donc, de ce qui est impermanent, de ce qui est dans l'état insatisfaisant, sujet au changement, peut-on, quand on le considère, dire : "Cela est mien, je suis cela, cela est mon Soi ?"

– Certainement non, Vénéré.

– Qu'en pensez-vous, ô bhikkhus ? La perception est-elle permanente ou impermanente ?

– Vénéré, la perception est impermanente.

– Si une chose est impermanente, est-elle dans l'état satisfaisant ou dans l'état insatisfaisant ?

– Vénéré, elle est dans l'état insatisfaisant.

– Alors, donc, de ce qui est impermanent, de ce qui est dans l'état insatisfaisant, sujet au changement, peut-on, quand on le considère, dire : "Cela est mien, je suis cela, cela est mon Soi ?"

– Certainement non, Vénéré.

– Qu'en pensez-vous, ô bhikkhus ? La composition mentale est-elle permanente ou impermanente ?

– Vénéré, la composition mentale est impermanente.

– Si une chose est impermanente, est-elle dans l'état satisfaisant ou dans l'état insatisfaisant ?

– Vénéré, elle est dans l'état insatisfaisant.

– Alors, donc, de ce qui est impermanent, de ce qui est dans l'état insatisfaisant, sujet au changement, peut-on, quand on le considère, dire : “Cela est mien, je suis cela, cela est mon Soi ?”

– Certainement non, Vénéré.

– Qu’en pensez-vous, ô bhikkhus ? La conscience est-elle permanente ou impermanente ?

– Vénéré, la conscience est impermanente.

– Si une chose est impermanente, est-elle dans l’état satisfaisant ou dans l’état insatisfaisant ?

– Vénéré, elle est dans l’état insatisfaisant.

– Alors, donc, de ce qui est impermanent, de ce qui est dans l’état insatisfaisant, sujet au changement, peut-on, quand on le considère, dire : “Cela est mien, je suis cela, cela est mon Soi ?”

– Certainement non, Vénéré.

– Il en résulte, ô bhikkhus, que tout ce qui est forme physique, passée, future ou présente, intérieure ou extérieure, grossière ou subtile, vile ou excellente, lointaine ou proche, tout ce qui est forme physique doit être considéré, selon la sagesse correcte, comme tel, en se disant : “Cela n’est pas à moi, je ne suis pas cela, cela n’est pas mon Soi.”

Il en résulte, ô bhikkhus, que tout ce qui est sensation, passée, future ou présente, intérieure ou extérieure, grossière ou subtile, vile ou excellente, lointaine ou proche, tout ce qui est sensation doit être considéré, selon la sagesse correcte, comme tel, en se disant : “Cela n’est pas à moi, je ne suis pas cela, cela n’est pas mon Soi.”

Il en résulte, ô bhikkhus, que tout ce qui est perception, passée, future ou présente, intérieure ou extérieure, grossière ou subtile, vile ou excellente, lointaine ou proche, tout ce qui est perception doit être considéré, selon la sagesse correcte, comme tel, en se disant : “Cela n’est pas à moi, je ne suis pas cela, cela n’est pas mon Soi.”

Il en résulte, ô bhikkhus, que tout ce qui est composition mentale, passée, future ou présente, intérieure ou extérieure, grossière ou subtile, vile ou excellente, lointaine ou proche, tout ce qui est composition mentale doit être considéré, selon la sagesse correcte, comme tel, en se disant : “Cela n’est pas à moi, je ne suis pas cela, cela n’est pas mon Soi.”

Il en résulte, ô bhikkhus, que tout ce qui est conscience, passée, future ou présente, intérieure ou extérieure, grossière ou subtile, vile ou excellente, lointaine ou proche, tout ce qui est conscience doit être considéré, selon la sagesse correcte, comme tel, en se disant : “Cela n’est pas à moi, je ne suis pas cela, cela n’est pas mon Soi.”

Considérant les choses ainsi, ô bhikkhus, le disciple savant réprouve la forme physique, il réprouve la sensation, il réprouve la perception, il réprouve la composition mentale, il réprouve la conscience. Lorsqu’il les réprouve, il est dépourvu du désir. Lorsqu’il est dépourvu du désir, il est libéré du *désir. Lorsqu’il est libéré vient la connaissance : “Voici la *libération” ; et il sait : “Toute *naissance nouvelle est anéantie, la Conduite sublime est vécue, ce qui doit être achevé est achevé, il n’y a plus rien qui demeure à accomplir, il n’est plus [pour moi] de redevenir.” »

Ainsi parla le Bienheureux. Les cinq bhikkhus, heureux, se réjouirent des paroles du Bienheureux. De plus, pendant le déroulement de ce sermon, la pensée des cinq bhikkhus fut libérée complètement des *écoulements mentaux toxiques. Dès ce moment-là, il y eut six *Arahants dans le monde[1].

(S. III, 66-67 ; Vin. I, 13-14.)

1. Les six Arahants : les cinq bhikkhus qui viennent d’atteindre cet état et le Bouddha.

11
L'incendie
Ādittapariyāya-sutta

Seulement quelques mois après l'Éveil, après la conversion des cinq ascètes (voir *supra*, p. 97) et celle des trente jeunes gens du groupe des bons vivants (Vin. I, 23-24), le Bouddha retourna seul à Uruvelā pour rencontrer l'ascète nommé Uruvelā-Kassapa et ses élèves[1]. Il passa avec eux trois mois, une saison de pluies entière. Très probablement, le Bouddha avait déjà rencontré Uruvelā-Kassapa ; il avait en tout cas entendu parler de lui lorsqu'il avait séjourné près d'Uruvelā, quelques mois auparavant[2].

Cette fois, si le Bouddha voulait voir Uruvelā-Kassapa, c'était pour le convertir, mais la tâche n'était pas facile. Uruvelā-Kassapa, qui était le maître d'un groupe impor-

1. Uruvelā-Kassapa et ses élèves étaient des renonçants issus de la caste brāhmane. Les deux frères d'Uruvelā-Kassapa, nommés Nadī-Kassapa et Gayā-Kassapa, vivaient également l'un et l'autre non loin d'Uruvelā, avec leurs élèves. Tous ces ascètes appartenaient à la communauté religieuse appelée *jaṭilas. Le Bouddha et ses disciples avaient une considération particulière pour les membres de cette communauté. Par exemple, la période de probation d'au moins quatre mois n'était pas obligatoire pour les jaṭilas qui voulaient entrer dans la communauté des renonçants bouddhistes. Ils bénéficiaient de cette faveur spéciale en raison de leur croyance en la théorie du **kamma* (voir Vin. I, 67).

2. Après avoir abandonné les mortifications et les pratiques ascétiques extrêmes (voir *supra*, p. 93), le futur Bouddha vécut seul, pendant la période précédant l'Éveil, à Senānī, un village près d'Uruvelā, au bord de la rivière Naranjarā (voir M. I, 86-90).

tant, voudrait-il accepter le Bouddha comme son chef ? Après avoir accompli plusieurs miracles (Vin. I, 24-32) et, sans doute, après plusieurs discussions sur la *Doctrine, Uruvelā-Kassapa et ses élèves devinrent finalement *disciples du Bouddha. Ensuite, ses deux frères et leurs élèves, qui avaient appris la conversion d'Uruvelā-Kassapa, firent de même. Le Bouddha arriva alors avec ce groupe important à Gayāsisa, près de Gayā, un endroit situé à dix kilomètres au nord d'Uruvelā.

Le sermon que le Bouddha prononça à l'intention de ces nouveaux disciples, pendant le séjour à Gayāsisa, est rapporté dans les textes canoniques sous le titre *Ādittapariyāya-sutta* (S. IV, 19-20 ; Vin. I, 34-35)[1]. En pédagogue très habile, le Bouddha se servit dans ce sermon d'une image familière aux ex-jaṭilas afin de leur démontrer l'aspect brûlant et consommateur de l'existence. Le sermon commence par ces mots : « Tout est en flammes », puis il continue avec la métaphore du feu[2]. Sans doute, les nouveaux disciples comprirent-ils facilement ce que le Bouddha voulait dire en utilisant cette image, car ils avaient été des ascètes qui avaient attaché une grande valeur au feu sacrificiel perpétuellement allumé dans leurs ermitages[3].

Il est vrai que les Kassapas avaient éteint leur feu sacrificiel pour toujours quand ils étaient devenus disciples du Bouddha, mais aux yeux de ce dernier cela n'était pas suffisant. Il voulait leur indiquer l'existence d'un autre feu.

1. Il est considéré comme le troisième sermon du Bouddha, les deux premiers étant respectivement le *Dhamma-cakkappavattana-sutta* (voir *supra*, p. 93) et l'*Anattalakkhaṇa-sutta* (voir *supra*, p. 101).

2. Le feu est employé dans les textes canoniques et paracanoniques en qualité de métaphore, mais le plus souvent en tenant compte de son aspect destructeur.

3. Certains renonçants issus de la caste brāhmane pratiquaient le sacrifice non violent du feu. Les jaṭilas en sont un bon exemple (Vin. I, 31). Cela ne signifie pas que tous les ascètes issus de la caste brāhmane pratiquaient de tels rites. Ainsi, les *paribbājakas ne pratiquaient pas de sacrifices. Certes, beaucoup d'ascètes venus de la caste brāhmane ne partageaient plus certaines opinions traditionnelles ni les pratiques rituelles des brāhmanes.

Autrement dit, selon l'*Ādittapariyāya-sutta*, l'organe sensoriel physique, le phénomène sensoriel physique, l'activité physique de l'organe sensoriel, l'impression mentale qui se produit à cause du contact entre l'organe sensoriel et le phénomène sensoriel et la réaction mentale, tout cela ensemble allume un grand feu chez l'individu[1]. Celui-ci peut éteindre ce brasier ici et maintenant, à condition d'éliminer les origines du feu, en fait l'*avidité, la malveillance et l'*illusion. Ainsi, cette parabole du feu est tout à fait en accord avec la définition donnée au salut bouddhique : l'extinction de l'avidité, l'extinction de la malveillance, l'extinction de l'illusion, c'est-à-dire le **nibbāna*. Plus précisément, l'arrivée du disciple au but est définie le plus souvent en termes d'extinction d'un incendie[2].

En ce qui concerne la structure, l'*Ādittapariyāya-sutta* ressemble beaucoup au premier sermon du Bouddha, le *Dhamma-cakkappavattana-sutta* : tout d'abord, le feu est présenté comme sujet, puis on l'analyse. Ensuite, la cause du feu est mentionnée. Finalement, on parle des mesures à prendre afin d'éteindre ce feu.

Ādittapariyāya-sutta (L'incendie)

Une fois, le Bienheureux séjournait à Gayāsisa, près de Gayā, avec un groupe de mille disciples. Le Bouddha s'adressa alors à ces disciples et dit : « Ô *bhikkhus, tout est en flammes. Et quel est ce tout en flammes ? L'œil est en flammes, ô bhikkhus. Les formes matérielles sont en

1. Cette démonstration concerne tous les organes sensoriels : l'œil, les oreilles, le nez, la langue, le corps et le mental.

2. Un disciple qui a atteint cet état dit : « La chaleur a cessé, je suis devenu tranquille par l'extinction du feu » (Theg. v. 79 ; M. III, 245). Dans un autre passage, nous lisons : « Ayant épuisé le combustible, le feu éteint » (M. I, 487 ; A. IV, 68 ; S. I, 236 ; II, 85 ; IV, 102 ; Sn. v. 1094). Un autre passage dit tout simplement : « L'incendie est fini » (Sn. v. 19 ; voir Vin. II, 156 ; A. I, 138 ; II, 208 ; V, 65).

flammes. La conscience visuelle est en flammes. Le contact de l'œil avec les formes matérielles est en flammes. La *conscience visuelle est en flammes. La sensation qui naît du contact avec les formes matérielles, que ce soit plaisir, que ce soit douleur, que ce soit ni douleur ni plaisir, cette sensation aussi est en flammes. Par quel feu, ô bhikkhus, cela est-il enflammé ? Je dis que cela est enflammé par le feu du *désir, par le feu de la *haine, par le feu de l'illusion ; cela est renflammé par la *naissance, par la vieillesse, par la maladie, par la mort, par les peines, par les plaintes, par la douleur, par le chagrin, par le désespoir.

L'oreille est en flammes, ô bhikkhus. Les sons que l'oreille perçoit sont en flammes. La conscience auditive est en flammes. Le contact avec ce que l'oreille perçoit est en flammes. La sensation qui naît du contact avec ce que l'oreille perçoit, que ce soit plaisir, que ce soit douleur, que ce soit ni douleur ni plaisir, cette sensation aussi est en flammes. Par quel feu, ô bhikkhus, cela est-il enflammé ? Je dis que cela est enflammé par le feu du désir, par le feu de la haine, par le feu de l'illusion ; cela est renflammé par la naissance, par la vieillesse, par la maladie, par la mort, par les peines, par les plaintes, par la douleur, par le chagrin, par le désespoir.

Le nez est en flammes, ô bhikkhus. Les odeurs sont en flammes. La conscience olfactive est en flammes. Le contact du nez avec les odeurs est en flammes. La sensation qui naît du contact avec ce que le nez perçoit, que ce soit plaisir, que ce soit douleur, que ce soit ni douleur ni plaisir, cette sensation aussi est en flammes. Par quel feu, ô bhikkhus, cela est-il enflammé ? Je dis que cela est enflammé par le feu du désir, par le feu de la haine, par le feu de l'illusion ; cela est renflammé par la naissance, par la vieillesse, par la maladie, par la mort, par les peines, par les plaintes, par la douleur, par le chagrin, par le désespoir.

La langue est en flammes, ô bhikkhus. Les saveurs sont en flammes. La conscience gustative est en flammes. Le contact de la langue avec les saveurs est en flammes. La sensation qui naît du contact avec ce que la langue perçoit, que ce soit plaisir, que ce soit douleur, que ce soit ni douleur ni plaisir, cette sensation aussi est en flammes. Par quel feu, ô bhikkhus, cela est-il enflammé ? Je dis que cela est enflammé par le feu du désir, par le feu de la haine, par le feu de l'illusion ; cela est renflammé par la naissance, par la vieillesse, par la maladie, par la mort, par les peines, par les plaintes, par la douleur, par le chagrin, par le désespoir.

Le corps est en flammes, ô bhikkhus. Les touchers sont en flammes. La conscience tactile est en flammes. Le contact du corps avec les touchers est en flammes. La sensation qui naît du contact avec ce que le corps perçoit, que ce soit plaisir, que ce soit douleur, que ce soit ni douleur ni plaisir, cette sensation aussi est en flammes. Par quel feu, ô bhikkhus, cela est-il enflammé ? Je dis que cela est enflammé par le feu du désir, par le feu de la haine, par le feu de l'illusion ; cela est renflammé par la naissance, par la vieillesse, par la maladie, par la mort, par les peines, par les plaintes, par la douleur, par le chagrin, par le désespoir.

Le mental est en flammes, ô bhikkhus. Les objets mentaux sont en flammes. La conscience mentale est en flammes. Le contact du mental avec les objets mentaux est en flammes. La sensation qui naît du contact avec ce que le mental perçoit, que ce soit plaisir, que ce soit douleur, que ce soit ni douleur ni plaisir, cette sensation aussi est en flammes. Par quel feu, ô bhikkhus, cela est-il enflammé ? Je dis que cela est enflammé par le feu du désir, par le feu de la haine, par le feu de l'illusion ; cela est renflammé par la naissance, par la vieillesse, par la maladie, par la mort, par les peines, par les plaintes, par la douleur, par le chagrin, par le désespoir.

Considérant les choses de cette façon, ô bhikkhus, l'auditeur intelligent est dégoûté de l'œil, il est dégoûté des formes matérielles, il est dégoûté de la conscience visuelle, il est dégoûté du contact de l'œil avec les formes matérielles, il est dégoûté de la sensation qui naît du contact de l'œil avec les formes matérielles, que ce soit plaisir, que ce soit douleur, que ce soit ni douleur ni plaisir. »

[Même démonstration en qui concerne l'oreille, les sons, la conscience auditive, le contact et la sensation ; le nez, les odeurs, la conscience olfactive, le contact et la sensation ; la langue, les saveurs, la conscience gustative, le contact et la sensation ; le corps, les touchers, la conscience tactile, le contact et la sensation. Puis le sermon continue.]

« Considérant les choses de cette façon, ô bhikkhus, l'auditeur intelligent est dégoûté du mental, il est dégoûté des objets mentaux, il est dégoûté de la conscience mentale, il est dégoûté du contact du mental avec les objets mentaux, il est dégoûté de la sensation qui naît du contact du mental avec les objets mentaux, que ce soit plaisir, que ce soit douleur, que ce soit ni douleur ni plaisir.

Lorsque l'auditeur intelligent en est dégoûté, il est sans désir. Lorsqu'il est sans désir, il est libéré du désir. Quand il est libéré, lui vient la connaissance : "Voici la *libération" ; et dès lors il sait : toute naissance nouvelle est anéantie, la *Conduite sublime est vécue, ce qui doit être achevé est achevé, plus rien ne demeure à accomplir. »

Ainsi parla le Bienheureux. Les bhikkhus, heureux, se réjouirent des paroles du Bienheureux. Pendant le déroulement de ce sermon, la pensée de ces mille disciples fut libérée complètement des *écoulements mentaux toxiques.

(S. IV, 19-20 ; Vin. I, 34-35.)

12

La *coproduction conditionnée

Acela-sutta

Comme nous l'avons noté plus haut, la première leçon du bouddhisme constitue une explication sur le sujet de **dukkha* (voir *supra*, p. 94). Si le Bouddha a abordé ce sujet dans de nombreux sermons, ce n'était pas pour créer chez les auditeurs une attitude pessimiste, ni une mentalité mélancolique, ni une phobie quelconque, c'était pour donner une compréhension correcte de la réalité, et aussi pour proposer un certain nombre de moyens afin d'atteindre le vrai bonheur, dans cette vie même. C'est un point tout à fait comparable à l'attitude d'un médecin spécialiste qui analyse profondément et explique franchement une maladie et ses causes.

Le sujet de *dukkha* abordé dans le premier sermon n'était pas inadmissible pour nombre de savants contemporains du Bouddha. Au contraire, pour beaucoup, c'était un point de départ raisonnable. La *renaissance et son cycle dans la transmigration étaient aussi des concepts généralement acceptés dans les milieux philosophico-religieux des diverses communautés. Toutefois, des questions se posaient : Qui tourne dans le cycle des renaissances ? Comment se produit *dukkha* ? Comment peut-on y mettre fin ?... Presque tous les renonçants intelligents étaient intéressés par ces sujets, mais leurs avis n'étaient pas unanimes.

Le sermon intitulé *Acela-sutta* (S. II, 16-19), que nous allons lire, donne la réponse bouddhique à ces questions. Il fut adressé à un ascète appelé Acela-Kassapa, qui avait voulu savoir qui était l'auteur de *dukkha*.

Comment le bouddhisme devait-il traiter cette question ? S'il avait répondu que l'individu lui-même était l'auteur de son *dukkha*, cela aurait signifié que l'individu était permanent ou bien qu'il y avait quelque chose de permanent dans l'individu. Une telle réponse, donc, se trouvait du côté de l'éternalisme (*sassatavāda*), qui s'accorde avec la théorie de l'**ātman*. Si la réponse était que l'auteur de *dukkha* de l'individu n'était pas lui-même mais quelqu'un d'autre, celle-ci se trouvait du côté de la théorie annihiliste (*uccedavāda*), qui s'accorde avec la théorie matérialiste, car, par une telle réponse, le présent de l'individu est complètement coupé de son passé ou bien le futur de l'individu est complètement coupé de son présent.

Or, le Bouddha affirma maintes fois qu'il n'était ni éternaliste ni annihiliste, car il identifiait ces deux théories à deux extrêmes qui donnent des idées trompeuses et dangereuses. En revanche, il qualifia son explication de « position du milieu » ; selon celle-ci, l'existence de l'individu n'est qu'un flux (*santati*). « Pour cet écoulement, il y a un passé, un présent et aussi, selon les circonstances, un futur. » Enfin, l'individu (*puggala*) n'est qu'un nom, n'est qu'une désignation (*paññatti*), tout comme la « rivière ».

Comment et pourquoi ce flux continu ? Comment peut-il être arrêté ? La réponse à ces questions indique aussi l'apparition de *dukkha*[1]. Pour expliquer la raison d'être de

1. Il semble que la coproduction conditionnée soit une explication supplémentaire de la première et de la deuxième vérité noble du premier sermon (voir *supra*, p. 94). Selon le *Nagara-sutta*, le Bouddha a réfléchi longuement aux éléments de la coproduction conditionnée lorsqu'il était encore **bōdhisatta*, durant l'époque avant son Éveil. Pour une traduction de ce *sutta*, voir M. W., *Les Entretiens du Bouddha*, Paris, Éditions du Seuil, 2001, p. 201-209.

ce flux, le Bouddha présenta la théorie de la coproduction conditionnée, qui démontre comment se produit *dukkha* et comment *dukkha* est supprimé. Selon cette théorie, l'auteur de *dukkha* de l'individu n'est pas lui-même. *Dukkha* n'est pas non plus l'œuvre de quelqu'un d'autre. *Dukkha* se produit lorsqu'il existe des *conditions indiquées dans la coproduction conditionnée. Cette théorie de causalité est résumée dans d'autres passages canoniques par ces deux phrases : « Quand ceci est, cela est ; ceci apparaissant, cela apparaît » ; « Quand ceci n'est pas, cela n'est pas ; ceci cessant, cela cesse »[1].

Acela-sutta (La coproduction conditionnée)

*Ainsi ai-je entendu : une fois, le Bienheureux séjournait à Kalandaka-nivāpa, dans le parc des bambous, près de la ville de Rājagaha.

Un jour, le Bienheureux, s'étant habillé de bon matin, prit son bol et son *cīvara*[2], puis entra dans la ville de Rājagaha pour recevoir sa nourriture. À ce moment-là, un ascète nu appelé Acela-Kassapa vit de loin le Bienheureux en quête de nourriture. L'ayant vu, l'ascète nu Kassapa s'approcha du Bienheureux et échangea avec lui des compliments de politesse et des paroles de courtoisie, puis se tint debout à l'écart sur un côté. Se tenant debout à l'écart sur un côté, l'ascète nu Kassapa dit : « Si l'honorable Gōtama nous le permet, s'il veut nous donner l'occasion d'écouter sa réponse, nous voulons l'interroger sur un certain point. »

Le Bienheureux dit : « Ce n'est pas le moment pour questionner, ô Kassapa, nous sommes parmi les maisons. »

1. M. III, 63 ; S. II, 28, 95. Voir M. W., *La Philosophie du Bouddha*, Paris, Éditions Lis, 2000, p. 72-84.

2. Dans ce contexte, le *cīvara* signifie le « *saṅghāṭi* » (vêtement de dessus en doublure).

L'ascète nu Kassapa dit pour la deuxième fois : « Si l'honorable Gōtama nous le permet, s'il veut nous donner l'occasion d'écouter sa réponse, nous voulons l'interroger sur un certain point. »

Le Bienheureux dit : « Ce n'est pas le moment pour questionner, ô Kassapa, nous sommes parmi les maisons. »

L'ascète nu Kassapa dit pour la troisième fois : « Si l'honorable Gōtama nous le permet, s'il veut nous donner l'occasion d'écouter sa réponse, nous voulons l'interroger sur un certain point. »

Le Bienheureux dit : « Ce n'est pas le moment pour questionner, ô Kassapa, nous sommes parmi les maisons. »

Lorsque cela fut dit par le Bienheureux, l'ascète nu Kassapa persista : « Honorable Gōtama, ce n'est pas une grande chose que nous voulons vous demander. »

Le Bienheureux dit : « Demandez alors, ô Kassapa, ce que vous voulez. »

L'ascète nu Kassapa demanda : « L'état insatisfaisant [*dukkha*] de l'individu, honorable Gōtama, est-il quelque chose de créé par lui-même ?

– Ce n'est pas comme cela qu'il se produit, ô Kassapa.

– L'état insatisfaisant de l'individu, honorable Gōtama, est-il quelque chose de créé par quelqu'un d'autre ?

– Ce n'est pas comme cela qu'il se produit, ô Kassapa.

– Si l'état insatisfaisant de l'individu n'est pas quelque chose de créé par lui-même, si l'état insatisfaisant de l'individu n'est pas quelque chose de créé par quelqu'un d'autre, alors, honorable Gōtama, l'état insatisfaisant de l'individu est-il quelque chose apparu par hasard ?

– Ce n'est pas comme cela qu'il se produit, ô Kassapa.

– L'état insatisfaisant de l'individu, honorable Gōtama, est-il une chose non existante ?

– Si, ô Kassapa, l'état insatisfaisant de l'individu n'est pas une chose non existante. L'état insatisfaisant de l'individu est une chose existante.

– Peut-être l'honorable Gōtama ne connaît-il pas l'état

insatisfaisant de l'individu, ne voit-il pas l'état insatisfaisant de l'individu ?

– Non, ô Kassapa, je ne suis pas quelqu'un qui ne connaît pas l'état insatisfaisant de l'individu. Je suis quelqu'un qui connaît l'état insatisfaisant de l'individu. Je suis quelqu'un qui voit l'état insatisfaisant de l'individu.

– Comment cela peut être alors, honorable Gōtama ? Lorsque j'ai demandé si l'état insatisfaisant de l'individu avait été créé par lui-même, vous m'avez répondu en disant : "Ce n'est pas comme cela qu'il se produit, ô Kassapa." Lorsque j'ai demandé si l'état insatisfaisant de l'individu avait été créé par quelqu'un d'autre, vous m'avez répondu en disant : "Ce n'est pas comme cela qu'il se produit, ô Kassapa." Lorsque j'ai demandé si l'état insatisfaisant de l'individu se produit par hasard, vous m'avez répondu en disant : "Ce n'est pas comme cela qu'il se produit, ô Kassapa." Lorsque j'ai demandé si l'état insatisfaisant de l'individu était une chose non existante, vous m'avez répondu en disant : "L'état insatisfaisant de l'individu n'est pas une chose non existante, ô Kassapa. L'état insatisfaisant de l'individu est une chose existante." Lorsque j'ai demandé si l'honorable Gōtama ne connaissait pas et ne voyait pas l'état insatisfaisant de l'individu, vous m'avez répondu en disant : "Je ne suis pas quelqu'un qui ne connaît pas l'état insatisfaisant de l'individu. Je suis quelqu'un qui connaît l'état insatisfaisant de l'individu. Je suis quelqu'un qui voit l'état insatisfaisant de l'individu." Dites-moi donc, honorable Gōtama, comment se produit l'état insatisfaisant de l'individu. Expliquez-moi, honorable Gōtama : comment se produit l'état insatisfaisant de l'individu ?

– Lorsqu'on dit que l'individu commet des actes et que le même individu reçoit leurs résultats – comme vous l'avez dit au début par les mots : "L'état insatisfaisant de l'individu est crée par lui-même" –, une telle affirmation se réduit à la théorie éternaliste. Lorsqu'on dit qu'un individu commet des actes et qu'un autre obtient leurs résultats – c'est-à-dire l'opinion selon laquelle on est dans l'état insatisfaisant à cause de la faute d'un autre –, une telle affirmation se réduit à la théorie annihiliste. Dans ce cas, ô Kassapa, le *Tathāgata enseigne la *Doctrine sans aller à ces deux extrêmes, mais selon la *Voie du milieu, selon laquelle : *conditionnées par l'ignorance se produisent les compositions mentales ; conditionnée par les compositions mentales se produit la *conscience ; conditionnés par la conscience se produisent des phénomènes mentaux et physiques ; conditionnées par les phénomènes mentaux et physiques se produisent les six sphères[1] ; conditionné par les six sphères se produit le contact [sensoriel et mental] ; conditionnée par le contact [sensoriel et mental] se produit la sensation ; conditionnée par la sensation se produit la "*soif" ; conditionné par la "soif" se produit l'attachement ; conditionné par l'attachement se produit le processus du re-devenir ; conditionnée par le *processus du re-devenir se produit la *naissance ; conditionnés par la naissance se produisent la décrépitude, la mort, les lamentations, les peines, les douleurs, les chagrins, les désespoirs. De cette façon se produit ce monceau de *dukkha*.

[Cependant], par la cessation complète de l'ignorance, les compositions mentales cessent ; par la cessation complète des compositions mentales, la conscience cesse ; par la cessation complète de la conscience, les phénomènes mentaux et physiques cessent ; par la cessation complète des phénomènes mentaux et physiques, les six sphères cessent ; par la cessation complète des six sphères, le contact cesse ; par la cessation complète du contact, la sensation cesse ; par la cessation complète de la sensation, la "soif" cesse ; par la cessation complète de la "soif" , l'attachement

1. Six sphères : six *sphères sensorielles intérieures et extérieures (l'œil et les formes, l'oreille et les sons, le nez et les odeurs, la langue et les saveurs, le corps et les touches, le mental et les objets mentaux).

cesse ; par la cessation complète de l'attachement, le processus du re-devenir cesse ; par la cessation complète du processus du re-devenir, la naissance cesse ; par la cessation complète de la naissance, la décrépitude, la mort, les lamentations, les peines, les douleurs, les chagrins, les désespoirs cessent. Telle est la cessation complète de ce monceau de *dukkha*. »

Cela étant dit, l'ascète nu Kassapa dit au Bienheureux : « C'est merveilleux, Vénéré, c'est merveilleux. De même que l'on redresse ce qui a été renversé, que l'on montre ce qui a été caché, que l'on indique le chemin à l'égaré ou que l'on apporte une lampe dans l'obscurité en pensant “que ceux qui ont des yeux voient les formes”, de même, le Bienheureux a rendu claire la Doctrine de nombreuses façons. Je prends refuge auprès du Bienheureux, auprès de l'Enseignement et auprès de la *communauté des disciples. Puissé-je obtenir l'ordination mineure et l'ordination majeure auprès du Bienheureux. »

Le Bienheureux dit : « Ô Kassapa, si quelqu'un qui était d'abord un membre d'une autre communauté [ascétique] veut obtenir l'ordination mineure et l'ordination majeure, ici dans cette Doctrine et dans cette *Discipline, il lui faut passer une période de probation de quatre mois. Lorsqu'il a passé cette période de probation, à la fin des quatre mois les *bhikkhus, satisfaits de lui, lui conféreront délibérément l'ordination mineure et l'ordination majeure afin de le faire bhikkhu. Néanmoins, je constate une différence entre les individus. »

L'ascète nu Kassapa dit : « Vénéré, si quelqu'un qui était d'abord un adepte d'une autre communauté ascétique veut obtenir l'ordination mineure et l'ordination majeure, ici, dans cette Doctrine et dans cette Discipline, s'il faut passer une période de probation de quatre mois, et si, lorsqu'il a passé cette période de probation, à la fin des quatre mois, les bhikkhus, satisfaits de lui, lui confèrent délibérément l'ordination mineure et l'ordination majeure afin de le faire bhikkhu, alors moi, je suis prêt à passer une période de probation, même de quatre ans. Après avoir passé ainsi une période de probation, à la fin des quatre ans, que les bhikkhus, contents de moi, me confèrent délibérément l'ordination mineure et l'ordination majeure. »

Ainsi, l'ascète nu Kassapa obtint auprès du Bienheureux l'ordination mineure et l'ordination majeure.

Peu de temps après son ordination majeure, l'Āyasmanta Kassapa, demeurant seul, retiré, vigilant, ardent, résolu, parvint rapidement à ce but pour la réalisation duquel les fils de famille quittent leur foyer pour la vie sans foyer ; cet incomparable but de la *Conduite sublime, il le réalisa dans cette vie même, avec la compréhension : toute naissance nouvelle est anéantie. La Conduite sublime est vécue. Ce qui doit être achevé est achevé, plus rien ne demeure à accomplir.

Ainsi, l'Āyasmanta Kassapa parvint au nombre des *Arahants.

(S. II, 16-19.)

13

Les actions et leurs résultats

Sīvaka-sutta

Par la théorie de l'effet causal des actions (**kamma*), dite *kamma-vāda*[1], le bouddhisme explique comment et pourquoi se produit tant de diversité parmi les êtres vivants. Selon cette théorie, à cause de ses propres actes moralement bons, on renaît dans une famille riche, en ayant une bonne situation, une apparence agréable, une belle voix, etc. De même, à cause de ses propres actes moralement mauvais, on renaît dans une famille pauvre, en ayant une situation sociale difficile, une apparence méprisable, etc. Les hauts et les bas de la vie sont aussi les résultats des actions méritoires ou déméritoires commises dans cette vie même ou dans les vies antérieures. En bref, les actes moralement bons produisent des fruits agréables et les actes moralement mauvais donnent des fruits amers[2]. La valeur et la

1. Cette théorie était assez répandue et généralement acceptée plus ou moins de la même façon par plusieurs systèmes religieux, dont ceux des *jaïnas et des *jaṭilas. En même temps, quelques groupes de religieux comme celui de Makkhalī-Gōsāla niaient l'effet causal des actions. Dans les textes du *Canon bouddhique, l'enseignement de Makkhalī-Gōsāla est qualifié par les noms : *ahetuka-vāda* (la doctrine qui nie les causes), et *akiriya-vāda* (la doctrine qui nie la valeur des actes). Sa doctrine est également identifiée comme un fatalisme (*niyati-vāda*), car il affirmait l'inutilité de tenter d'atteindre la délivrance puisqu'elle se produirait un jour automatiquement (voir A. I, 173-174 ; 286-287 ; M. I, 66 ; S. I, 66).

2. Comment s'accorde cette loi de *kamma* avec la doctrine de « Non-Soi » ? Il est vrai que, selon la doctrine de « Non-Soi », il n'y a pas d'acteur,

gravité d'une action méritoire ou déméritoire dépendent non seulement de l'acte, mais encore de l'intention et de la conscience au moment de l'action et de sa préparation mentale. Les résultats bons ou mauvais se produisent automatiquement selon la maturation des actions.

Par une telle théorie, le bouddhisme amène-t-il ses adeptes vers un fatalisme ? Non, entre autres pour trois raisons.

Premièrement, la théorie de *kamma* n'est pas une « loi fixée » qu'il convient de respecter et à laquelle il faut obéir. Au contraire, on peut modifier, changer, dévier les résultats ainsi que les actions, sauf les résultats des actes extrêmement graves, qui sont ancrés profondément dans le flux du psychisme. La réussite de ces remaniements dépend du courage, de la volonté, de l'intelligence et de la vigilance de l'individu concerné[1].

Deuxièmement, la théorie de *kamma* n'est pas une sorte de déterminisme, car, d'une part, il existe des actions dont les résultats diminuent ou augmentent à cause de contre-actions et, d'autre part, tous les actes qu'on commet ne donnent pas obligatoirement des résultats. Autrement dit, il y a des actions qui n'arrivent jamais à la maturation nécessaire pour produire des fruits[2].

---

mais seulement des actes. Ces actes sans acteur ne deviennent pas pour autant inefficaces ou non effectifs. Ils produisent leurs résultats et exercent leur influence pendant la production ou la destruction des autres *conditions, qui deviennent à leur tour opérationnelles et constituent un des éléments importants de la *coproduction conditionnée (voir *supra*, p. 118). Dans celle-ci, la loi de *kamma* est énoncée sous le nom de *saṅkhāra*, qui désigne les volontés, les formations mentales en tant que base des actions. Voir M. W., *La Philosophie du Bouddha*, Paris, Éditions Lis, 2000, p. 73.

1. Ainsi, on a le devoir et le droit d'essayer de changer les résultats mauvais, même ceux survenant chez les autres. C'est justement pour cela que le bouddhisme insiste sur la valeur d'une mentalité bienveillante, compatissante envers ceux qui souffrent. Voir M. W., *La Philosophie du Bouddha*, *op. cit.*, p. 243, et *Au-delà de la mort*, Paris, Éditions Lis, 1996, p. 51-64.

2. Certains actes moralement bons ne donnent pas des résultats heureux à cause d'obstacles provenant d'actes mauvais. De même, certains

Troisièmement, les actes et leurs résultats ne sont pas le facteur unique qui conditionne la vie et l'existence entière de l'individu. La loi de *kamma* (*kamma niyāma*) est seulement l'une des cinq lois naturelles, dont les quatre autres sont : *utu niyāma*, la loi atmosphérique ; *bīja niyāma*, la loi biologique ; *dhamma niyāma*, la loi physique ; *citta niyāma*, la loi psychologique. Autrement dit, dans l'explication bouddhiste du bonheur et du malheur de la vie, la loi de l'effet causal des actions, la loi de *kamma* (*kamma niyāma*), constitue une cause importante, mais au même titre que les causes provenant des quatre autres lois naturelles.

Dans le *Sīvaka-sutta* (S. IV, 230-231), que nous allons lire, le Bouddha définit la position de la loi de *kamma* dans la vie. Selon lui, toutes les expériences agréables ou pénibles ne dépendent pas seulement des actions (*kamma*) du passé, d'autres facteurs les déterminent aussi, selon diverses conditions et circonstances.

Sīvaka-sutta (Les actions et leurs résultats)

Une fois, le Bienheureux séjournait à Kalandaka-nivāpa, dans le bois de bambous, près de la ville de Rājagaha.

Un jour, le *paribbājaka Mōliya-Sīvaka rendit visite au Bienheureux. S'étant approché du Bienheureux, il échangea avec lui des politesses et des paroles de courtoisie. Puis il *s'assit à l'écart sur un côté. S'étant assis à l'écart sur un côté, le paribbājaka Mōliya-Sīvaka dit au Bienheureux : « Il y a, honorable Gōtama, des *samanas et des brāhmanes qui soutiennent cette opinion et disent : "Toutes les sensations

---

actes moralement répréhensibles n'entraînent pas des résultats défavorables à cause d'obstacles issus des résultats d'actes bons. Une telle action restée sans résultat est appelée *ahōsi kamma* (une action qu'il y avait eu), c'est-à-dire une action qui n'a pas eu de résultat (*nahōsi kamma vipākō*), qui n'aura pas de résultat (*na bhavissati kamma vipākō*), qui n'a plus de résultat (*natthi kamma vipākō*). Voir Ps. II, 78 ; Vism. 515.

joyeuses, ou douloureuses, ou neutres, éprouvées par tel ou tel individu dépendent des actions qu'il a commises dans le passé." À ce propos, qu'avez-vous à dire, honorable Gōtama ? »

Le Bienheureux dit : « Ô Sīvaka, il y a aussi des sensations qui se produisent à cause de la bile. Vous pouvez savoir par votre propre expérience qu'il y a aussi des sensations qui se produisent à cause de la bile. Le fait de l'existence de sensations qui ont la bile pour origine est généralement reconnu par le monde comme vrai. Dans ce cas-là, ô Sīvaka, les samanas et les brāhmanes qui disent "toutes les sensations joyeuses, ou douloureuses, ou neutres, éprouvées par tel ou tel individu dépendent des actions qu'il a commises dans le passé" vont trop loin des faits qu'on peut connaître par l'expérience personnelle et des faits généralement reconnus par le monde. À cause de cela, je dis que l'opinion de ces samanas et de ces brāhmanes n'est pas correcte.

Ô Sīvaka, il y a aussi des sensations qui se produisent à cause du flegme. Vous pouvez savoir par votre propre expérience qu'il y a aussi des sensations qui se produisent à cause du flegme. Le fait de l'existence de sensations qui ont le flegme pour origine est généralement reconnu par le monde comme vrai. Dans ce cas-là, ô Sīvaka, les samanas et les brāhmanes qui disent "toutes les sensations joyeuses, ou douloureuses, ou neutres, éprouvées par tel ou tel individu dépendent des actions qu'il a commises dans le passé" vont trop loin des faits qu'on peut connaître par l'expérience personnelle et des faits généralement reconnus par le monde. À cause de cela, je dis que l'opinion de ces samanas et de ces brāhmanes n'est pas correcte.

Ô Sīvaka, il y a aussi des sensations qui se produisent à cause du souffle. Vous pouvez savoir par votre propre expérience qu'il y a aussi des sensations qui se produisent à cause du souffle. Le fait de l'existence de sensations qui ont le souffle pour origine est généralement reconnu par le monde comme vrai. Dans ce cas-là, ô Sīvaka, les samanas et les brāhmanes qui disent “toutes les sensations joyeuses, ou douloureuses, ou neutres, éprouvées par tel ou tel individu dépendent des actions qu'il a commises dans le passé” vont trop loin des faits qu'on peut connaître par l'expérience personnelle et des faits généralement reconnus par le monde. À cause de cela, je dis que l'opinion de ces samanas et de ces brāhmanes n'est pas correcte.

Ô Sīvaka, il y a aussi des sensations qui se produisent à cause de l'union des humeurs du corps. Vous pouvez savoir par votre propre expérience qu'il y a aussi des sensations qui se produisent à cause de l'union des humeurs du corps. Le fait de l'existence de sensations qui ont l'union des humeurs du corps pour origine est généralement reconnu par le monde comme vrai. Dans ce cas-là, ô Sīvaka, les samanas et les brāhmanes qui disent “toutes les sensations joyeuses, ou douloureuses, ou neutres, éprouvées par tel ou tel individu dépendent des actions qu'il a commises dans le passé” vont trop loin des faits qu'on peut connaître par l'expérience personnelle et des faits généralement reconnus par le monde. À cause de cela, je dis que l'opinion de ces samanas et de ces brāhmanes n'est pas correcte.

Ô Sīvaka, il y a aussi des sensations qui se produisent à cause du changement des saisons. Vous pouvez savoir par votre propre expérience qu'il y a aussi des sensations qui se produisent à cause du changement des saisons. Le fait de l'existence de sensations qui ont le changement de saison pour origine est généralement reconnu par le monde comme vrai. Dans ce cas-là, ô Sīvaka, les samanas et les brāhmanes qui disent “toutes les sensations joyeuses, ou douloureuses, ou neutres, éprouvées par tel ou tel individu dépendent des actions qu'il a commises dans le passé” vont trop loin des faits qu'on peut connaître par l'expérience personnelle et des faits généralement reconnus par le monde. À cause de cela, je dis que l'opinion de ces samanas et de ces brāhmanes n'est pas correcte.

Ô Sīvaka, il y a aussi des sensations qui se produisent à cause d'incidents irréguliers. Vous pouvez savoir par votre propre expérience qu'il y a aussi des sensations qui se produisent à cause d'incidents irréguliers. Le fait de l'existence de sensations qui ont des incidents irréguliers pour origine est généralement reconnu par le monde comme vrai. Dans ce cas-là, ô Sīvaka, les samanas et les brāhmanes qui disent "toutes les sensations joyeuses, ou douloureuses, ou neutres, éprouvées par tel ou tel individu dépendent des actions qu'il a commises dans le passé" vont trop loin des faits qu'on peut connaître par l'expérience personnelle et des faits généralement reconnus par le monde. À cause de cela, je dis que l'opinion de ces samanas et de ces brāhmanes n'est pas correcte.

Ô Sīvaka, il y a aussi des sensations qui se produisent à cause d'accidents soudains. Vous pouvez savoir par votre propre expérience qu'il y a aussi des sensations qui se produisent à cause d'accidents soudains. Le fait de l'existence de sensations qui ont des accidents soudains pour origine est généralement reconnu par le monde comme vrai. Dans ce cas-là, ô Sīvaka, les samanas et les brāhmanes qui disent "toutes les sensations joyeuses, ou douloureuses, ou neutres, éprouvées par tel ou tel individu dépendent des actions qu'il a commises dans le passé" vont trop loin des faits qu'on peut connaître par l'expérience personnelle et des faits généralement reconnus par le monde. À cause de cela, je dis que l'opinion de ces samanas et de ces brāhmanes n'est pas correcte.

Ô Sīvaka, il y a aussi des sensations qui se produisent à cause de la maturation des actions. Vous pouvez savoir par votre propre expérience qu'il y a aussi des sensations qui se produisent à cause de la maturation des actions. Le fait de l'existence de sensations qui ont la maturation des actions pour origine est généralement reconnu par le monde comme vrai. Dans ce cas-là, ô Sīvaka, les samanas et les brāhmanes qui disent "toutes les sensations joyeuses, ou douloureuses, ou neutres, éprouvées par tel ou tel individu dépendent des actions qu'il a commises dans le passé" vont trop loin des faits qu'on peut connaître par l'expérience personnelle et des faits généralement reconnus par le monde. À cause de cela, je dis que l'opinion de ces samanas et de ces brāhmanes n'est pas correcte. »

Cela dit, le paribbājaka Mōliya-Sīvaka dit au Bienheureux : « C'est merveilleux, honorable Gōtama, c'est sans précédent, honorable Gōtama. C'est vraiment, honorable Gōtama, comme si l'on redressait ce qui a été renversé, découvrait ce qui a été caché, montrait le chemin à l'égaré ou apportait une lampe dans l'obscurité en pensant "que ceux qui ont des yeux voient les formes". De même, l'honorable Gōtama a rendu claire la *Doctrine de maintes façons. Je prends refuge en l'honorable Gōtama, en la Doctrine et en la *communauté des disciples. Que l'honorable Gōtama veuille bien m'accepter comme disciple laïc de ce jour jusqu'à la fin de ma vie. »

(S. IV, 230-231.)

14

Les questions inutiles

Cūḷa-Māluṅkyā-sutta

Les longues réponses du Bouddha aux questions de ses interlocuteurs sont très fréquentes dans le *Canon bouddhique. Cependant, elles nous montrent que le Bouddha ne répondait pas pour montrer son intelligence et sa connaissance, mais pour aider dans la voie du *progrès intérieur celui qui le questionnait. Également, il répondait toujours à ses interlocuteurs en tenant compte de leur niveau de développement intellectuel, de leurs tendances, de leur tempérament, de leur capacité de compréhension, mais aussi de l'utilité et de l'opportunité des questions qu'ils lui posaient. Ainsi, à certaines questions il a répondu directement, à d'autres il a répondu de façon à les analyser, et d'autres encore ont provoqué des contre-questions ; enfin, il y eut aussi des questions que le Bouddha laissa de côté.

Selon le point de vue du Bouddha, entamer une polémique avec des gens qui soutenaient diverses opinions sur la durée de l'univers, l'éternité de l'univers, etc., n'était pas une chose fructueuse dans le domaine du progrès intérieur. Lorsque ses interlocuteurs lui demandaient son avis sur ces sujets, le Bouddha leur signalait aussitôt l'inutilité et le danger d'entrer dans un tel « désert d'opinions »[1]. Cela ne

1. M. I, 483-486 ; le Bouddha n'a pas dit qu'il ne connaissait pas les réponses à ces questions, mais il considérait que ces réponses, quelles

signifiait pas que l'auditeur du Bouddha devait renoncer à comprendre ces questions ou bien qu'elles étaient considérées comme des « mystères » par le bouddhisme. Naturellement, une compréhension correcte était admirée, mais elle devait être atteinte, non pas par des discussions spéculatives ou des débats qui coupent les cheveux en quatre, ou encore par l'adoration des livres sacrés, mais par le progrès intérieur. L'individu qui parvient au sommet du progrès intérieur comprendra automatiquement la vérité sur ces questions et leur réalité[1]. D'ailleurs, cette compréhension elle-même fait partie de la sagesse vécue[2]. Avant d'arriver à cette compréhension intérieure, l'individu tentant d'acquérir des opinions diverses ne peut que tomber dans des idéologies comme l'éternalisme, la théorie annihiliste, etc. ; s'éloignant de la bonne voie et de son propre but, il perd alors son temps[3].

---

qu'elles fussent, ne seraient pas utiles pour le progrès intérieur de son interlocuteur. En outre, le Bouddha ne voulait pas créer une situation encore plus désavantageuse chez son interlocuteur, car il savait que ses réponses plongeraient cet interlocuteur dans une perplexité encore plus grande et qu'il pourrait même arriver à des conclusions fausses. Voir M. W., *La Philosophie du Bouddha*, Paris, Éditions Lis, 2000, p. 20-25.

1. Une telle compréhension réelle est expliquée par les mots : « Tout ce qui a pour nature d'apparaître, tout cela a pour nature la cessation » (*yaṃ kiñci samudayaṃ dhammaṃ, taṃ sabbaṃ nirōdha dhammaṃ*) ; voir M. III, 280 ; S. IV, 47 ; V, 423.

2. Un passage des Écritures canoniques explique que ces diverses sortes d'opinions, à propos du caractère éternel ou non de l'univers par exemple, se produisent dans la pensée de l'individu lorsqu'il a une fausse notion de la personnalité dite *sakkāya-diṭṭhi*. Il n'y a pas de place pour ces diverses opinions lorsque la pensée est libérée de *sakkāya-diṭṭhi* (S. V, 28).

3. À ce sujet, les textes canoniques relatent l'anecdote amusante d'un ascète doté de capacités surhumaines qui avait voulu connaître le bout de l'univers. Ses capacités surhumaines lui avaient permis de courir sans s'arrêter dans l'espace pour en trouver le terme. Ayant ainsi couru pendant sa vie entière à une grande vitesse, il n'atteignit jamais son but. Le Bouddha disait : « Ce n'est point par le voyage dans l'espace qu'on peut atteindre le bout de l'univers. J'enseigne que l'univers, l'apparition de l'univers, la cessation de l'univers et le sentier qui conduit à la cessation de l'univers sont contenus dans ce corps long d'une aune » (S. I, 61-62 ; S. IV, 93 ; A. II, 47-49).

Le sermon suivant, intitulé *Cūḷa-Māluṅkyā-sutta* (M. I, 426-432), fut prononcé par le Bouddha à l'intention de l'un de ses auditeurs ordinaires qui avait voulu entamer une discussion sur ces sujets inutiles. Cet auditeur avait posé une série de questions comme « l'univers est-il éternel ou est-il non éternel ? »… Le Bouddha aurait pu lui répondre en donnant une longue explication ou tout simplement en disant oui ou non. Cependant, le Bouddha n'a fait ni l'un ni l'autre. Ainsi, une fois de plus, on peut constater ici que l'attitude du Bouddha était thérapeutique : qu'est-ce qui est utile pour guérir ? Dans ce sermon, avec une certaine ironie, le Bouddha demande à son auditeur de se soigner plutôt que de perdre son temps en se posant des questions inutiles sans aucun rapport avec sa santé.

Cūḷa-Māluṅkyā-sutta (Les questions inutiles)

*Ainsi ai-je entendu : une fois, le Bienheureux séjournait au parc d'Anāthapiṇḍika, situé au bois de Jeta, près de la ville de Sāvatthi.

Un jour, alors que l'Āyasmanta Māluṅkyāputta était dans sa méditation solitaire, l'idée suivante vint à lui : « L'univers est-il éternel ou est-il non éternel ? L'univers a-t-il une limite ou est-il sans limite ? Le principe vital est-il la même chose que le corps, ou bien le principe vital est-il une chose et le corps une autre chose ? L'être libéré existe-t-il après la mort ou n'existe-t-il pas après la mort ? Existe-t-il et à la fois n'existe-t-il pas après la mort ? Ou bien est-il non existant et à la fois pas non existant après la mort ? Ces problèmes sont inexpliqués, laissés de côté et rejetés par le Bienheureux. Le Bienheureux ne me les explique pas. Le fait qu'il ne les explique pas ne me plaît pas. Je n'apprécie pas. J'approcherai le Bienheureux et je l'interrogerai à ce propos. S'il m'explique que l'univers est éternel ou non éternel, que l'univers a une limite ou qu'il est sans limite [...], alors je pratiquerai la *Conduite sublime sous la direction du Bienheureux. S'il ne m'explique pas que l'univers est éternel ou non éternel, que l'univers a une limite ou qu'il est sans limite [...], en rejetant l'entraînement, je redescendrai dans la vie séculière. »

Dans l'après-midi, s'étant levé de sa méditation solitaire, l'Āyasmanta Māluṅkyāputta s'approcha de l'endroit où se trouvait le Bienheureux. S'étant approché, il rendit hommage au Bienheureux, puis *s'assit à l'écart sur un côté et dit : « Vénéré, lorsque j'étais dans la méditation solitaire, l'idée suivante me vint : l'univers est-il éternel ou est-il non éternel ? L'univers a-t-il une limite ou est-il sans limite ? [...]. Ces problèmes sont inexpliqués, laissés de côté et rejetés par le Bienheureux. Le Bienheureux ne me les explique pas. Le fait qu'il ne les explique pas ne me plaît pas. Je n'apprécie pas. J'approcherai le Bienheureux et je l'interrogerai à ce propos. S'il m'explique que l'univers est éternel ou non éternel, que l'univers a une limite ou qu'il est sans limite [...], alors je pratiquerai la Conduite sublime sous la direction du Bienheureux. S'il ne m'explique pas que l'univers est éternel ou non éternel, que l'univers a une limite ou qu'il est sans limite [...], en rejetant l'entraînement, je redescendrai dans la vie séculière. Vénéré, si le Bienheureux sait que l'univers est éternel, qu'il me le dise ; si le Bienheureux sait que l'univers n'est pas éternel, qu'il me le dise ; si le Bienheureux ne sait pas si l'univers est éternel ou non, alors quand une personne ne sait pas, ne voit pas, elle doit dire par honnêteté : "Je ne sais pas, je ne vois pas." »

[L'Āyasmanta Māluṅkyāputta répète la même phrase concernant les huit autres opinions.]

Le Bienheureux dit : « Ô Māluṅkyāputta, est-ce que je vous ai jamais promis : "Venez, Māluṅkyāputta, pratiquez la Conduite sublime sous ma direction et je vous expliquerai si l'univers est éternel ou non éternel, si l'univers a une limite ou s'il est sans limite ?" [...]

– Non, Vénéré.

– Alors, ô Māluṅkyāputta, est-ce que vous m'avez jamais promis : "Vénéré, je pratiquerai la Conduite sublime sous la direction du Bienheureux à condition que le Bienheureux m'explique si l'univers est éternel ou non éternel, si l'univers a une limite ou s'il est sans limite ?" [...]

– Non, Vénéré.

– Il est donc clair, ô Māluṅkyāputta, que je ne vous ai pas promis : "Venez, ô Māluṅkyāputta, pratiquez la Conduite sublime sous ma direction et je vous expliquerai si l'univers est éternel ou non éternel, si l'univers a une limite ou s'il est sans limite" [...] ; et il est clair que vous ne m'avez pas promis non plus : "Vénéré, je pratiquerai la Conduite sublime sous la direction du Bienheureux à condition que le Bienheureux m'explique si l'univers est éternel ou non éternel, si l'univers a une limite ou s'il est sans limite." [...] En ce cas, ô homme stupide, que refusez-vous ? Si quelqu'un dit : "Je ne pratiquerai pas la Conduite sublime sous la direction du Bienheureux tant qu'il ne m'aura pas expliqué si l'univers est éternel ou non éternel, si l'univers a une limite ou s'il est sans limite [...]", l'interrogateur pourra mourir sans que ses questions reçoivent de réponses du *Tathāgata. C'est tout comme si, ô Māluṅkyāputta, un homme ayant été blessé par une flèche fortement empoisonnée, ses amis et ses proches parents amenaient un médecin chirurgien, et que l'homme blessé disait : "Je ne laisserai pas retirer cette flèche avant de savoir qui m'a blessé : est-ce un *khattiya, ou un brāhmane, ou un vaïsya, ou un sudra ?" Puis il dirait : "Je ne laisserai pas retirer cette flèche avant de savoir qui m'a blessé : quel est son nom ? quelle est sa famille ?" Puis il dirait : "Je ne laisserai pas retirer cette flèche avant de savoir qui m'a blessé : s'il est grand, petit ou de taille moyenne." Puis il dirait : "Je ne laisserai pas retirer cette flèche avant de savoir qui m'a blessé : s'il est noir, ou brun, ou de couleur d'or ?" Puis il dirait : "Je ne laisserai pas retirer cette flèche avant de savoir d'où vient cet homme qui m'a blessé : de quel village, ou de quelle ville, ou de quelle cité ?" Puis il dirait : "Je ne laisserai pas retirer cette flèche avant de savoir avec quelle sorte d'arc on a tiré sur moi : était-ce une arbalète ou un autre arc ?" Puis il dirait : "Je ne laisserai pas retirer cette flèche avant de savoir quelle sorte de corde a été employée sur l'arc : était-elle en coton ou en roseau, en tendon, en chanvre ou en écorce ?" Puis il dirait : "Je ne laisserai pas retirer cette flèche avant de savoir de quelle manière était faite sa pointe : était-elle en fer ou d'une autre matière ?" Puis il dirait : "Je ne laisserai pas retirer cette flèche avant de savoir quelles plumes ont été employées pour la flèche : étaient-ce des plumes de vautour, de héron, de paon ou d'un autre oiseau ?" Puis il dirait : "Je ne laisserai pas retirer cette flèche avant de savoir avec quelle sorte de tendon la flèche a été enfermée : avec des tendons de vache, ou de bœuf, ou de cerf, ou de singe ?" Puis il dirait : "Je ne laisserai pas retirer cette flèche avant de savoir si c'était une flèche ordinaire ou une autre sorte de flèche ?"

Ô Māluṅkyāputta, cet homme mourrait sans obtenir de réponses pour ses questions. De même, ô Māluṅkyāputta, si quelqu'un dit : "Je ne pratiquerai pas la Conduite sublime sous la direction du Bienheureux tant qu'il ne m'aura pas expliqué si l'univers est éternel ou non éternel, si l'univers a une limite ou s'il est sans limite [...]", il mourra avec des questions laissées sans réponses par le Tathāgata.

La vie dans la Conduite sublime, ô Māluṅkyāputta, ne dépend pas de l'opinion : l'univers est éternel. La vie dans la Conduite sublime ne dépend pas de l'opinion : l'univers est non éternel. Bien qu'il existe une opinion selon laquelle l'univers est éternel et une opinion selon laquelle l'univers est non éternel, il existe avant tout la naissance, la vieillesse, la mort, le malheur, les lamentations, la douleur, la peine, la détresse. Moi, j'enseigne leur cessation ici-bas, dans cette vie même.

La vie dans la Conduite sublime, ô Māluṅkyāputta, ne dépend pas de l'opinion : l'univers a une limite. La vie dans la Conduite sublime ne dépend pas de l'opinion : l'univers est sans limite. Bien qu'il existe une opinion selon laquelle l'univers a une limite et une opinion selon laquelle l'univers est sans limite, il existe avant tout la naissance, la vieillesse, la mort, le malheur, les lamentations, la douleur, la peine, la détresse. Moi, j'enseigne leur cessation ici-bas, dans cette vie même.

La vie dans la Conduite sublime, ô Māluṅkyāputta, ne dépend pas de l'opinion : le principe vital est la même chose que le corps. La vie dans la Conduite sublime ne dépend pas de l'opinion : le principe vital est une chose et le corps une autre chose. Bien qu'il existe une opinion selon laquelle le principe vital est la même chose que le corps et une opinion selon laquelle le principe vital est une chose et le corps une autre chose, il existe avant tout la naissance, la vieillesse, la mort, le malheur, les lamentations, la douleur, la peine, la détresse. Moi, j'enseigne leur cessation ici-bas, dans cette vie même.

La vie dans la Conduite sublime, ô Māluṅkyāputta, ne dépend pas de l'opinion : le Tathāgata existe après la mort. La vie dans la Conduite sublime ne dépend pas de l'opinion : le Tathāgata n'existe pas après la mort. Bien qu'il existe une opinion selon laquelle le Tathāgata existe après la mort et une opinion selon laquelle le Tathāgata n'existe pas après la mort, il existe avant tout la *naissance, la vieillesse, la mort, le malheur, les lamentations, la douleur, la peine, la détresse. Moi, j'enseigne leur cessation ici-bas, dans cette vie même.

La vie dans la Conduite sublime, ô Māluṅkyāputta, ne dépend pas de l'opinion : le Tathāgata existe et à la fois n'existe pas après la mort. La vie dans la Conduite sublime ne dépend pas de l'opinion : le Tathāgata est non existant et à la fois pas non existant après la mort. Bien qu'il existe une opinion selon laquelle le Tathāgata existe et à la fois n'existe pas après la mort et une opinion selon laquelle le Tathāgata est non existant et à la fois pas non existant après la mort, il existe avant tout la naissance, la vieillesse, la mort, le malheur, les lamentations, la douleur, la peine, la détresse. Moi, j'enseigne leur cessation ici-bas, dans cette vie même.

Par conséquent, ô Māluṅkyāputta, gardez dans votre pensée ce que j'ai expliqué comme expliqué et ce que je n'ai pas expliqué comme non expliqué. Quelles sont les choses que je n'ai pas expliquées ? Je n'ai pas expliqué si cet univers est éternel ou s'il n'est pas éternel. Je n'ai pas expliqué si cet univers a une limite ou s'il est sans limite. Je n'ai pas expliqué si le principe vital est la même chose que le corps ou si le principe vital est une chose et le corps une autre chose. Je n'ai pas expliqué si le Tathāgata existe après la mort ou si le Tathāgata n'existe pas après la mort. Je n'ai pas expliqué si le Tathāgata existe et à la fois n'existe pas après la mort. Je n'ai pas expliqué si le Tathāgata est non existant et à la fois pas non existant après la mort. Pourquoi ne l'ai-je pas expliqué ? Parce que ce n'est pas utile, que ce n'est pas fondamentalement lié à la Conduite sublime et que cela ne conduit pas au désenchantement[1], au détachement, à la cessation, à la tranquillité, à la pénétration profonde, à la réalisation complète, au **nibbāna*. C'est pourquoi je ne l'ai pas expliqué. Quelles sont, ô Māluṅkyāputta, les choses que j'ai expliquées ? J'ai expliqué **dukkha*. J'ai expliqué l'apparition de *dukkha*. J'ai expliqué la cessation de *dukkha*. J'ai expliqué le chemin qui conduit à la cessation de *dukkha*. Pourquoi, ô Māluṅkyāputta, ai-je expliqué ces choses ? Parce que c'est utile, fondamentalement lié au but de la Conduite sublime, que cela conduit au désen-

1. Voir *supra*, p. 92, note 1.

chantement, au détachement, à la cessation, à la tranquillité, à la pénétration profonde, à la réalisation complète, au *nibbāna*. C'est pour cela que je les ai expliquées. Par conséquent, ô Māluṅkyāputta, gardez dans votre pensée ce que je n'ai pas expliqué comme non expliqué et ce que j'ai expliqué comme expliqué. »

Ainsi parla le Bienheureux. L'Āyasmanta Māluṅkyāputta, heureux, se réjouit des paroles du Bienheureux.

(M. I, 426-432.)

15

Où sont les vrais brāhmanes ?

Tevijja-sutta

Des brāhmanes savants, des religieux errants et d'autres hommes cultivés ont bien souvent rendu visite au Bouddha pour s'entretenir de divers sujets spirituels. De leur côté, le Bouddha et ses *disciples se rendaient dans les ermitages des ascètes savants et dans les foyers des brāhmanes pour discuter. Parfois, ils les rencontraient dans des lieux publics : les jardins, les parcs, les bois, les plages, etc. Ils parlaient à cœur ouvert. Discuter sur les opinions religieuses n'était pas considéré comme une mauvaise habitude. En effet, de tels débats étaient courants dans les milieux intellectuels, et certains aimaient assister à ces discussions. Les arguments employés se révélaient parfois durs, mais cela ne signifiait pas un manque de courtoisie. Ils parlaient non pas pour parler, mais sincèrement pour clarifier le sujet abordé et, ainsi, faire éclater la vérité. Les jeunes savants, notamment, rendaient visite au Bouddha avec un grand enthousiasme pour découvrir de nouveaux enseignements. Dans ces discussions, lorsque ses interlocuteurs étaient des brāhmanes, selon les circonstances le Bouddha n'hésitait pas à critiquer certaines de leurs théories et de leurs pratiques.

Nous allons lire maintenant le texte intitulé **Tevijja-sutta* (D. I, 235-253), qui montre l'attitude critique du Bouddha à l'égard de certaines idées traditionnelles des brāhmanes. Ici, les interlocuteurs du Bouddha sont deux jeunes brāhmanes savants, Vāseṭṭha et Bhāradvāja. Ils ont besoin de connaître le point de vue du Bouddha à propos de la voie menant à l'union avec le Brahmā. Le Bouddha parle de l'inutilité et de l'inopportunité des pratiques et des croyances brāhmaniques concernant ce but, et explique comment on peut « vraiment s'unir à Brahmā », c'est-à-dire, dans le sens bouddhique, comment on peut renaître dans le ciel de Brahmā. Selon le Bouddha, pour atteindre ce but, on doit vivre dans cette vie même comme un Brahmā. Cependant, nous le savons, le fait de renaître dans le ciel de Brahmā (plutôt, dans les cieux des Brahmās) n'est pas le but le plus important du bouddhisme. Pour lui, le *summum bonum* est la cessation de **dukkha*, l'émancipation totale, qui est le but du disciple, un but qu'on peut atteindre dans cette vie même. Pourquoi donc le Bouddha n'a-t-il pas parlé de ce but dans ce sermon ? La réponse est évidente : les deux jeunes brāhmanes voulaient connaître la vraie voie pour s'unir à Brahmā, et le devoir du Bouddha était, donc, de la leur expliquer, bien entendu selon son point de vue et selon sa doctrine. Plus tard, sans doute, le Bouddha trouvera l'occasion de s'entretenir avec ces deux brāhmanes du plus haut idéal de son Enseignement.

Ainsi, ce long sermon se termine en insistant sur les *quatre demeures sublimes, nommées dans les textes canoniques « *cattārō brahmavihārā* ». Par là, le Bouddha signifie que, si l'on veut naître dans les cieux des Brahmās, on doit vivre comme Brahmā dans cette vie même. Autrement dit, on doit développer dans la pensée les quatre états mentaux sublimes : la bienveillance (*mettā*), la *compassion (*karuṇā*), la joie devant le succès des autres (*muditā*) et l'*équanimité (*upekkhā*). Les gens qui ont développé de telles qualités mentales vivent, dès ici-bas, comme Brahmā.

Tevijja-sutta (Où sont les vrais brāhmanes ?)

*Ainsi ai-je entendu : une fois, le Bienheureux, en voyageant dans le pays des Kōsalas avec un groupe important d'environ cinq cents *bhikkhus, arriva à Manasākaṭa, un village de brāhmanes. Alors, le Bienheureux fit halte dans le bois de manguiers situé au nord du village, au bord de la rivière Aciravatī.

En ce temps-là, de nombreux brāhmanes très célèbres et très riches, tels que le brāhmane Caṅki, le brāhmane Tārukkha, le brāhmane Pokkarasāti[1], le brāhmane Jānussoni, le brāhmane Todeyya et d'autres encore, vivaient à Manasākaṭa.

Un jour, une discussion naquit entre deux jeunes brāhmanes nommés Vāseṭṭha et Bhāradvāja, sur le sujet de la voie et de la non-voie [religieuse], alors qu'ils faisaient les cent pas[2].

Le jeune brāhmane Vāseṭṭha dit : « La voie annoncée par le brāhmane Pokkarasāti est la voie directe, c'est la véritable voie, c'est la voie qui mène l'individu qui la suit à l'état d'union avec Brahmā. »

[Cependant], le jeune brāhmane Bhāradvāja dit : « La voie annoncée par le brāhmane Tārukkha est la voie directe, c'est la véritable voie, c'est la voie qui mène l'individu qui la suit à l'état d'union avec Brahmā. »

Le jeune brāhmane Vāseṭṭha ne put convaincre le jeune brāhmane Bhāradvāja ; de même, le jeune brāhmane Bhāradvāja ne put convaincre le jeune brāhmane Vāseṭṭha.

Alors, le jeune brāhmane Vāseṭṭha dit au jeune brāhmane Bhāradvāja : « Cher Bhāradvāja, le Samana Gōtama, fils des *Sākyas, ayant abandonné sa famille sākyanne et quitté son foyer pour entrer dans la vie sans foyer, voya-

1. Dans certains manuscrits, ce nom est mentionné comme Pokkarasādi.
2. Ils faisaient les cent pas au bord de la rivière.

geant dans le pays des Kōsalas, est arrivé à Manasākaṭa, et actuellement il demeure dans le bois de manguiers situé au nord du village, au bord de la rivière Aciravatī. À propos de cet honorable Gōtama, le bruit de sa bonne réputation se propage en ces termes : "Il est le Bienheureux, l'*Arahant, l'*Éveillé parfait, parfait en Savoir et parfait en Conduite, bien arrivé à son but, connaisseur du monde, incomparable guide des êtres qui doivent être guidés, instructeur des dieux et des humains, l'Éveillé, le Bienheureux." Viens, Bhāradvāja. Allons voir le Samana Gōtama, interrogeons-le sur cette question et gardons sa réponse dans nos pensées. »

« Très bien, cher ami », dit le jeune brāhmane Bhāradvāja au jeune brāhmane Vāseṭṭha.

Ensuite, les deux jeunes brāhmanes, Vāseṭṭha et Bhāradvāja, s'approchèrent de l'endroit où se trouvait le Bienheureux. S'étant approchés, ils échangèrent avec le Bienheureux des compliments de politesse et des paroles de courtoisie, et *s'assirent à l'écart sur un côté. S'étant assis à l'écart sur un côté, le jeune brāhmane Vāseṭṭha dit au Bienheureux : « Honorable Gōtama, alors que nous faisions les cent pas, une discussion s'éleva entre nous au sujet de la voie et de la non-voie. J'ai exprimé mon opinion ainsi : "La voie annoncée par le brāhmane Pokkarasāti est la voie directe, c'est la véritable voie, c'est la voie qui mène l'individu qui la suit à l'état d'union avec Brahmā." [Cependant], le jeune brāhmane Bhāradvāja dit : "La voie annoncée par le brāhmane Tārukkha est la voie directe, c'est la véritable voie, c'est la voie qui mène l'individu qui la suit à l'état d'union avec Brahmā." Honorable Gōtama, en ce qui concerne ce sujet, il y a une dispute, un débat et une différence d'opinion [entre Bhāradvāja et moi-même].

– Ô Vāseṭṭha, vous dites que la voie annoncée par le brāhmane Pokkarasāti est la voie directe, c'est la véritable voie, c'est la voie qui mène l'individu qui la suit à l'état d'union avec Brahmā. Et également vous dites que, selon Bhāradvāja, la voie annoncée par le brāhmane Tārukkha est la voie directe, c'est la véritable voie, c'est la voie qui mène l'individu qui la suit à l'état d'union avec Brahmā. Alors, ô Vāseṭṭha, sur quel sujet y a-t-il vraiment une contestation, une dispute, une différence d'opinion [entre vous deux] ?

– Honorable Gōtama, notre dispute, notre différence d'opinion est fondée sur la voie et la non-voie. Il est vrai que de nombreux [groupes de] brāhmanes, tels que les Addhariyas, les Tittiriyas, les Chandokas, les Chandāvas, les Brahmacariyas, proclament des voies différentes, mais toutes ces voies mènent l'individu qui les suit à l'union avec Brahmā. Tout comme, honorable Gōtama, il y a des voies différentes près d'un village ou d'une bourgade, toutes ces voies se dirigent vers le village. De même, honorable Gōtama, bien que de nombreux [groupes de] brāhmanes, tels que les Addhariyas, les Tittiriyas, les Chandokas, les Chandāvas, les Brahmacariyas, proclament des voies différentes, toutes ces voies mènent l'individu qui les suit à l'union avec Brahmā.

– Dites-vous, ô Vāseṭṭha, que toutes ces voies différentes mènent l'individu qui les suit à l'union avec Brahmā ?

– Oui, honorable Gōtama. Je dis que toutes ces voies différentes mènent l'individu qui les suit à l'union avec Brahmā.

– Dites-vous, ô Vāseṭṭha, que toutes ces voies différentes mènent l'individu qui les suit à l'union avec Brahmā ?

– Oui, honorable Gōtama. Je dis que toutes ces voies différentes mènent l'individu qui les suit à l'union avec Brahmā.

– Dites-vous, ô Vāseṭṭha, que toutes ces voies différentes mènent l'individu qui les suit à l'union avec Brahmā ?

– Oui, honorable Gōtama. Je dis que toutes ces voies différentes mènent l'individu qui les suit à l'union avec Brahmā.

– Y a-t-il, ô Vāseṭṭha, un seul brāhmane, parmi les brāhmanes versés dans les trois Veda[1], qui ait vu Brahmā face à face personnellement ?

– Il n'y en a pas, honorable Gōtama.

– Y a-t-il, ô Vāseṭṭha, un seul maître des brāhmanes, parmi les maîtres des brāhmanes versés dans les trois Veda, qui ait vu Brahmā face à face personnellement ?

– Il n'y en a pas, honorable Gōtama.

– Y a-t-il, ô Vāseṭṭha, un seul précepteur ou maître des précepteurs, parmi les précepteurs ou maîtres des précepteurs versés dans les trois Veda, qui ait vu Brahmā face à face personnellement ?

– Il n'y en a pas, honorable Gōtama.

– Y a-t-il, ô Vāseṭṭha, un seul brāhmane parmi les brāhmanes versés dans les trois Veda, pendant les sept dernières générations jusqu'à la grande époque des premiers maîtres, qui ait vu Brahmā face à face personnellement ?

– Il n'y en a pas, honorable Gōtama.

– Est-ce que, ô Vāseṭṭha, les anciens sages des brāhmanes versés dans les trois Veda, les auteurs de formules sacrées, qui ont énoncé des formules sacrées, dans lesquelles des formes anciennes de mots sont chantées, émises ou composées, que les brāhmanes de nos jours chantent encore et encore après eux, récitent après eux – à savoir Aṭṭhaka, Vāmaka, Vāmadeva, Vessāmitta, Yamataggi, Aṅgīrasa, Bhāradvāja, Vāseṭṭha, Kassapa, Bhagu –, ont jamais dit : “Nous savons qui est Brahmā. Nous savons d'où il vient et où il va” ?

– Non, honorable Gōtama.

– Ainsi, ô Vāseṭṭha, vous admettez qu'aucun des brāhmanes versé dans les trois Veda n'a jamais vu Brahmā face à face personnellement. Vous admettez qu'aucun des maîtres des brāhmanes versés dans les trois Veda n'a jamais

1. Les textes canoniques ne parlent que de trois Vedas. À l'époque où ces textes furent définitivement rédigés, il semble que l'Atharva n'était pas considéré comme le quatrième Veda.

vu Brahmā face à face personnellement. Vous admettez qu'aucun précepteur ou précepteur des précepteurs des brāhmanes versés dans les trois Veda n'a jamais vu Brahmā face à face personnellement. Vous admettez qu'aucun des brāhmanes pendant les sept dernières générations jusqu'à la grande époque des premiers maîtres n'a vu Brahmā face à face personnellement. Également, vous admettez que les anciens sages des brāhmanes versés dans les trois Veda, qui étaient des auteurs de formules sacrées, des faiseurs de formules sacrées, d'anciennes formes de mots que les brāhmanes de nos jours chantent encore et encore après eux, récitent après eux – à savoir Aṭṭhaka, Vāmaka, Vāmadeva, Vessāmitta, Yamataggi, Aṅgīrasa, Bhāradvāja, Vāseṭṭha, Kassapa, Bhagu –, n'ont jamais dit : "Nous savons qui est Brahmā. Nous savons d'où il vient et où il va." Cependant, les brāhmanes versés dans les trois Veda, en disant : "Voici la voie directe, voici la véritable voie, la voie qui mène l'individu qui la suit à l'état d'union avec Brahmā", disent en réalité ceci : "Nous montrons la voie de l'union avec quelqu'un dont nous ne savons rien, que nous n'avons pas vu." Maintenant, qu'en pensez-vous, ô Vāseṭṭha ? Selon les faits, la parole des brāhmanes versés dans les trois Veda ne s'avère-t-elle pas un propos stupide ?

– Certainement, honorable Gōtama, selon les faits, la parole des brāhmanes versés dans les trois Veda s'avère un propos stupide.

– Bien, ô Vāseṭṭha. Si ces brāhmanes versés dans les trois Veda montrent la voie pour s'unir avec quelqu'un dont ils ne savent rien, qu'ils n'ont jamais vu en disant : "Voici la voie directe, voici la véritable voie, la voie qui mène l'individu qui la suit à l'état d'union avec Brahmā", c'est un fait qui ne tient pas debout. Ô Vāseṭṭha, la parole des brāhmanes versés dans les trois Veda est semblable à une rangée d'aveugles attachés ensemble – le premier ne peut pas voir, celui qui est au milieu ne peut pas voir et celui qui est à la fin ne peut pas voir. Le premier ne peut pas voir, celui qui est au milieu ne peut pas voir et celui qui est à la fin ne peut pas voir. Alors, la parole de ces brāhmanes versés dans les trois Veda s'avère une parole qui mérite d'exciter le rire, une prétendue parole, une parole insensée, une parole vide. Qu'en pensez-vous, ô Vāseṭṭha ? Les brāhmanes versés dans les trois Veda voient-ils, tout comme les gens ordinaires, la lune et le soleil qu'ils adorent, dont ils font l'éloge et auxquels ils rendent hommage les mains jointes, et rendent-ils hommage les mains jointes dans la direction où la lune et le soleil se lèvent et se couchent ?

– Oui, honorable Gōtama, les brāhmanes versés dans les trois Veda voient, tout comme les gens ordinaires, la lune et le soleil qu'ils adorent, dont ils font l'éloge et auxquels ils rendent hommage les mains jointes, et ils rendent hommage les mains jointes dans la direction où la lune et le soleil se lèvent et se couchent.

– Qu'en pensez-vous, ô Vāseṭṭha ? Ces brāhmanes versés dans les trois Veda sont-ils capables de montrer la voie vers un état d'union avec la lune et le soleil qu'ils adorent, dont ils font l'éloge et auxquels ils rendent hommage, les mains jointes, et rendent-ils hommage les mains jointes dans la direction où la lune et le soleil se lèvent et se couchent, en disant : "Voici la voie directe, voici la véritable voie, la voie qui mène l'individu qui la suit à l'état d'union avec la lune et le soleil" ?

– Certainement non, honorable Gōtama.

– Alors, ô Vāseṭṭha, vous admettez que ces brāhmanes versés dans les trois Veda sont capables comme tous les autres de voir la lune et le soleil, qu'ils adorent, dont ils font l'éloge et auxquels ils rendent hommage, les mains jointes, et qu'ils rendent hommage les mains jointes dans la direction où la lune et le soleil se lèvent et se couchent, et pourtant qu'ils sont incapables de montrer la voie vers un état d'union avec la lune et le soleil en disant : "Voici la voie directe, voici la véritable voie, la voie qui mène l'individu qui la suit à l'état d'union avec la lune et le soleil." Et aussi vous admettez qu'aucun brāhmane versé dans les trois Veda n'a jamais vu Brahmā face à face personnellement. Vous admettez qu'aucun des maîtres des brāhmanes versés dans les trois Veda n'a jamais vu Brahmā face à face personnellement. Vous admettez qu'aucun précepteur ou précepteur des précepteurs des brāhmanes versés dans les trois Veda n'a jamais vu Brahmā face à face personnellement. Vous admettez qu'aucun des brāhmanes pendant les sept dernières générations jusqu'à la grande époque des premiers maîtres n'a vu Brahmā face à face personnellement. Également, vous admettez que les anciens sages des brāhmanes versés dans les trois Veda, qui étaient les auteurs de formules sacrées, qui ont énoncé des formules sacrées, d'anciennes formes de mots que les brāhmanes de nos jours chantent encore et encore après eux, récitent après eux – à savoir Aṭṭhaka, Vāmaka, Vāmadeva, Vessāmitta, Yamataggi, Aṅgīrasa, Bhāradvāja, Vāseṭṭha, Kassapa, Bhagu –, n'ont jamais dit : "Nous savons, nous voyons où est Brahmā. Nous savons, nous voyons d'où il vient et où il va." Cependant ces brāhmanes versés dans les trois Veda, en disant : "Voici la voie directe, voici la véritable voie, la voie qui mène l'individu qui la suit à l'état d'union avec Brahmā", disent en réalité ceci : "Nous montrons la voie de l'union avec quelqu'un dont nous ne savons rien, que nous n'avons pas vu." Maintenant, qu'en pensez-vous, ô Vāseṭṭha ? Selon les faits, la parole des brāhmanes versés dans les trois Veda ne s'avère-t-elle pas un propos stupide ?

– Certainement, honorable Gōtama, selon les faits, la parole des brāhmanes versés dans les trois Veda s'avère un propos stupide.

– Bien, ô Vāseṭṭha. Si ces brāhmanes versés dans les trois Veda montrent la voie pour s'unir avec quelqu'un dont ils ne savent rien, qu'ils n'ont jamais vu, en disant : "Voici la voie directe, voici la véritable voie, la voie qui mène l'individu qui la suit à l'état d'union avec Brahmā", c'est un fait qui ne tient pas debout. Supposons, ô Vāseṭṭha, qu'un homme dise : "J'attends la plus belle jeune fille de ce pays et j'ai le désir de l'avoir." Les gens lui demanderaient alors : "Eh bien, bonhomme, à propos de la plus belle jeune fille de ce pays que vous attendez et que vous désirez, savez-vous si cette jeune fille a pour origine la caste des *khattiyas, la caste des brāhmanes, la caste des vessas ou bien celle des suddas ?" Questionné ainsi, il répondrait : "Je ne sais pas." Les gens lui demanderaient alors : "Eh bien, bonhomme, la plus belle jeune fille de ce pays que vous attendez et que vous désirez, connaissez-vous son nom ou le nom de sa famille ? Cette jeune fille est-elle grande ou petite, ou de taille moyenne ? Est-elle noire, ou brune, ou couleur d'or ? Savez-vous dans quel village ou quelle bourgade ou quelle ville elle habite ?" Questionné ainsi, il répondrait : "Je ne sais pas." Les gens lui demanderaient alors : "Eh bien, bonhomme, n'est-il pas vrai que vous attendez et désirez une jeune fille que vous ne connaissez pas, que vous n'avez jamais vue ?" Questionné ainsi, il répondrait par l'affirmative. Maintenant, qu'en pensez-vous, ô Vāseṭṭha ? Selon les faits, la parole de cet homme ne s'avère-t-elle pas un propos stupide ?

– Certainement, honorable Gōtama, selon les faits, la parole de cet homme s'avère un propos stupide.

– De même, ô Vāseṭṭha, vous admettez qu'aucun brāhmane versé dans les trois Veda n'a jamais vu Brahmā face à face personnellement. Vous admettez qu'aucun des maîtres des brāhmanes versés dans les trois Veda n'a jamais vu Brahmā face à face personnellement. Vous admettez qu'aucun précepteur ou précepteur des précepteurs des brāhmanes versés dans les trois Veda n'a jamais vu Brahmā face à face personnellement. Vous admettez qu'aucun des brāhmanes pendant les sept dernières générations jusqu'à la grande époque des premiers maîtres n'a vu Brahmā face à face personnellement. Également, vous admettez que les anciens sages des brāhmanes versés dans les trois Veda, qui étaient les auteurs de formules sacrées, des faiseurs de formules sacrées, d'anciennes formes de mots que les brāhmanes de nos jours chantent encore et encore après eux, récitent après eux – à savoir Aṭṭhaka, Vāmaka, Vāmadeva, Vessāmitta, Yamataggi, Aṅgīrasa, Bhāradvāja, Vāseṭṭha, Kassapa, Bhagu –, n'ont jamais dit : "Nous savons, nous voyons où est Brahmā. Nous savons, nous voyons d'où il vient et où il va." Cependant, ces brāhmanes versés dans les trois Veda, en disant : "Voici la voie directe, voici la véritable voie, la voie qui mène l'individu qui la suit à l'état d'union avec Brahmā", disent en réalité ceci : "Nous montrons la voie de l'union avec quelqu'un dont nous ne savons rien, que nous n'avons pas vu." Maintenant, qu'en pensez-vous, ô Vāseṭṭha ? Selon les faits, la parole des brāhmanes versés dans les trois Veda ne s'avère-t-elle pas un propos stupide ?

– Certainement, honorable Gōtama, selon les faits, la parole des brāhmanes versés dans les trois Veda s'avère un propos stupide.

– Bien, ô Vāseṭṭha. Si ces brāhmanes versés dans les trois Veda montrent la voie pour s'unir avec quelqu'un dont ils ne savent rien, qu'ils n'ont jamais vu, en disant : "Voici la voie directe, voici la véritable voie, la voie qui mène l'individu qui la suit à l'état d'union avec Brahmā", c'est un fait qui ne tient pas debout. Supposons, ô Vāseṭṭha, qu'un homme se trouvant à un carrefour construise un escalier pour monter en haut d'une maison de plusieurs étages. Les gens lui demanderaient : "Eh bien, bonhomme, cette maison de plusieurs étages pour laquelle vous êtes en train de construire un escalier, savez-vous si elle est située à l'est ou au sud, à l'ouest ou bien au nord ? Savez-vous si cette maison est grande ou petite, ou de taille moyenne ?" Questionné ainsi, il répondrait : "Je ne sais pas." Les gens lui diraient alors : "Eh bien, bonhomme, n'est-il pas vrai que vous voulez construire un escalier pour monter dans une maison dont vous ne savez rien et que vous ne voyez pas ?" Questionné ainsi, il répondrait par l'affirmative.

Maintenant, qu'en pensez-vous, ô Vāseṭṭha ? Selon les faits, la parole de cet homme ne s'avère-t-elle pas un propos stupide ?

– Certainement, honorable Gōtama, selon les faits, la parole de cet homme s'avère un propos stupide.

– De même, ô Vāseṭṭha, vous admettez qu'aucun brāhmane versé dans les trois Veda n'a jamais vu Brahmā face à face personnellement. Vous admettez qu'aucun des maîtres des brāhmanes versés dans les trois Veda n'a jamais vu Brahmā face à face personnellement. Vous admettez qu'aucun précepteur ou un précepteur des précepteurs des brāhmanes versés dans les trois Veda n'a jamais vu Brahmā face à face personnellement. Vous admettez qu'aucun des brāhmanes pendant les sept dernières générations jusqu'à la grande époque des premiers maîtres n'a vu Brahmā face à face personnellement. Également, vous admettez que les anciens sages des brāhmanes versés dans les trois Veda, qui étaient des auteurs de formules sacrées, des faiseurs de formules sacrées, d'anciennes formes des mots que les brāhmanes de nos jours chantent encore et encore après eux, récitent après eux – à savoir Aṭṭhaka, Vāmaka, Vāmadeva, Vessāmitta, Yamataggi, Aṅgīrasa, Bhāradvāja, Vāseṭṭha, Kassapa, Bhagu –, n'ont jamais dit : "Nous savons qui est Brahmā. Nous savons d'où il vient et où il va." Cependant ces brāhmanes versés dans les trois Veda, en disant : "Voici la voie directe, voici la véritable voie, la voie qui mène l'individu qui la suit à l'état d'union avec Brahmā", disent en réalité ceci : "Nous montrons la voie de l'union avec quelqu'un dont nous ne savons rien, que nous n'avons pas vu." Maintenant, qu'en pensez-vous, ô Vāseṭṭha ? Selon les faits, la parole des brāhmanes versés dans les trois Veda ne s'avère-t-elle pas un propos stupide ?

– Certainement, honorable Gōtama, selon les faits, la parole des brāhmanes versés dans les trois Veda s'avère un propos stupide.

– Bien, ô Vāseṭṭha. En effet, si ces brāhmanes versés dans les trois Veda montrent la voie pour s'unir avec quelqu'un dont ils ne savent rien, qu'ils n'ont jamais vu, en disant : "Voici la voie directe, voici la véritable voie, la voie qui mène l'individu qui la suit à l'état d'union avec Brahmā", c'est un fait qui ne tient pas debout. Supposons, ô Vāseṭṭha, que cette rivière Aciravatī soit pleine d'eau jusqu'au bord de telle sorte que les corbeaux puissent y boire[1]. Un homme ayant à faire sur l'autre rive y arriverait dans l'espoir de la traverser. Cet homme, debout sur cette rive, commencerait par invoquer l'autre rive, en disant : "Viens de ce côté-ci, ô toi, l'autre rive ! viens de ce côté-ci, ô toi, l'autre rive !" Maintenant, qu'en pensez-vous, ô Vāseṭṭha ? Se peut-il que grâce à l'invocation, à la prière, au souhait et à l'éloge de cet homme, l'autre rive vienne de ce côté-ci ?

– Certainement non, honorable Gōtama.

– De même, ô Vāseṭṭha, les brāhmanes versés dans les trois Veda, en abandonnant des pratiques concernant les qualités par lesquelles on devient un vrai brāhmane et en assimilant des pratiques concernant les qualités par lesquelles on devient un non-brāhmane, répètent ainsi : "Nous invoquons Inda[2], nous invoquons Sōma, nous invoquons Varuṇa, nous invoquons Īsāna, nous invoquons Pajāpati, nous invoquons Brahmā, nous invoquons Mahiddhi, nous invoquons Yama." En réalité, ô Vāseṭṭha, ces brāhmanes versés dans les trois Veda, en abandonnant des pratiques concernant les qualités par lesquelles on devient un vrai brāhmane, assimilent des pratiques concernant les qualités par lesquelles on devient un non-brāhmane. Qu'en raison de leurs invocations, de leurs prières, de leurs souhaits, de

1. Lorsque la rivière déborde, les longues branches des arbres penchent vers l'eau. Ainsi, les corbeaux peuvent y boire tout en restant sur les branches.

2. Inda (skt. Indra), le dieu védique connu dans les textes bouddhiques sous le nom de Sakko Devanamindo (« Sakka, le chef des dieux »). Son état céleste est appelé « Tāvatiṃsa ».

leurs éloges, ils puissent s'unir avec Brahmā, après la dislocation du corps, après la mort, c'est un fait qui ne tient pas debout.

Supposons, ô Vāseṭṭha, que cette rivière Aciravatī soit pleine d'eau jusqu'au bord de telle sorte que les corbeaux puissent y boire. Un homme ayant à faire sur l'autre rive y arriverait dans l'espoir de la traverser. Supposons que les mains de cet homme qui est sur cette rive soient attachées par une chaîne forte dans son dos. Maintenant, qu'en pensez-vous, ô Vāseṭṭha ? Cet homme est-il capable d'aller sur l'autre rive de la rivière Aciravatī ?

– Certainement non, honorable Gōtama.

– De même, ô Vāseṭṭha, il y a cinq choses prédisposant aux *plaisirs sensuels. Dans la discipline des êtres nobles, elles sont nommées "chaîne" et également "lien". Quelles sont ces cinq choses ? Les formes connaissables par l'œil, désirées, aimées, plaisantes, charmantes, attirantes, séduisantes ; les sons connaissables par l'oreille, désirés, aimés, plaisants, charmants, attirants, séduisants ; les odeurs connaissables par le nez, désirées, aimées, plaisantes, charmantes, attirantes, séduisantes ; les saveurs connaissables par la langue, désirées, aimées, plaisantes, charmantes, attirantes, séduisantes ; les sensations tactiles connaissables par le corps, désirées, aimées, plaisantes, charmantes, attirantes, séduisantes. Ce sont, ô Vāseṭṭha, les cinq choses prédisposant aux plaisirs sensuels qui, dans la discipline des êtres nobles, sont nommées "chaîne" et également "lien". En effet, ô Vāseṭṭha, les brāhmanes versés dans les trois Veda sont attachés à ces cinq choses prédisposant aux plaisirs sensuels, ils se collent à elles, ils sont inclinés vers elles, ils sont infatués d'elles ; ils ne voient pas leur danger ni combien ces cinq choses sont instables ; ils ne savent pas comment s'échapper d'elles, et pourtant ils prennent plaisir à ces cinq choses.

Ainsi, ô Vāseṭṭha, ces brāhmanes versés dans les trois Veda, en abandonnant des pratiques concernant les qualités par lesquelles on devient un vrai brāhmane, assimilent des pratiques concernant les qualités par lesquelles on devient un non-brāhmane. Qu'ils disent que, grâce à leurs invocations, à leurs prières, à leurs souhaits, à leurs éloges, ils peuvent s'unir avec Brahmā, après la dislocation du corps, après la mort, c'est un fait qui ne tient pas debout.

Supposons, ô Vāseṭṭha, que cette rivière Aciravatī soit pleine d'eau jusqu'au bord de telle sorte que les corbeaux puissent y boire. Un homme y arriverait dans l'espoir de la traverser pour aller sur l'autre rive, ayant à faire sur l'autre rive. Cependant, se couvrant jusqu'à la tête[1], il s'étend pour dormir de ce côté-ci. Maintenant, qu'en pensez-vous, ô Vāseṭṭha ? Cet homme est-il capable de gagner l'autre rive ?

– Certainement non, honorable Gōtama.

– De même, ô Vāseṭṭha, il y a *cinq entraves. Dans la discipline des êtres nobles, ces cinq entraves sont nommées des "voiles" ou encore des "obstacles", ou encore "ceux qui enveloppent[2]", et aussi "ceux qui enveloppent complètement[3]". Quelles sont ces cinq entraves ? La convoitise sensuelle, la malveillance, la torpeur physique et mentale et la langueur, l'inquiétude et le tracas, le doute. Les brāhmanes versés dans les trois Veda sont voilés, encombrés, empêchés et empêtrés par ces cinq entraves. Ainsi, ô Vāseṭṭha, ces brāhmanes versés dans les trois Veda, en abandonnant des pratiques concernant les qualités par lesquelles on devient un vrai brāhmane, assimilent des pratiques concernant les qualités par lesquelles on devient un non-brāhmane. Qu'ils disent que grâce à leurs invocations, à leurs prières, à leurs souhaits, à leurs éloges, ils peuvent s'unir avec Brahmā, après la dislocation du corps, après la mort, est un fait qui ne tient pas debout.

1. Quand on dort en plein air, il est normal qu'on se couvre complètement, y compris la tête.
2. « Ceux qui enveloppent » : *onāha*.
3. « Ceux qui enveloppent complètement » : *pariyonāha*.

Maintenant qu'en pensez-vous, ô Vāseṭṭha ? Selon les paroles des brāhmanes que vous avez écoutées et selon les discussions des savants, des précepteurs et des maîtres de précepteurs des brāhmanes que vous avez entendues, oui ou non, Brahmā possède-t-il des femmes[1] ?

– Il n'en possède pas, honorable Gōtama.

– Sa pensée est-elle haineuse ou est-elle libérée de la haine ?

– Elle est libérée de la haine, honorable Gōtama.

– Sa pensée est-elle malveillante ou est-elle libérée de la malveillance ?

– Elle est libérée de la malveillance, honorable Gōtama.

– Sa pensée est-elle impure ou est-elle libérée de l'impureté ?

– Elle est libérée de l'impureté, honorable Gōtama.

– A-t-il les organes sensuels domptés ou n'a-t-il pas les organes sensuels domptés ?

– Il a les organes sensuels domptés, honorable Gōtama.

– Maintenant, qu'en pensez-vous, ô Vāseṭṭha ? Les brāhmanes versés dans les trois Veda possèdent-ils des femmes[2] ?

– Ils en possèdent, honorable Gōtama.

– Leur pensée est-elle haineuse ou est-elle libérée de la haine ?

– Elle n'est pas libérée de la haine, honorable Gōtama.

– Leur pensée est-elle malveillante ou est-elle libérée de la malveillance ?

– Elle n'est pas libérée de la malveillance, honorable Gōtama.

– Leur pensée est-elle impure ou est-elle libérée de l'impureté ?

– Elle n'est pas libérée de l'impureté, honorable Gōtama.

1. « *Sapariggahō vā brahmā apariggahō vā'ti* » (litt. « Oui ou non, Brahmā possède-t-il des femmes ? »).

2. Ici, dans le contexte, « posséder des femmes » (*pariggaha*) signifie posséder non seulement des femmes, mais aussi des enfants et de la richesse.

– Ont-ils les organes sensuels domptés ou n'ont-ils pas les organes sensuels domptés ?

– Ils n'ont pas les organes sensuels domptés, honorable Gōtama.

– Alors, ô Vāseṭṭha, vous admettez que ces brāhmanes versés dans les trois Veda possèdent des femmes, tandis que Brahmā n'en possède pas. Comment peut-il alors y avoir une concordance et une similitude entre, d'une part les brāhmanes versés dans les trois Veda qui possèdent des femmes et, d'autre part, Brahmā, qui n'en possède pas ?

– Non, il n'y a pas de similitude, honorable Gōtama.

– Bien, ô Vāseṭṭha. Si quelqu'un dit : "Ces brāhmanes versés dans les trois Veda et qui possèdent des femmes, après la dislocation de leur corps, après leur mort, s'unissent à Brahmā, qui ne possède pas de femmes", c'est une parole qui ne tient pas debout. Vous admettez, ô Vāseṭṭha, que la pensée de ces brāhmanes versés dans les trois Veda est haineuse et que la pensée de Brahmā est libérée de la haine. [...] Vous admettez, ô Vāseṭṭha, que la pensée des brāhmanes versés dans les trois Veda n'est pas libérée de la malveillance et que la pensée de Brahmā est libérée de la malveillance. [...] Vous admettez, ô Vāseṭṭha, que la pensée des brāhmanes versés dans les trois Veda n'est pas libérée des impuretés et que la pensée de Brahmā est libérée des impuretés. [...] Vous admettez, ô Vāseṭṭha, que les brāhmanes versés dans les trois Veda n'ont pas les organes sensuels domptés et que Brahmā a les organes sensuels domptés. Comment peut-il alors y avoir une concordance et une similitude entre, d'une part, les brāhmanes versés dans les trois Veda qui n'ont pas les organes sensuels domptés et, d'autre part, Brahmā, qui a les organes sensuels domptés ?

– Non, il n'y a pas de similitude, honorable Gōtama.

– Bien, ô Vāseṭṭha. Si quelqu'un dit : "Ces brāhmanes versés dans les trois Veda et qui n'ont pas les organes sensuels domptés, après la dislocation de leur corps, après leur mort, s'unissent à Brahmā, qui a la maîtrise de soi-même", c'est une parole qui ne tient pas debout. Ô Vāseṭṭha, ces brāhmanes versés dans les trois Veda, étant dans la mauvaise voie, s'y noient [comme dans la boue], et ainsi arrivent à une pensée désespérée, car ils sont en train de traverser une rivière à sec, mais nagent avec leurs mains et leurs pieds [à cause de leur illusion]. »

Cela étant dit, le jeune brāhmane Vāseṭṭha dit au Bienheureux : « Honorable Gōtama, j'ai entendu dire ceci : "Le Samana Gōtama connaît la voie menant à l'union avec Brahmā." »

Le Bienheureux dit : « Qu'en pensez-vous, ô Vāseṭṭha ? Le village de Manasākaṭa n'est-il pas près d'ici, n'est-il pas loin d'ici ?"

– C'est vrai, honorable Gōtama. Manasākaṭa est près d'ici, il n'est pas loin d'ici.

– Qu'en pensez-vous, ô Vāseṭṭha ? Supposons qu'un homme né à Manasākaṭa et qui y aurait grandi vienne d'en partir. Des gens lui demanderaient la voie de Manasākaṭa. Est-ce que cet homme aurait une difficulté ou un doute pour l'indiquer ?

– Certainement non, honorable Gōtama, car toutes les voies qui conduisent à Manasākaṭa sont bien familières à cet homme qui est né et a grandi dans ce village.

– Il est possible, ô Vāseṭṭha, que cet homme qui est né et qui a grandi à Manasākaṭa puisse avoir une difficulté ou un doute [pour en indiquer la voie]. Cependant, si le *Tathāgata était questionné sur l'état céleste de Brahmā ou sur la voie conduisant à cet état céleste, il n'aurait aucune difficulté à répondre. Ô Vāseṭṭha, je connais Brahmā. Je connais aussi l'état céleste de Brahmā. Je connais également la voie menant à l'état céleste de Brahmā. Je sais également qui est né dans cet état céleste de Brahmā. »

Cela étant dit, le jeune brāhmane Vāseṭṭha dit au Bienheureux : « Honorable Gōtama, j'ai entendu dire ceci : "Le

Samana Gōtama enseigne la voie menant à s'unir avec Brahmā." Il est bon que l'honorable Gōtama nous explique la voie menant à s'unir avec Brahmā. Que l'honorable Gōtama hausse les enfants de Brahmā dans la bonne voie !

– Eh bien, ô Vāseṭṭha. Écoutez, fixez bien votre attention. Je vais vous en parler.

– Oui, honorable », répondit le jeune brāhmane Vāseṭṭha au Bienheureux.

Le Bienheureux dit : « Il apparaît dans le monde un Tathāgata qui est l'Arahant, l'Éveillé parfait, parfait en Savoir et parfait en Conduite, bien arrivé à son but, connaisseur du monde, incomparable guide des êtres qui doivent être guidés, instructeur des dieux et des humains, l'Éveillé, le Bienheureux. Ayant compris le monde constitué des dieux, des Māras, des Brahmās et des humains, des *samanas et des brāhmanes, par sa propre connaissance spécifique, il le communique aux autres. Il enseigne une doctrine bonne en son début, bonne en son milieu, bonne en sa fin, bonne dans sa lettre et dans son esprit ; il exalte la *Conduite sublime parfaitement pleine et parfaitement pure.

Un chef de famille, ou un fils de chef de famille, ou quiconque est revenu à la *naissance dans telle ou telle famille, entend ladite doctrine. Ayant entendu cette doctrine, il atteint une *confiance sereine en le Tathāgata. Parce qu'il a atteint la confiance sereine et qu'il en est pourvu, il réfléchit ainsi : "Cette vie à la maison est pleine d'obstacles, elle est un chemin de passions ; la vie religieuse est comparable au plein air. À qui demeure dans la maison, il n'est pas facile de pratiquer la Conduite sublime entièrement pleine, entièrement pure, parfaite comme une conque. Il faut donc que, m'étant rasé les cheveux et la barbe, ayant revêtu mon corps des vêtements ocre, je quitte ma maison pour mener une vie sans maison." Alors plus tard, un jour, il abandonne l'ensemble de ses biens, quelle qu'en soit la valeur, grande ou petite, il abandonne ses parents et son entourage, quel qu'en soit le nombre, grand ou petit, il rase ses cheveux et sa barbe, revêt les vêtements ocre et quitte sa maison pour mener une vie sans maison.

Ayant ainsi quitté sa maison, il vit ayant maîtrisé ses organes sensoriels selon les règles du code de la discipline, en suivant une bonne conduite dans le comportement quotidien, en commettant uniquement des actes mentaux et des actes verbaux consistant en l'efficacité, et ayant un moyen de vie sans fautes, en voyant un danger même dans les petits manquements, en étant vertueux, en protégeant bien les portes des facultés sensorielles, en possédant l'*attention et la compréhension. Il est pleinement satisfait.

Comment, ô Vāseṭṭha, le *bhikkhu est-il vertueux ? Pour cela, ô Vāseṭṭha, ce bhikkhu évite de détruire les êtres vivants, s'abstient de détruire les êtres vivants. [...][1].

Ensuite il demeure en faisant rayonner la pensée de bienveillance dans une direction, et de même dans une deuxième, dans une troisième, dans une quatrième, au-dessus, au-dessous, à travers, partout dans sa totalité ; en tout lieu de l'univers, il demeure en faisant rayonner la pensée de bienveillance, large, profonde, sans limite, sans haine et libérée de toute inimitié.

Tout comme, ô Vāseṭṭha, un puissant sonneur de trompette fait entendre sans difficulté dans quatre directions le son de son instrument, de même est la libération de la pensée atteinte par la bienveillance, et ici il n'y aura plus aucun **kamma* restreint[2], il ne restera aucun *kamma* restreint.

1. En ce qui concerne les vertus, la maîtrise des sens et l'élimination des cinq entraves, c'est la même démonstration que celle du *Sāmaññaphala-sutta*.

2. Les *kammas* restreints sont les actes appartenant au domaine des plaisirs sensuels (*kāmāvacara-bhūmi*). Pour les *kammas* restreints, il n'y a pas d'existence parmi ceux appartenant au domaine des formes subtiles (*rūpāvacara-bhūmi*) ou parmi les *kamma*s appartenant au domaine sans formes (*arūpāvacara-bhūmi*). Ces deux dernières sortes de *kammas* donnent des résultats dans les états célestes des Brahmās. Ainsi, les *quatre demeures sublimes (*cattāro brahma vihārā*) sont appelées « quatre domaines sans limites » (*cattāro aparimāṇā*). Dans le *Visuddhimagga*, notamment dans le *Brahmavihāra-niddesa*, elles sont longuement expliquées.

Ainsi donc, ô Vāseṭṭha, c'est aussi une voie de l'union avec Brahmā.

Ensuite, ce bhikkhu demeure en faisant rayonner la pensée de compassion dans une direction et de même dans une deuxième, […] ; la pensée de joie sympathique [à l'égard du bonheur des autres] dans une direction et de même dans une deuxième, […].

Ensuite, il demeure en faisant rayonner la pensée d'équanimité dans une direction, et de même dans une deuxième, dans une troisième, dans une quatrième, au-dessus, au-dessous, à travers, partout dans sa totalité ; en tout lieu de l'univers, il demeure en faisant rayonner la pensée de bienveillance, large, profonde, sans limite, sans haine et libérée de toute inimitié.

Tout comme, ô Vāseṭṭha, un puissant sonneur de trompette fait entendre sans difficulté dans quatre directions le son de son instrument, de même est la *libération de la pensée atteinte par l'équanimité, et ici il n'y aura plus aucun *kamma* restreint, il ne restera aucun *kamma* restreint. Ainsi donc, ô Vāseṭṭha, c'est aussi une voie menant à s'unir avec Brahmā.

Maintenant, qu'en pensez-vous, ô Vāseṭṭha ? Le bhikkhu qui demeure ainsi possède-t-il des femmes[1] ?

– Il n'en possède pas, honorable Gōtama.

– Sa pensée est-elle haineuse ou est-elle libérée de la *haine ?

– Elle est libérée de la haine, honorable Gōtama.

– Sa pensée est-elle malveillante ou est-elle libérée de la malveillance ?

– Elle est libérée de la malveillance, honorable Gōtama.

– Sa pensée est-elle impure ou est-elle libérée de l'impureté ?

– Elle est libérée de l'impureté, honorable Gōtama.

– A-t-il les organes sensuels domptés ou n'a-t-il pas les organes sensuels domptés ?

1. Voir *supra*, p. 154, note 1.

– Il a les organes sensuels domptés, honorable Gōtama.

– Alors, ô Vāseṭṭha, vous admettez que le bhikkhu ne possède pas de femmes, et que Brahmā n'en possède pas non plus. N'y a-t-il pas une concordance et une similitude entre le bhikkhu qui ne possède pas de femmes ni la richesse et Brahmā qui ne possède pas de femmes ?

– Certainement oui, honorable Gōtama, [il y a une similitude].

– Bien, ô Vāseṭṭha. Si quelqu'un dit : "Le bhikkhu qui ne possède pas de femmes, ni d'enfants, ni de richesse, après la dislocation de son corps, après sa mort, se réunit à Brahmā, qui ne possède pas de femmes, ni d'enfants, ni de richesse", c'est une parole qui tient debout. De même, vous admettez que la pensée du bhikkhu est libérée de la haine et que la pensée de Brahmā aussi est libérée de la haine […], que la pensée du bhikkhu est libérée de la malveillance […], que la pensée du bhikkhu est libérée de l'impureté […], que le bhikkhu a les organes sensuels domptés et que Brahmā aussi a les organes sensuels domptés. N'y a-t-il pas une concordance et une similitude entre le bhikkhu qui a les organes sensuels domptés et le Brahmā qui a les organes sensuels domptés ?

– Certainement oui, honorable Gōtama.

– Bien, ô Vāseṭṭha. Dans ces conditions, si quelqu'un dit : "Le bhikkhu qui a les organes sensuels domptés, après la dislocation de son corps, après sa mort, se réunit à Brahmā, qui a les organes sensuels domptés", c'est une parole qui tient debout. »

Cela étant dit, le jeune brāhmane Vāseṭṭha et le jeune brāhmane Bhāradvāja dirent au Bienheureux : « C'est merveilleux, honorable Gōtama, c'est sans précédent, honorable Gōtama ! C'est [vraiment], honorable Gōtama, comme si l'on redressait ce qui a été renversé, découvrait ce qui a été caché, montrait le chemin à l'égaré ou apportait une lampe à huile dans l'obscurité en pensant "que ceux qui ont des yeux voient les formes" ; de même, l'honorable Gōtama a rendu claire la *Doctrine de maintes façons. Vénéré, nous prenons refuge en l'honorable Gōtama, en la *Doctrine et en le groupe des bhikkhus. Que l'honorable Gōtama veuille nous accepter comme disciples laïcs à partir d'aujourd'hui jusqu'à la fin de nos vies, nous qui avons pris refuge en lui[1]. »

(D. I, 235-253.)

1. Nous retrouvons ces deux jeunes savants parlant avec le Bouddha dans d'autres occasions (voir *Aggañña-sutta*, D. III, 80-98 ; *Vāseṭṭha-sutta*, M. II, 196-198 ; Sn. p. 115).

16

Un grand monceau de *dukkha*

Mahā-Dukkhakkandha-sutta

Ce texte intitulé *Mahā-Dukkhakkandha-sutta* (M. I, 83-90) consiste en une démonstration détaillée de **dukkha*. Les explications données ici se divisent en trois sections : d'abord la sensualité, ensuite les formes matérielles, enfin les sensations.

En ce qui concerne la sensualité (*kāma*)[1], ce sermon attribué au Bouddha ne nie pas l'existence des *plaisirs sensuels qu'on peut goûter par tel ou tel objet désirable. Au contraire, il reconnaît les plaisirs sensuels tels qu'ils sont et leurs limites, mais le problème réside dans les mauvaises conséquences qui découlent de ces plaisirs. Tout d'abord, ni les plaisirs éprouvés, ni les objets de plaisir, ni les organes sensoriels par lesquels on perçoit les plaisirs ne sont permanents. Ensuite, si l'on goûte de temps en temps divers plaisirs, c'est au prix d'une série de souffrances. Autrement dit, on paie cher bien peu de plaisirs. En outre, dans la vie, les plaisirs sont relativement peu nombreux par rapport aux déplaisirs. On souffre tantôt d'avoir ce qu'on

1. Le sens littéral du terme *kāma* est le désir, tandis que les textes canoniques l'emploient pour désigner la sensualité en général. Selon ces textes, la sensualité (*kāma*) peut être divisée en deux aspects : sensualité objective (*vatthu kāma*) et sensualité subjective (*kilesa kāma*). Il faut entendre par la sensualité objective les objets qui ravissent les organes sensuels, et par la sensualité subjective les plaisirs sensuels qu'on éprouve, qu'on a éprouvés et qu'on va éprouver.

ne désire pas, tantôt de ne pas avoir ce qu'on désire. Pour atteindre et posséder des objets de plaisir, non seulement on souffre, mais encore on cause des souffrances aux autres. Ainsi, il existe une souffrance mutuelle et une exploitation mutuelle qui ont pour origine la sensualité. Enfin, c'est un conflit mutuel. Il est expliqué dans ce texte d'une façon pittoresque :

> « Puisque les plaisirs sensuels sont les causes, puisque les plaisirs sensuels sont l'origine, puisque les plaisirs sensuels sont la raison, puisque les plaisirs sensuels sont la véritable cause, les rois se disputent avec les rois, les notables se disputent avec les notables, les brāhmanes se disputent avec les brāhmanes, les chefs de famille se disputent avec les chefs de famille, une mère se dispute avec son fils, un fils se dispute avec sa mère, un père se dispute avec son fils, un fils se dispute avec son père, un frère se dispute avec son frère, un frère se dispute avec sa sœur, une sœur se dispute avec son frère, un ami se dispute avec son ami. »

Ainsi, selon ce sermon, depuis les petites querelles familiales jusqu'à la guerre entre deux continents, tous les conflits n'ont d'autre cause que la sensualité, qui engendre une grande partie du monceau de *dukkha*.

Le sermon, dans sa deuxième section, traite des formes matérielles. Le Bouddha n'en nie pas la valeur et le charme. Il parle, par exemple, des formes charmantes qui donnent beaucoup de plaisirs. Il les compare à une jeune fille très belle. Cependant, le problème est l'impermanence de cette beauté. Le sermon évoque alors la vieillesse et l'état maladif de cette jeune fille devenue une femme âgée et, enfin, son corps jeté dans un charnier. Ainsi, à propos des formes matérielles, le message du sermon est le suivant : « Ne leur attribuez pas une fausse valeur, car elles sont impermanentes et elles appartiennent par conséquent à ce monceau de *dukkha*. »

Pour finir, dans ce sermon, le Bouddha examine les sensations[1], en l'occurrence les sensations subtiles, agréables et pures éprouvées seulement par les moyens du *progrès intérieur, c'est-à-dire en demeurant dans les quatre **jhānas*. Le Bouddha ne nie pas la valeur, l'utilité et la supériorité de ces sensations pures. Cependant, pour lui, le problème relève toujours de leur impermanence. Certes, elles sont durables, mais, après de très longues années, elles se transforment et se dégradent, car elles ne sont que des créations mentales et, par conséquent, sont incluses dans le monceau de *dukkha*. Le devoir du *disciple intelligent, donc, sans s'arrêter à de telles sensations quelle qu'en soit la pureté, sans s'attacher à de telles sensations quelle qu'en soit la sérénité, sans attacher une grande valeur même à ces sensations pures, est de s'avancer au-delà de ces quatre *jhānas*[2].

Mahā-Dukkhakkandha-sutta (Un grand monceau de *dukkha*)

*Ainsi ai-je entendu : une fois, le Bienheureux séjournait dans le parc d'Anāthapiṇḍika, au bois de Jeta, près de la ville de Sāvatthi.

En ce temps-là, quelques *bhikkhus, s'étant habillés de bon matin, prirent leur bol à aumône et leurs *cīvaras*[3], et entrèrent dans la ville de Sāvatthi pour recevoir leur nourriture[4]. L'idée suivante vint à ces bhikkhus : « Il est trop tôt

1. Évidemment, ici le Bouddha ne parle pas des sensations ordinaires qu'on peut éprouver par les plaisirs des sens, car elles se trouvaient déjà incluses dans le sujet de la sensualité et dans celui des formes matérielles.
2. Voir M. W., *La Philosophie du Bouddha*, Paris, Éditions Lis, 2000, p. 128-135.
3. Voir p. 55, note 1.
4. Voir p. 55, note 2.

pour aller recevoir la nourriture. Approchons-nous plutôt du parc où se trouvent les *paribbājakas appartenant aux “gués” divers [1]. »

Les bhikkhus s’approchèrent alors du parc où se trouvaient les paribbājakas appartenant aux gués divers. S’étant approchés, ils échangèrent avec eux des compliments de politesse et des paroles de courtoisie, et ensuite *s’assirent à l’écart sur un côté. Les paribbājakas appartenant aux autres gués dirent alors à ces bhikkhus : « Le Samana Gōtama, ô amis, énonce la compréhension claire des plaisirs sensuels. Nous aussi, nous énonçons la compréhension claire des plaisirs sensuels. Le Samana Gōtama, ô amis, énonce la compréhension claire des formes matérielles. Nous aussi, nous énonçons la compréhension claire des formes matérielles. Le Samana Gōtama, ô amis, énonce la compréhension claire des sensations. Nous aussi, nous énonçons la compréhension claire des sensations. Ainsi, ô amis, où est la divergence, où est le désaccord, où est la différence en ce qui concerne notre doctrine et enseignement par rapport à la *Doctrine et à l’enseignement du Samana Gōtama ? »

Les bhikkhus n’approuvèrent ni ne rejetèrent les paroles de ces paribbājakas appartenant aux gués divers. S’étant levés de leur siège, ces bhikkhus partirent sans approuver ni rejeter, mais en se disant : « Nous comprendrons le sens des paroles des paribbājakas auprès du Bienheureux. »

Puis, étant allés recevoir la nourriture et étant revenus de leur tournée, après avoir fini leur repas, ces bhikkhus s’approchèrent de l’endroit où se trouvait le Bienheureux. S’étant approchés, ils rendirent hommage au Bienheureux,

1. L’expression « les paribbājakas appartenant aux “gués” divers » (*aññatitthiyā paribbājakā*) désigne les personnes appartenant aux autres traditions religieuses. Chaque religion est considérée comme un « gué » où il y a des « voyageurs » qui veulent aller vers l’autre rive. Dans les textes bouddhiques, le chef célèbre d’une religion ou d’un système philosophique est désigné par l’expression « le fondateur d’un “gué” » (*titthakaro*).

puis s'assirent à l'écart sur un côté. S'étant assis à l'écart sur un côté, ils informèrent le Bienheureux : « Ce matin, Vénéré, nous étant habillés, prenant nos bols à aumône et nos *cīvaras*, nous sommes entrés à Sāvatthi pour recevoir la nourriture. L'idée suivante, alors, nous est venue : "Il est trop tôt pour aller recevoir la nourriture. Si nous nous approchions du parc où se trouvent les paribbājakas appartenant aux gués divers." Ensuite, nous étant approchés du parc, nous avons échangé avec les paribbājakas des compliments de politesse et des paroles de courtoisie, et nous nous sommes assis à l'écart sur un côté. Les paribbājakas nous parlèrent alors ainsi : "Le Samana Gōtama, ô amis, énonce la compréhension claire des plaisirs sensuels. Nous aussi, nous énonçons la compréhension claire des plaisirs sensuels. [...] Ainsi, ô amis, où est la divergence, où est le désaccord, où est la différence en ce qui concerne notre doctrine et enseignement par rapport à la doctrine et à l'enseignement du Samana Gōtama ?" Nous étant levés de nos sièges, nous partîmes sans approuver ni rejeter, mais en nous disant : "Nous comprendrons le sens des paroles des paribbājakas auprès du Bienheureux." »

Le Bienheureux alors s'adressa à ces bhikkhus et dit : « Ô bhikkhus, lorsque ces paribbājakas appartenant aux gués divers parlent ainsi, ils doivent être interrogés de la façon suivante : "Cependant quelle est, ô amis, la jouissance des plaisirs sensuels ? Quels sont leurs désavantages ? Quelle est l'évasion hors des plaisirs sensuels ? Quelle est, ô amis, la jouissance des formes matérielles ? Quels sont leurs désavantages ? Quelle est l'évasion hors des formes matérielles ? Quelle est, ô amis, la jouissance des sensations ? Quels sont leurs désavantages ? Quelle est l'évasion hors des sensations ?" Ô bhikkhus, lorsque ces paribbājakas appartenant aux gués divers seront interrogés ainsi par vous, ils ne seront pas capables de vous répondre et, de plus, ils tomberont dans des difficultés supplémentaires. Pourquoi ? La raison en est que ce sujet est en dehors de leur compétence. Moi, ô bhikkhus, je ne vois personne dans le monde avec ses dieux, ses Māras, ses Brahmās, ses troupes de *samanas et de brāhmanes, ses êtres divins et humains, qui soit capable de répondre à ces questions, sauf un *Tathāgata, ou un disciple du Tathāgata, ou bien quelqu'un qui a appris auprès des disciples du Tathāgata.

Maintenant, quelle est, ô bhikkhus, la jouissance des plaisirs sensuels ? Il y a cinq sortes de plaisirs sensuels. Quels sont-ils ? Les formes connaissables par la *conscience visuelle, désirées, aimées, plaisantes, charmantes et pourvues de séduction ; les sons connaissables par la conscience auditive, désirés, aimés, plaisants, charmants et pourvus de séduction ; les odeurs connaissables par la conscience olfactive, désirées, aimées, plaisantes, charmantes et pourvues de séduction ; les saveurs connaissables par la conscience gustative, désirées, aimées, plaisantes, charmantes et pourvues de séduction ; les sensations tactiles connaissables par la conscience tactile, désirées, aimées, plaisantes, charmantes et pourvues de séduction. Telles sont, ô bhikkhus, les cinq sortes de plaisirs sensuels. Quant à la jouissance des plaisirs sensuels, elle est, ô bhikkhus, le bonheur et le plaisir qui se produisent en conséquence de ces cinq sortes de plaisirs sensuels.

Maintenant, quels sont, ô bhikkhus, les désavantages des plaisirs sensuels ? Supposons, ô bhikkhus, qu'un fils de famille gagne sa vie par un métier tel que le calcul ou la comptabilité ou l'estimation, ou par un métier agricole ou bien au service des rois, ou par une autre profession, et qu'il mène sa vie ainsi, tantôt affligé par le froid, tantôt affligé par la chaleur, tantôt souffrant à cause de piqûres de taons, et à cause de piqûres de moustiques, et à cause du vent, et à cause du soleil, et à cause des serpents venimeux, et tantôt souffrant sévèrement à cause de la faim et de la soif. Voilà, ô bhikkhus, un désavantage des plaisirs sensuels qui est devenu réalité devant les yeux. En effet, c'est un monceau de *dukkha*, qui a les plaisirs sensuels pour cause, les plaisirs sensuels pour origine, qui est une conséquence même des plaisirs sensuels.

Supposons, ô bhikkhus, que malgré son courage, malgré sa force et ses efforts, ce fils de famille n'obtienne pas la richesse. Alors, il s'attriste, se lamente, et, se frappant la poitrine et gémissant, il tombe dans l'écœurement et il se dit : “Hélas, j'ai employé ma force en vain. Mon effort est sans succès.” Cela aussi, ô bhikkhus, est un désavantage des plaisirs sensuels qui est devenu réalité devant les yeux. En effet, c'est un monceau de *dukkha*, qui a les plaisirs sensuels pour cause, les plaisirs sensuels pour origine, qui est une conséquence même des plaisirs sensuels.

Supposons, ô bhikkhus, que ce fils de famille, s'encourageant lui-même, faisant des efforts, acquière en conséquence la richesse. Dès lors, il éprouve chagrin et inquiétude, à cause de sa préoccupation pour protéger ses possessions, et il pense : “Que ni les rois ni les voleurs n'enlèvent mes possessions. Que les autres héritiers éventuels que je n'aime pas ne m'enlèvent pas mes possessions.” Supposons que, malgré le fait qu'il s'occupe de protéger ses possessions et de les garder pour lui, les rois ou les voleurs s'en emparent, ou bien qu'elles soient détruites par le feu ou par l'eau, ou bien que les héritiers qu'il n'aime pas les prennent. Alors, ce fils de famille s'attriste, se lamente, et, se frappant la poitrine et gémissant, il tombe dans l'écœurement et il se dit : “Je n'ai plus ce qui m'appartenait.” Cela aussi, ô bhikkhus, est un désavantage des plaisirs sensuels qui est devenu réalité devant les yeux. En effet, c'est un monceau de *dukkha*, qui a les plaisirs sensuels pour cause, les plaisirs sensuels pour origine, qui est une conséquence même des plaisirs sensuels.

Et encore, ô bhikkhus, puisque les plaisirs sensuels sont les causes, puisque les plaisirs sensuels sont l'origine, puisque les plaisirs sensuels sont la raison, puisque les plaisirs sensuels sont la véritable cause, les rois se disputent avec les rois, les notables se disputent avec les notables,

les brāhmanes se disputent avec les brāhmanes, les chefs de famille se disputent avec les chefs de famille, une mère se dispute avec son fils, un fils se dispute avec sa mère, un père se dispute avec son fils, un fils se dispute avec son père, un frère se dispute avec son frère, un frère se dispute avec sa sœur, une sœur se dispute avec son frère, un ami se dispute avec son ami.

Ceux qui entrent dans le processus de querelles, dans les contestations, qui se battent et s'attaquent mutuellement à mains nues, avec des pierres, avec des bâtons et avec des armes blanches, ceux-là meurent en souffrant ou bien ils éprouvent une douleur mortelle. Cela aussi, ô bhikkhus, est un désavantage des plaisirs sensuels qui est devenu réalité devant les yeux. En effet, c'est un monceau de *dukkha*, qui a les plaisirs sensuels pour cause, les plaisirs sensuels pour origine, qui est une conséquence même des plaisirs sensuels.

Et encore, ô bhikkhus, puisque les plaisirs sensuels sont les causes, puisque les plaisirs sensuels sont l'origine, puisque les plaisirs sensuels sont la raison, puisque les plaisirs sensuels sont la véritable cause, alors des flèches volent, des couteaux volent, des épées flamboient ; ayant pris des épées et des boucliers, portant des arcs et des carquois, les deux parties se rassemblent pour combattre. Là, les hommes se blessent avec des flèches et se blessent avec des couteaux, et décapitent avec des épées. Là, ils meurent, ou bien ils éprouvent une douleur mortelle. Cela aussi, ô bhikkhus, est un désavantage des plaisirs sensuels qui est devenu réalité devant les yeux. En effet, c'est un monceau de *dukkha*, qui a les plaisirs sensuels pour cause, les plaisirs sensuels pour origine, qui est une conséquence même des plaisirs sensuels.

Et encore, ô bhikkhus, puisque les plaisirs sensuels sont les causes, puisque les plaisirs sensuels sont l'origine, puisque les plaisirs sensuels sont la raison, puisque les plaisirs sensuels sont la véritable cause, alors les flèches volent, des couteaux volent, des épées flamboient ; ayant pris des épées et des boucliers, portant des arcs et des carquois, les hommes sautent sur les remparts brillants. Là, ils blessent avec des flèches, blessent avec des couteaux, versent des bouses brûlantes, écrasent avec une grande force et décapitent avec des épées. Là, ils meurent, ou bien ils éprouvent une douleur mortelle. Cela aussi, ô bhikkhus, est un désavantage des plaisirs sensuels qui est devenu réalité devant les yeux. En effet, c'est un monceau de *dukkha*, qui a les plaisirs sensuels pour cause, les plaisirs sensuels pour origine, qui est une conséquence même des plaisirs sensuels.

Et encore, ô bhikkhus, puisque les plaisirs sensuels sont les causes, puisque les plaisirs sensuels sont l'origine, puisque les plaisirs sensuels sont la raison, puisque les plaisirs sensuels sont la véritable cause, certains cambriolent une maison et la dévalisent, et se comportent comme des voleurs, tendent une embuscade. Certains vont vers les femmes des autres. Les rois, alors, s'emparent de tels individus et les punissent. Ils les battent avec des fouets, avec des bâtons, avec des verges. Ils leur coupent soit les mains, soit les pieds, soit les mains et les pieds, soit les oreilles, soit le nez, soit les oreilles et le nez. Ils leur infligent la punition appelée *bilaṅgathālika*[1], la punition appelée *saṅkhamuṇḍika*[2], la punition appelée *rāhumukha*[3], la punition appelée *jotimālika*[4], la punition appelée *hatthapajjotika*[5], la punition appelée *erakavattika*[6], la punition

1. *Bilaṅgathālika* : supplice par lequel les bourreaux enlèvent le crâne de la victime et mettent une boule de fer brûlant dans le cerveau.

2. *Saṅkhamuṇḍika* : supplice par lequel les bourreaux arrachent la peau de leur victime du cou jusqu'à la tête, puis enlèvent cette peau en la prenant par les cheveux rassemblés au sommet de la tête.

3. *Rāhumukha* : supplice par lequel les bourreaux ouvrent la bouche de leur victime à l'aide d'une arme et y allument le feu.

4. *Jotimālika* : supplice par lequel les bourreaux enveloppent le corps entier de leur victime dans des tissus et y mettent le feu après l'avoir enduit d'huile.

5. *Hatthapajjotika* : supplice par lequel les bourreaux enveloppent de tissus les mains de leur victime et y mettent le feu après l'avoir enduit d'huile.

6. *Erakavattika* : supplice par lequel les bourreaux arrachent la peau de leur victime à partir du cou jusqu'aux chevilles.

appelée *cīrakavāsika*[1], la punition appelée *eṇeyyaka*[2], la punition appelée *baḷisamamsika*[3], la punition appelée *kahāpaṇaka*[4], la punition appelée *khārapatacchika*[5], la punition appelée *palighaparivattika*[6], ou bien la punition appelée *palālapīṭaka*[7]. Ils versent de l'huile bouillante sur eux. Ils les font mordre par des chiens. Ils les empalent. Ils les décapitent avec des épées. Cela aussi, ô bhikkhus, est un désavantage des plaisirs sensuels qui est devenu réalité devant les yeux. En effet, c'est un monceau de *dukkha*, qui a les plaisirs sensuels pour cause, les plaisirs sensuels pour origine, qui est une conséquence même des plaisirs sensuels.

Et encore, ô bhikkhus, puisque les plaisirs sensuels sont les causes, puisque les plaisirs sensuels sont l'origine, puisque les plaisirs sensuels sont la raison, puisque les plaisirs sensuels sont la véritable cause, certains se comportent de façon mauvaise au moyen de leur corps, en parole et en pensée. S'étant comportés d'une façon mauvaise, après la dislocation du corps, après la mort[8], ils naissent dans les états inférieurs, dans les destinations malheureuses, dans les états inférieurs, dans les états infernaux. Cela aussi,

1. *Cīrakavāsika* : supplice par lequel les bourreaux enlèvent la peau de leur victime à partir du cou jusqu'à la hanche.

2. *Eṇeyyaka* : supplice par lequel les bourreaux percent les coudes et les genoux de leur victime pour l'attacher sur un poteau en fer, et ensuite y mettent le feu.

3. *Baḷisamamsika* : supplice par lequel les bourreaux pendent leur victime par la bouche et par l'anus, puis lui arrachent la peau, la chair et les nerfs.

4. *Kahāpaṇaka* : supplice par lequel les bourreaux coupent la chair du corps de leur victime jusqu'à ce que les muscles soient réduits en petits morceaux comme pièces de monnaie.

5. *Khārapatacchika :* supplice par lequel les bourreaux coupent des morceaux de chair de leur victime, puis les plaquent en divers autres endroits du corps.

6. *Palighaparivattika* : supplice par lequel les bourreaux percent le crâne de leur victime d'une oreille à l'autre à l'aide d'une tige de fer afin d'attacher le corps par terre et ensuite le pendent par les pieds.

7. *Palālapīṭhaka* : supplice par lequel les bourreaux enlèvent la peau et la chair de leur victime et la battent avec un gourdin afin de briser les os jusqu'à ce que le corps devienne comme un amas de paille.

8. Voir *supra*, p. 39.

ô bhikkhus, est un désavantage des plaisirs sensuels qui est devenu réalité devant les yeux. En effet, c'est un monceau de *dukkha*, qui a les plaisirs sensuels pour cause, les plaisirs sensuels pour origine, qui est une conséquence même des plaisirs sensuels.

Maintenant, quelle est, ô bhikkhus, l'évasion hors des plaisirs sensuels ? L'évasion hors des plaisirs sensuels, c'est la maîtrise du *désir, de l'attachement, et la possibilité de se débarrasser des désirs et de l'attachement à l'égard des plaisirs sensuels.

Ô bhikkhus, si n'importe quel samana ou brāhmane ne comprend pas objectivement de cette façon la jouissance des plaisirs sensuels comme jouissance, les désavantages de ceux-ci comme désavantages, l'évasion à leur égard comme évasion, alors il n'existe pas de base pour dire qu'il comprend sûrement lui-même d'une façon correcte les plaisirs sensuels, et ensuite qu'il est capable de faire connaître la méthode par laquelle les autres comprennent d'une façon correcte les plaisirs sensuels. Cependant, ô bhikkhus, si n'importe quel samana ou brāhmane comprend objectivement la jouissance des plaisirs sensuels comme jouissance, les désavantages de ceux-ci comme désavantages, l'évasion à leur égard comme évasion, alors il existe une base pour dire qu'il comprend sûrement lui-même d'une façon correcte les plaisirs sensuels et ensuite qu'il est capable de faire connaître la méthode par laquelle les autres comprennent d'une façon correcte les plaisirs sensuels.

Maintenant, quelle est, ô bhikkhus, la jouissance des formes matérielles ? Supposons, ô bhikkhus, qu'il y ait une jeune fille issue d'une famille de *khattiyas, ou d'une famille de brāhmanes, ou d'une famille de chefs de famille, qui soit arrivée à l'âge de quinze ou seize ans, et qui ne soit ni trop grande, ni trop petite, ni trop mince, ni trop grosse, ni trop noire, ni trop blanche. N'est-elle pas, ô bhikkhus, à ce moment-là, au sommet de sa beauté et de son éclat ?

– Certainement oui, Vénéré.

– Si un bonheur et un contentement se produisent à cause de la beauté et de l'éclat [d'un corps], ô bhikkhus, cela est la jouissance des formes matérielles. Maintenant, quel est, ô bhikkhus, le désavantage dans les formes matérielles ? Supposons, ô bhikkhus, que l'on voie la même sœur[1] longtemps après ; elle a maintenant quatre-vingts, quatre-vingt-dix ou cent ans ; elle est âgée, courbée comme [le bois] d'un chevron, inclinée sur un bâton, paralysée, devenue misérable ; sa jeunesse est usée, ses dents brisées, ses cheveux rares ; elle a la peau ridée, les jambes défraîchies et mal assurées. Qu'en pensez-vous, ô bhikkhus ? La beauté ancienne et l'éclat n'ont-ils pas disparu ? Le désavantage n'est-il pas apparu ?

– Si, Vénéré.

– Cela, ô bhikkhus, est un désavantage dans les formes matérielles. Et encore, ô bhikkhus, supposons que l'on voie la même sœur maintenant malade, souffrante, puis gravement malade, étendue sur ses propres excréments, qui doit être levée et couchée par les autres. Qu'en pensez-vous, ô bhikkhus ? La beauté ancienne et l'éclat n'ont-ils pas disparu ? Le désavantage n'est-il pas apparu ?

– Si, Vénéré.

– Cela, ô bhikkhus, est un désavantage dans les formes matérielles. Et encore, ô bhikkhus, supposons que l'on voie la même sœur dont le corps est jeté à l'écart dans un charnier. Un jour après la mort, deux jours après la mort, trois jours après la mort, le corps est gonflé, devient bleu, en train de se décomposer. Qu'en pensez-vous, ô bhikkhus ? La beauté ancienne et l'éclat n'ont-ils pas disparu ? Le désavantage n'est-il pas apparu ?

– Si, Vénéré.

– Cela, ô bhikkhus, est un désavantage dans les formes matérielles. Et encore, ô bhikkhus, supposons que l'on voie

1. Sœur (*bhagini*) : ce mot est employé en pāli pour désigner avec respect n'importe quelle femme.

la même sœur dont le corps est jeté à l'écart dans un charnier, dévoré par des corbeaux, par des vautours ou par des chiens sauvages, des chacals ou divers animaux. Qu'en pensez-vous, ô bhikkhus ? La beauté ancienne et l'éclat n'ont-ils pas disparu ? Le désavantage n'est-il pas apparu ?

– Si, Vénéré.

– Cela, ô bhikkhus, est un désavantage dans les formes matérielles. Et encore, ô bhikkhus, supposons que l'on voie la même sœur dont le corps est jeté à l'écart dans un charnier ; il est désormais devenu un squelette dont des chairs sanguinolentes pendent çà et là par des tendons, puis simplement les os séparés et dispersés çà et là, à savoir ici l'os d'une main, là l'os d'un pied, ici l'os d'une jambe, là une côte, ici un os de la hanche, là un os de la colonne vertébrale et là le crâne. Qu'en pensez-vous, ô bhikkhus ? La beauté ancienne et l'éclat n'ont-ils pas disparu ? Le désavantage n'est-il pas apparu ?

– Si, Vénéré.

– Cela, ô bhikkhus, est un désavantage dans les formes matérielles. Maintenant, quelle est, ô bhikkhus, l'évasion hors des formes matérielles ? L'évasion hors des formes matérielles, c'est la maîtrise du désir, de l'attachement, et la possibilité de se débarrasser des désirs et de l'attachement à l'égard des formes matérielles.

Ô bhikkhus, si n'importe quel samana ou brāhmane ne comprend pas objectivement de cette façon la jouissance des formes matérielles comme jouissance, les désavantages de celles-ci comme désavantages, l'évasion à leur égard comme évasion, alors il n'existe pas de base pour dire qu'il comprend sûrement lui-même d'une façon correcte les formes matérielles et ensuite qu'il est capable de faire connaître la méthode par laquelle les autres comprennent d'une façon correcte les formes matérielles. Cependant, ô bhikkhus, si n'importe quel samana ou brāhmane comprend objectivement la jouissance des formes matérielles comme jouissance, les désavantages de celles-ci comme désavantages, l'évasion à leur égard comme évasion, alors il existe une base pour dire qu'il comprend sûrement lui-même d'une façon correcte les formes matérielles et ensuite qu'il est capable de faire connaître la méthode par laquelle les autres comprennent d'une façon correcte les formes matérielles.

Maintenant, quelle est, ô bhikkhus, la jouissance des sensations ? Supposons, ô bhikkhus, qu'un bhikkhu, s'étant séparé des plaisirs sensuels, s'étant séparé des mauvais objets mentaux, entre dans le premier *jhāna* pourvu de raisonnement et de réflexion, qui est joie et bonheur nés de la séparation [des choses mauvaises], et y demeure. À ce moment, ô bhikkhus, ce bhikkhu, s'étant séparé des plaisirs sensuels, s'étant séparé des mauvais objets mentaux, entre et demeure dans le premier *jhāna*, qui est pourvu de raisonnement et de réflexion. Et puisqu'il ne pense pas à faire du mal à lui-même, ni à faire du mal aux autres, ni à faire du mal aux deux parties[1], à ce moment même, il éprouve une sensation qui n'est nuisible [à personne]. Moi, ô bhikkhus, je dis que cette absence de nuisance est la plus haute jouissance concernant les sensations.

Et ensuite, ô bhikkhus, ayant mis fin au raisonnement et à la réflexion, ce bhikkhu entre et demeure dans le deuxième *jhāna*, qui est apaisement intérieur, unification de la pensée, qui est dépourvu de raisonnement et de réflexion, né de la concentration, et qui consiste dans le bonheur. [...] Ensuite, ô bhikkhus, se détournant du bonheur, ce bhikkhu vit dans l'indifférence, conscient et vigilant, il ressent dans son corps le bonheur, de sorte que les *êtres nobles l'appellent "celui qui, indifférent et attentif, demeure heureux". Il entre ainsi et demeure dans le troisième *jhāna* [...]. Ensuite, ô bhikkhus, s'étant débarrassé du bonheur et s'étant débarrassé de la peine, ayant supprimé la gaieté et la tristesse antérieures, ce bhikkhu entre et demeure dans le quatrième *jhāna*, où ne sont ni plaisir ni douleur, mais qui est pureté

1. Deux parties : soi-même et les autres.

parfaite d'*attention et d'indifférence. Et puisqu'il ne pense pas à faire du mal à lui-même, ni à faire du mal aux autres, ni à faire du mal aux deux parties, à ce moment même, il éprouve une sensation qui n'est nuisible [à personne]. Moi, ô bhikkhus, je dis que cette absence de nuisance est la plus haute jouissance concernant les sensations.

Maintenant, quel est, ô bhikkhus, le désavantage dans ces sensations ? Les sensations, ô bhikkhus, sont impermanentes ; elles sont *dukkha* puisqu'elles sont sujettes au changement par nature même. Ce sont, ô bhikkhus, les désavantages des sensations. Maintenant, quelle est, ô bhikkhus, l'évasion hors des sensations ? L'évasion hors des sensations, c'est la maîtrise du désir, de l'attachement, et la possibilité de se débarrasser des désirs et de l'attachement à l'égard des sensations.

Ô bhikkhus, si n'importe quel samana ou brāhmane ne comprend pas objectivement de cette façon la jouissance des sensations comme jouissance, les désavantages de celles-ci comme désavantages, l'évasion à leur égard comme évasion, alors il n'existe pas de base pour dire qu'il comprend sûrement lui-même d'une façon correcte les sensations et ensuite qu'il est capable de faire connaître la méthode par laquelle les autres comprennent d'une façon correcte les sensations. Cependant, ô bhikkhus, si n'importe quel samana ou brāhmane comprend objectivement la jouissance des sensations comme jouissance, les désavantages de celles-ci comme désavantages, l'évasion à leur égard comme évasion, alors il existe une base pour dire qu'il comprend sûrement lui-même d'une façon correcte les sensations et ensuite qu'il est capable de faire connaître la méthode par laquelle les autres comprennent d'une façon correcte les sensations. »

Ainsi parla le Bienheureux. Les bhikkhus, heureux, se réjouirent des paroles du Bienheureux.

(M. I, 83-90.)

17

Un tronçon de bois

Dārukkhandha-sutta

Au bord du fleuve Gaṅgā[1], ce jour-là, vers la fin de l'après-midi, alors que le Bouddha s'adressait à un groupe de *bhikkhus, un vacher nommé Nanda était là, un peu à l'écart, mais il écoutait attentivement les paroles du Bouddha. Celui-ci savait sûrement que ses idées seraient fort utiles à ce jeune paysan, et il eut donc raison de les présenter au moyen d'une parabole, comme il le fit en diverses occasions[2]. À la fin du sermon, le vacher Nanda, ému, exprima sa volonté de devenir *disciple du Bouddha. Puis, à la suite des pratiques du *progrès intérieur, Nanda devint un *Arahant.

C'est ainsi que le succès de la vie spirituelle d'un jeune villageois est rapporté dans le sermon intitulé *Dārukkhandha-sutta* (S. IV, 179-181), que nous allons lire dans les pages qui suivent. Le charme de ce court sermon tient à la parabole qui l'accompagne. Un disciple qui s'avance sur la voie du progrès intérieur vers l'émancipa-

1. Gaṅgā est le fleuve connu en France sous le nom de Gange.

2. Les paraboles sont fréquentes dans les sermons du Bouddha. Par exemple, dans le *Pahārāda-sutta* (A. I, 197-200), l'océan est employé comme une parabole. Dans le *Nagara-sutta* (S. II, 104-106), la parabole concerne une ancienne ville reconstruite. Le *Dvedhāvitakka-sutta* (M. I, 115-129) présente une parabole où Māra cherche à entraîner l'homme hors de la voie du salut ; mais celui-ci sera remis par le Bouddha sur le bon chemin.

tion (***nibbāna) y est comparé à un tronçon de bois dans un fleuve, qui se dirige vers l'océan. Les dangers éventuels que le disciple peut rencontrer y sont bien indiqués. Ces obstacles doivent être évités par l'*attention et par la compréhension correcte.

Dans la parabole de ce sermon, c'est surtout la métaphore du tronçon de bois qui a une valeur pédagogique significative. D'une part, c'est une image qui révèle la situation mentale du disciple. En effet, délivré de la fausse notion de personnalité (*sakkāya-diṭṭhi*), le disciple est devenu comme un tronçon de bois dans un fleuve. Sinon, il doit essayer d'être comme tel. D'autre part, la métaphore du tronçon de bois correspond aux explications canoniques données pour nier l'existence d'un ***ātman*, et selon lesquelles l'idée de « Soi » est une notion fausse qui ne correspond à rien dans la réalité et est la cause des idées dangereuses de « moi », « mien », « je suis », etc., des *désirs égoïstes, de l'attachement, de la haine, de l'orgueil et d'autres *souillures mentales.

Selon cette parabole, si le disciple est devenu comme un tronçon de bois dans un fleuve, c'est parce qu'il a compris que les *cinq agrégats d'attachement sont comme un grand fardeau qu'il transporte inutilement, à cause de la fausse notion de personnalité. En n'attachant aucune valeur à cette charge, le disciple doit se séparer d'elle. L'image est présentée d'une autre façon dans l'*Alagaddūpama-sutta* :

> « Alors donc, ô bhikkhus, ce qui n'est pas vôtre, abandonnez-le. Cet abandon vous apportera le bien-être et le bonheur pour longtemps. Qu'est-ce qui n'est pas vôtre ? La forme matérielle, ô bhikkhus, n'est pas vôtre, ni la sensation, ni la perception, ni les compositions volitionnelles, ni la *conscience. Abandonnez-les. Cet abandon vous apportera le bien-être et le bonheur pour longtemps [...]. Qu'en pensez-vous, ô bhikkhus ? Si les gens emportaient l'herbe, les pièces de bois, les branches et le feuillage de ce bois

> Jeta[1], ou bien, si les gens les brûlaient ou s'ils les détruisaient comme bon leur semble, est-ce que vous penseriez : "Ces gens-là nous emportent, ils nous brûlent, ils nous détruisent comme bon leur semble" ? Certainement non [...]. De même, ô bhikkhus, la forme matérielle n'est pas vôtre, non plus que la sensation, la perception, les compositions mentales, ni la conscience. Elles ne sont pas vôtres. Abandonnez-les. Cet abandon vous apportera le bien-être et le bonheur pour longtemps[2]. »

Un tel rejet est considéré comme le résultat de la compréhension correcte (*sammā diṭṭhi*), selon laquelle le disciple peut constater qu'il n'a rien d'éternel, ni de substantiel, ni d'*ātman*, ni de principe vital (*jīva*) personnel ou universel, ni rien d'analogue à ce qu'on appelle l'âme. Ainsi, d'après le *Dārukkhandha-sutta*, la compréhension correcte est le courant qui amène le disciple vers la *libération[3].

Dārukkhandha-sutta (Un tronçon de bois)

Une fois, le Bienheureux séjournait au pays de Kōsambi, au bord du fleuve Gaṅgā.

Le Bienheureux vit un grand tronçon de bois qui descendait le fleuve Gaṅgā. Ayant vu ce tronçon de bois, le Bien-

1. Le bois Jeta (Jetavana), où se déroula cette discussion, était un vaste terrain où se trouvaient les résidences du Bouddha et de ses disciples, qui séjournaient de temps en temps, surtout pendant la saison des pluies. Les résidences de ce lieu furent construites par un grand admirateur du Bouddha nommé Anāthapiṇḍika, un homme très riche de la ville de Sāvatthi.

2. M. I, 140-141 ; S. III, 33. Pour une traduction intégrale de l'*Alagaddūpama-sutta*, voir M. W., *La Philosophie du Bouddha*, Paris, Éditions Lis, 2000, p. 137-162.

3. C'est à propos d'un tel disciple qui est parvenu à son but que le Bouddha disait bien souvent : « Et comment, ô bhikkhus, ce disciple est-il devenu un être noble, drapeau bas, fardeau à terre, sans entraves ? C'est qu'il s'est débarrassé de la tendance latente du "je suis", qu'il l'a tranchée à la racine, rendue à la souche de palmier qui ne saurait revenir à la vie. » Voir M. I, 139-140 ; A. III, 84.

heureux s'adressa aux bhikkhus et dit : « Ô bhikkhus, voyez-vous ce tronçon de bois qui descend le fleuve Gaṅgā ?

– Oui, Vénéré », répondirent-ils.

– Alors, ô bhikkhus, si ce tronçon de bois ne se jette pas contre cette rive, ou s'il ne se jette pas contre l'autre rive, ou s'il ne se noie pas dans le milieu du fleuve, ou s'il ne s'enfonce pas jusqu'au fond de l'eau, ou s'il ne tombe pas dans les mains d'êtres humains, ou dans les mains d'êtres non humains, ou s'il n'est pas pris dans un tourbillon, ou s'il ne se décompose pas intérieurement, eh bien, ô bhikkhus, ce tronçon de bois flottera vers l'océan, il descendra vers l'océan, il se dirigera vers l'océan. Pourquoi ? Parce que, ô bhikkhus, le fleuve Gaṅgā coule vers l'océan, il descend vers l'océan, il se dirige vers l'océan.

De même, ô bhikkhus, si vous ne vous jetez pas contre cette rive, ou si vous ne vous jetez pas contre l'autre rive, ou si vous ne vous noyez pas dans le milieu du fleuve, ou si vous ne vous enfoncez pas jusqu'au fond de l'eau, ou si vous ne tombez pas dans les mains d'êtres humains, ou dans les mains d'êtres non humains, ou si vous n'êtes pas pris dans un tourbillon, ou si vous ne vous décomposez pas intérieurement, eh bien, ô bhikkhus, vous coulerez vers le *nibbāna*, vous descendrez vers le *nibbāna*, vous vous dirigerez vers le *nibbāna*. Pourquoi ? Parce que, ô bhikkhus, la compréhension correcte coule vers le *nibbāna*, elle descend vers le *nibbāna*, elle se dirige vers le *nibbāna*. »

Lorsque le Bienheureux eut ainsi parlé, un bhikkhu demanda : « Vénéré, dans cette parabole, quelle est la signification de "cette rive" ? Quelle est "l'autre rive" ? Quelle est la signification de "se noyer dans le milieu du fleuve" ? Quelle est la signification de "s'enfoncer jusqu'au fond de l'eau" ? Quelle est la signification de "tomber dans les mains d'êtres humains" ? Quelle est la signification de "tomber dans les mains d'êtres non humains" ? Quelle est la signification d'"être pris dans un tourbillon" ? Quelle est la signification de "se décomposer intérieurement" ? »

« “Cette rive”, ô bhikkhu, est un nom pour les six *sphères sensorielles de l’intérieur. “L’autre rive”, ô bhikkhu, est un nom pour les six *sphères sensorielles de l’extérieur. “Se noyer dans le milieu du fleuve”, ô bhikkhu, est un nom pour l’*avidité passionnée et le désir. “S’enfoncer jusqu’au fond de l’eau”, ô bhikkhu, est un nom pour la fierté de soi-même.

Ici, quel est, ô bhikkhu, le sens de “tomber dans les mains d’êtres humains” ? Supposons, ô bhikkhu, qu’un renonçant vive en relation intime avec des familles. Il se réjouit avec les gens qui se réjouissent. Il s’afflige avec les gens qui s’affligent. Il prend du plaisir avec les gens qui prennent du plaisir. Il souffre avec les gens qui souffrent et établit un lien étroit entre lui-même et ce qui arrive. Voilà ce qu’est, ô bhikkhu, “tomber dans les mains d’êtres humains”.

Ici, quel est, ô bhikkhu, le sens de “tomber dans les mains d’êtres non humains” ? Supposons, ô bhikkhu, qu’on s’engage dans la *Conduite sublime dans l’espoir de renaître parmi tel ou tel groupe de dieux, en se disant : “Par le moyen de cette vertu, ou par le moyen de cette pratique, ou par le moyen de cette austérité, ou par le moyen de cette Conduite sublime, que je devienne un dieu distingué ou un dieu mineur.” Voilà ce qu’est, ô bhikkhu, “tomber dans les mains d’êtres non humains”.

“Pris dans un tourbillon”, ô bhikkhu, est un nom pour les cinq plaisirs. Quelle est la signification de “se décomposer intérieurement” ? Supposons, ô bhikkhu, un renonçant qui mène une vie non vertueuse. Il s’engage dans les mauvaises choses, il est moralement impur. Il a un comportement douteux. Il a des affaires secrètes. Bien qu’il se prétende renonçant, il ne l’est pas. Bien qu’il prétende être pratiquant de la Conduite sublime, il ne l’est pas. Il est pourri et c’est un tas d’ordures. Tel est, ô bhikkhu, le sens de “se décomposer intérieurement”. »

À ce moment-là, un vacher nommé Nanda se tenait debout non loin du Bienheureux. Le vacher Nanda s’écria alors : « Moi, Vénéré, je suis quelqu'un qui ne se jette pas contre "cette rive". Je suis quelqu'un qui ne se jette pas contre "l'autre rive". "Je ne me noierai pas au milieu du fleuve". "Je ne m'enfoncerai pas jusqu'au fond de l'eau". Je ne tomberai pas "dans les mains d'êtres humains". Je ne tomberai pas "dans les mains d'êtres non humains". Je ne serai pas "pris dans un tourbillon". Je ne me "décomposerai pas intérieurement". Vénéré, puissé-je obtenir l'ordination mineure et l'ordination majeure auprès du Bienheureux.

« Alors, ô Nanda, rendez les vaches à leurs propriétaires, dit le Bienheureux.

– Vénéré, les vaches retourneront. Elles seront attirées par leurs veaux, répondit le vacher Nanda.

– Justement, ô Nanda, rendez les vaches à leurs propriétaires », répéta le Bienheureux.

Alors, le vacher Nanda, ayant rendu les vaches à leurs propriétaires, étant revenu devant le Bienheureux, dit : « Vénéré, les vaches ont été rendues à leurs propriétaires. Vénéré, puissé-je obtenir l'ordination mineure et l'ordination majeure auprès du Bienheureux. »

Le vacher Nanda obtint l'ordination mineure et l'ordination majeure auprès du Bienheureux. Peu de temps après son ordination, l'Āyasmanta Nanda, demeurant seul, retiré, vigilant, ardent, résolu, parvint rapidement à ce but pour la réalisation duquel les fils de famille quittent leur foyer pour mener une vie sans foyer, cet incomparable but de la Conduite sublime, il le réalisa dans cette vie. Il comprit : « La *naissance est détruite, la Conduite sublime est vécue, ce qui doit être achevé est achevé, plus rien ne demeure à accomplir[1]. »

Ainsi, l'Āyasmanta Nanda parvint au nombre des Arahants.

(S. IV, 179-181.)

1. « *Khiṇā jāti, vusitaṃ brahma-cariyaṃ, kataṃ karaṇīyaṃ, nāparaṃ itthatthāyā'ti.* » Cette phrase est employée partout dans les textes canoniques pour désigner l'arrivée d'un auditeur à l'état d'*Arahant.

18

Le développement des facultés sensorielles

Indriyabhāvanā-sutta

Plusieurs sermons adressés aux auditeurs qui sont sur la voie du *progrès intérieur, notamment aux *disciples étudiants, insistent sur la maîtrise des organes sensoriels. Cette maîtrise est une nécessité préalable, d'une part pour concentrer le mental, d'autre part pour en maintenir la clarté et la pureté.

La maîtrise des sens, à proprement parler, ne dépend pas des activités physiques des organes sensoriels, mais du mode de fonctionnement du mental. Autrement dit, si on maîtrise son mental, les organes sensoriels sont automatiquement maîtrisés, car désormais le mental est capable de les diriger. Reste que, si l'on peut acquérir une maîtrise des sens sans fondement psychologique, celle-ci n'est pas durable. En outre, une telle maîtrise n'entraîne pas nécessairement la *concentration du mental. C'est pour cela que le disciple doit pratiquer certains *exercices mentaux.

Les textes canoniques emploient le terme pāli *bhāvanā* pour désigner ces exercices mentaux, destinés à mener à un état de santé mentale ainsi qu'à un état d'équilibre et de tranquillité. Les méthodes de ces exercices sont expliquées longuement dans des sermons comme le *Satipaṭṭhāna-sutta* (M. I, 56-63), l'*Ānāpānasati-sutta* (M. III, 78-88), etc.

Dans le sermon intitulé *Indriyabhāvanā-sutta* (M. III, 298-302), que nous allons lire dans les pages qui suivent, le Bouddha présente une méthode différente pour conserver l'équilibre de la pensée. Son sujet est le « développement des facultés sensorielles » (*indriyabhāvanā*) ; il expose la manière dont le disciple étudiant doit faire face aux objets des sens.

Selon le Bouddha, le développement des facultés sensorielles ne dépend pas de la qualité de tel ou tel objet de plaisir, ni des capacités de l'utilisateur à choisir les choses de qualité, ni de l'accroissement de la sensibilité des organes sensoriels de l'utilisateur, mais de la capacité de celui-ci à rester indifférent aux objets sensoriels agréables ou désagréables. Ainsi, ce que le Bouddha explique dans ce sermon diffère complètement de certaines instructions traditionnelles prônant la représentation de l'activité des organes sensoriels en vue d'améliorer la sensibilité. Également, la méthode prescrite ici est tout à fait étrangère à la position des bons vivants, selon lesquels désirer de plus en plus et consommer encore et encore sont des signes du développement et de la sensibilité des organes sensoriels.

De toute façon, si le Bouddha n'a pas prescrit à ses disciples étudiants de rester comme des aveugles, des sourds, des muets…, il leur a clairement conseillé de ne pas rechercher les objets de plaisir. Car celui qui « pâture » les *plaisirs des sens court le risque d'être attaché à tel ou tel objet de plaisir. Le disciple étudiant les évite donc autant que possible. Cependant, il rencontre inévitablement des objets attirants ainsi que des objets non attirants, pour deux raisons : premièrement, le disciple n'est pas un ermite pratiquant des mortifications à l'écart de la société humaine ; deuxièmement, il est, selon la discipline du *renoncement, obligé de vivre auprès des laïcs, ce qui lui impose de nombreuses relations religieuses avec eux. Ainsi, le disciple ne peut pas vivre comme un aveugle ou comme un sourd-muet. Dans ces conditions, la méthode exposée dans ce sermon représente un projet extrêmement opportun et fructueux.

Le point important est que ce sermon enseigne la vigilance en ce qui concerne toutes sortes d'expériences agréables ou désagréables, c'est-à-dire l'identification correcte de telle ou telle sensation éprouvée devant tel ou tel objet sensoriel. Par cette technique, le disciple essaie de s'abstraire de l'objet sensoriel qui lui a procuré une sensation agréable ou désagréable pour se fixer sur sa pensée, en observant la sensation objectivement. Un tel exercice lui évite, d'une part, l'occasion d'étudier le fonctionnement de sa pensée, cette observation lui procurant également la capacité de contrôler ses sensations, ce qui est nécessaire pour acquérir l'*équanimité. En résumé, lorsque le disciple étudiant discerne la nature de la sensation qu'il éprouve – comment elle apparaît, comment elle disparaît –, sa pensée devient impartiale à l'égard de la sensation. Selon le Bouddha, la capacité d'employer les organes sensoriels avec une telle indifférence de la pensée n'est autre que le « développement des facultés sensorielles ».

Ce sermon comporte trois parties : la première explique le développement des facultés sensorielles ; la deuxième expose l'entraînement du disciple étudiant ; la troisième évoque l'indifférence de l'*être noble, dont les facultés sensorielles ont été développées, face à des événements attirants ou repoussants.

Indriyabhāvanā-sutta
(Le développement des facultés sensorielles)

*Ainsi ai-je entendu : une fois, le Bienheureux séjournait dans le parc de Makhelu, près de Kajangala.

En ce temps-là, un jour, un jeune homme nommé Uttara, élève du brāhmane Pārasariya, s'approcha de l'endroit où se trouvait le Bienheureux. S'étant approché, il échangea avec lui des compliments de politesse et des paroles de courtoisie, puis *s'assit à l'écart sur un côté. Le Bienheureux s'adressa au jeune homme et lui demanda : « Est-ce que, ô Uttara, le brāhmane Pārasariya dispense à ses élèves un enseignement sur le développement des facultés sensorielles ?

– Oui, honorable Gōtama. Le brāhmane Pārasariya dispense à ses élèves un enseignement sur le développement des facultés sensorielles.

– De quelle façon, ô Uttara, le brāhmane Pārasariya dispense-t-il à ses élèves son enseignement sur le développement des facultés sensorielles ? »

Le jeune Uttara répondit : « Il ne faut pas voir les formes matérielles par les yeux. Il ne faut pas écouter les sons par les oreilles. C'est ce que, honorable Gōtama, le brāhmane Pārasariya enseigne à ses élèves sur le développement des facultés sensorielles. »

Le Bienheureux dit : « Ainsi donc, ô Uttara, selon l'enseignement du brāhmane Pārasariya, un aveugle est quelqu'un qui a une faculté sensorielle développée, et un sourd est quelqu'un qui a une faculté sensorielle développée, car l'aveugle ne voit pas les formes matérielles par ses yeux et le sourd n'écoute pas les sons par ses oreilles. »

Lorsque le Bienheureux se fut exprimé ainsi, le jeune Uttara, élève du brāhmane Pārasariya, resta assis en silence, honteux, les épaules tombantes, le visage baissé et incapable de parler.

Le Bienheureux constata alors que le jeune Uttara, élève du brāhmane Pārasariya, restait assis en silence, honteux, les épaules tombantes, le visage baissé et incapable de parler.

[Pendant cette discussion, l'Āyasmanta Ānanda était assis auprès du Bienheureux.]

Le Bienheureux s'adressa à l'Āyasmanta Ānanda et dit : « Ô Ānanda, le brāhmane Pārasariya dispense à ses élèves un certain enseignement sur le développement des facultés sensorielles. Cependant, ô Ānanda, dans la Discipline des êtres nobles[1], l'incomparable méthode du développement des facultés sensorielles est une autre chose. »

L'Āyasmanta Ānanda dit : « Le bon moment est arrivé, Vénéré, le bon moment est arrivé pour expliquer l'incomparable méthode du développement des facultés sensorielles selon la Discipline des êtres nobles. Ayant écouté la parole du Bienheureux, les disciples la garderont dans leur mémoire.

– Très bien, ô Ānanda. Écoutez, fixez bien votre attention. Je vais vous en parler », dit le Bienheureux.

« Oui, Vénéré », répondit l'Āyasmanta Ānanda au Bienheureux.

Le Bienheureux dit : « Quel est, ô Ānanda, l'incomparable développement des facultés sensorielles dans la discipline des êtres nobles ? Ô Ānanda, lorsqu'un disciple voit une forme matérielle par ses yeux, il se produit chez lui une sensation agréable, ou une sensation désagréable, ou une sensation à la fois agréable et désagréable. Le disciple la sait comme telle qu'elle est : "Voici une sensation agréable qui se produit chez moi. Voici une sensation désagréable qui se produit chez moi. Voici une sensation à la fois agréable et désagréable qui se produit chez moi. Cette sensation se produit puisqu'elle est un fait conditionné ; elle est un fait grossier ; c'est un effet qui est produit par des causes. [Cependant] c'est l'équanimité qui est pure, qui est excellente." Lorsqu'il réfléchit ainsi, la sensation agréable, ou la sensation désagréable, ou la sensation à la fois agréable et désagréable s'estompe chez lui. Enfin, c'est l'équanimité qui reste. Tout comme, ô Ānanda, un homme qui peut voir, ayant les yeux ouverts, les ferme ou, ayant les yeux fermés, les ouvre, de même, ô Ānanda, c'est avec une telle vitesse, une telle rapidité, une telle aisance qu'une sen-

1. Discipline des êtres nobles (*ariyassa vinaya*) : ensemble des théories et des pratiques présentées par le Bouddha.

sation agréable, ou une sensation désagréable, ou une sensation à la fois agréable et désagréable s'estompe, et enfin c'est l'équanimité qui reste. Tel est, ô Ānanda, le développement de la faculté sensorielle concernant les formes matérielles connaissables par les yeux.

Et encore, ô Ānanda, lorsque le disciple a entendu un son par ses oreilles, il se produit chez lui une sensation agréable, ou une sensation désagréable, ou une sensation à la fois agréable et désagréable. Le disciple la sait comme telle qu'elle est : "Voici une sensation agréable qui se produit chez moi. Voici une sensation désagréable qui se produit chez moi. Voici une sensation à la fois agréable et désagréable qui se produit chez moi. Cette sensation se produit puisqu'elle est un fait conditionné ; elle est un fait grossier ; c'est un effet qui est produit par des causes. [Cependant] c'est l'équanimité qui est pure, qui est excellente." Lorsqu'il réfléchit ainsi, la sensation agréable, ou la sensation désagréable, ou la sensation à la fois agréable et désagréable s'estompe chez lui. Enfin, c'est l'équanimité qui reste. Tout comme, ô Ānanda, un homme fort est capable de claquer ses doigts, de même, ô Ānanda, c'est avec une telle vitesse, une telle rapidité, une telle aisance qu'une sensation agréable, ou une sensation désagréable, ou une sensation à la fois agréable et désagréable s'estompe, et enfin c'est l'équanimité qui reste. Tel est, ô Ānanda, le développement de la faculté sensorielle concernant les sons connaissables par les oreilles.

Et encore, ô Ānanda, lorsque le disciple a senti une odeur par son nez, il se produit chez lui une sensation agréable, ou une sensation désagréable, ou une sensation à la fois agréable et désagréable. Le disciple la sait comme telle qu'elle est : "Voici une sensation agréable qui se produit chez moi. Voici une sensation désagréable qui se produit chez moi. Voici une sensation à la fois agréable et désagréable qui se produit chez moi. Cette sensation se produit puisqu'elle est un fait conditionné ; elle est un fait grossier ;

c'est un effet qui est produit par des causes. [Cependant] c'est l'équanimité qui est pure, qui est excellente." Lorsqu'il réfléchit ainsi, la sensation agréable, ou la sensation désagréable, ou la sensation à la fois agréable et désagréable s'estompe chez lui. Enfin, c'est l'équanimité qui reste. Tout comme, ô Ānanda, une goutte d'eau tombe sur une feuille de lotus, qui descend sur la pente et qui ne reste plus, de même, ô Ānanda, c'est avec une telle vitesse, une telle rapidité, une telle aisance qu'une sensation agréable, ou une sensation désagréable, ou une sensation à la fois agréable et désagréable s'estompe, et enfin c'est l'équanimité qui reste. Tel est, ô Ānanda, le développement de la faculté sensorielle concernant les odeurs connaissables par le nez.

Et encore, ô Ānanda, lorsque le disciple a goûté une saveur par sa langue, il se produit chez lui une sensation agréable, ou une sensation désagréable, ou une sensation à la fois agréable et désagréable. Le disciple la sait comme telle qu'elle est : "Voici une sensation agréable qui se produit chez moi. Voici une sensation désagréable qui se produit chez moi. Voici une sensation à la fois agréable et désagréable qui se produit chez moi. Cette sensation se produit puisqu'elle est un fait conditionné ; elle est un fait grossier ; c'est un effet qui est produit par des causes. [Cependant] c'est l'équanimité qui est pure, qui est excellente." Lorsqu'il réfléchit ainsi, la sensation agréable, ou la sensation désagréable, ou la sensation à la fois agréable et désagréable s'estompe chez lui. Enfin, c'est l'équanimité qui reste. Tout comme, ô Ānanda, un homme fort peut cracher une portion de mucus amassée sur la langue, de même, ô Ānanda, c'est avec une telle vitesse, une telle rapidité, une telle aisance qu'une sensation agréable, ou une sensation désagréable, ou une sensation à la fois agréable et désagréable s'estompe, et enfin c'est l'équanimité qui reste. Tel est, ô Ānanda, le développement de la faculté sensorielle concernant les saveurs connaissables par la langue.

Et encore, ô Ānanda, lorsque le disciple a senti un toucher (choses tangibles) par son corps, il se produit chez lui une sensation agréable, ou une sensation désagréable, ou une sensation à la fois agréable et désagréable. Le disciple la sait comme telle qu'elle est : "Voici une sensation agréable qui se produit chez moi. Voici une sensation désagréable qui se produit chez moi. Voici une sensation à la fois agréable et désagréable qui se produit chez moi. Cette sensation se produit puisqu'elle est un fait conditionné ; elle est un fait grossier ; c'est un effet qui est produit par des causes. [Cependant] c'est l'équanimité qui est pure, qui est excellente." Lorsqu'il réfléchit ainsi, la sensation agréable, ou la sensation désagréable, ou la sensation à la fois agréable et désagréable s'estompe chez lui. Enfin, c'est l'équanimité qui reste. Tout comme, ô Ānanda, un homme fort peut replier son bras qui était tendu, ou tendre son bras qui était replié, de même, ô Ānanda, c'est avec une telle vitesse, une telle rapidité, une telle aisance qu'une sensation agréable, ou une sensation désagréable, ou une sensation à la fois agréable et désagréable s'estompe et, enfin c'est l'équanimité qui reste. Tel est, ô Ānanda, le développement de la faculté sensorielle concernant les touchers connaissables par le corps.

Et encore, ô Ānanda, lorsque le disciple a perçu un objet mental par sa pensée, il se produit chez lui une sensation agréable, ou une sensation désagréable, ou une sensation à la fois agréable et désagréable. Le disciple la sait comme telle qu'elle est : "Voici une sensation agréable qui se produit chez moi. Voici une sensation désagréable qui se produit chez moi. Voici une sensation à la fois agréable et désagréable qui se produit chez moi. Cette sensation se produit puisqu'elle est un fait conditionné ; elle est un fait grossier ; c'est un effet qui est produit par des causes. [Cependant] c'est l'équanimité qui est pure, qui est excellente." Lorsqu'il réfléchit ainsi, la sensation agréable, ou la sensation désagréable, ou la sensation à la fois agréable et désagréable s'estompe chez lui. Enfin, c'est l'équanimité qui reste. Tout comme, ô Ānanda, lorsqu'un homme verse deux ou trois gouttes d'eau dans une casserole chauffée au rouge, ces gouttes d'eau sont détruites aussitôt et elles sont consommées aussitôt [par la chaleur], de même, ô Ānanda, c'est avec une telle vitesse, une telle rapidité, une telle aisance qu'une sensation agréable, ou une sensation désagréable, ou une sensation à la fois agréable et désagréable s'estompe, et enfin c'est l'équanimité qui reste. Tel est, ô Ānanda, le développement de la faculté sensorielle concernant les états mentaux perceptibles par la pensée.

Et quel est, ô Ānanda, l'entraînement chez un *disciple étudiant ? Lorsque le disciple étudiant a vu une forme matérielle par ses yeux, il se produit chez lui une sensation agréable, ou une sensation désagréable, ou une sensation à la fois agréable et désagréable. À cause de la sensation agréable, ou de la sensation désagréable, ou de la sensation à la fois agréable et désagréable qui s'est produite chez lui, le disciple est soucieux, il est honteux et il est dégoûté d'une telle sensation.

Lorsque le disciple étudiant a entendu un son par ses oreilles, il se produit chez lui une sensation agréable, ou une sensation désagréable, ou une sensation à la fois agréable et désagréable. À cause de la sensation agréable, ou de la sensation désagréable, ou de la sensation à la fois agréable et désagréable qui s'est produite chez lui, le disciple est soucieux, il est honteux et il est dégoûté d'une telle sensation. »

> *[Même démonstration en ce qui concerne les odeurs connaissables par le nez, les saveurs connaissables par la langue, les choses tangibles connaissables par le corps. Puis le sermon continue.]*

« Lorsque le disciple étudiant a perçu un objet mental par sa pensée, il se produit chez lui une sensation agréable, ou une sensation désagréable, ou une sensation à la fois agréable et désagréable. À cause de la sensation agréable, ou de la sensation désagréable, ou de la sensation à la fois agréable et désagréable qui s'est produite chez lui, le disciple est soucieux, il est honteux et il est dégoûté d'une telle sensation.

Et quel est, ô Ānanda, l'être noble dont les facultés sensorielles ont été développées ? Lorsque le disciple a vu par ses yeux, il se produit chez lui une sensation agréable, ou une sensation désagréable, ou une sensation à la fois agréable et désagréable. Dans ce cas, s'il souhaite : "Que je demeure sans conscience de la répugnance dans un cas de répugnance", alors il demeure sans *conscience de la répugnance. S'il souhaite : "Que je demeure avec conscience de la répugnance dans un cas de non-répugnance", alors il demeure avec conscience de la répugnance. S'il souhaite : "Que je demeure sans conscience de la répugnance dans un cas de répugnance et de non-répugnance", alors il demeure sans conscience de la répugnance. S'il souhaite : "Que je demeure avec la conscience de la répugnance dans un cas à la fois de répugnance et de non-répugnance", alors il demeure avec la conscience de la répugnance. [Cependant] s'il souhaite : "M'étant débarrassé de la non-répugnance comme de la répugnance, que je demeure dans l'équanimité avec l'attention et la conscience claires", alors il demeure dans l'équanimité avec l'*attention et la conscience claires. Ainsi, ô Ānanda, c'est lui qui est l'être noble dont les facultés sensorielles ont été développées. »

[Même démonstration en ce qui concerne les sons connaissables par les oreilles, les odeurs connaissables par le nez, les saveurs connaissables par la langue, les choses tangibles connaissables par le corps. Puis le sermon continue.]

« Lorsque le disciple a perçu un objet mental par sa pensée, il se produit chez lui une sensation agréable, ou une sensation désagréable, ou une sensation à la fois agréable et désagréable. Dans ce cas, s'il souhaite : "Que je demeure sans conscience de la répugnance dans un cas de répugnance", alors il demeure sans conscience de la répugnance. S'il souhaite : "Que je demeure avec conscience de la répugnance dans un cas de non-répugnance", alors il demeure avec conscience de la répugnance. S'il souhaite : "Que je demeure sans conscience de la répugnance dans un cas de répugnance et de non-répugnance", alors il demeure sans conscience de la répugnance. S'il souhaite : "Que je demeure avec la conscience de la répugnance dans un cas de répugnance et de non-répugnance", alors il demeure avec la conscience de la répugnance. [Cependant] s'il souhaite : "M'étant débarrassé de la non-répugnance comme de la répugnance, que je demeure dans l'équanimité avec l'attention et la conscience claires", alors il demeure dans l'équanimité avec l'attention et la conscience claires. Ainsi, ô Ānanda, c'est lui qui est l'être noble dont les facultés sensorielles ont été développées.

C'est de cette façon, ô Ānanda, que l'incomparable développement des facultés sensorielles dans la Discipline des êtres nobles a été enseigné par moi ; de cette façon que l'entraînement du disciple étudiant a été enseigné par moi ; de cette façon que j'ai défini l'être noble dont les facultés sensorielles ont été développées.

S'il est un devoir pour un maître compatissant, plein de bonne volonté et qui souhaite le bien-être de ses disciples, ce devoir pour vous tous a été rempli par moi. Voici, ô Ānanda, les pieds des arbres, voici des endroits isolés. Engagez-vous, ô Ānanda, dans les méthodes du progrès intérieur. Ne prenez pas de retard afin de n'avoir pas, plus tard, de regret. Cela est notre instruction pour vous tous. »

Ainsi parla le Bienheureux. L'Āyasmanta Ānanda, heureux, se réjouit des paroles du Bienheureux.

(M. III, 298-302.)

19

Le cœur d'un grand arbre solide

Mahā-Sārōpama-sutta

Peu à peu, les renonçants bouddhistes devinrent membres d'une communauté vénérée, protégée et soutenue par le peuple. Les hommes politiques, les riches commerçants et les pieuses bourgeoises commencèrent à aider matériellement ce nouveau mouvement religieux. Avec l'augmentation de la popularité surgit le problème posé par certains individus qui étaient entrés dans cette organisation pour des motifs non religieux, comme gagner leur vie facilement, éviter des problèmes sociaux, etc. Ainsi, lors d'une guerre à la frontière du pays des Magadhas, plusieurs soldats qui refusaient d'aller au champ de bataille entrèrent dans cette communauté des renonçants bouddhistes. De même, quelques hommes couverts de dettes l'avaient intégrée pour fuir leurs créanciers, ainsi que des voleurs pour échapper à la justice. En ce qui concerne le règlement, il est vrai, la communauté avait pu prendre des précautions pour écarter de tels individus. Cependant, sur les personnes qui y séjournaient uniquement pour les profits matériels ou sur les membres inactifs qui s'y trouvaient pour effectuer les hautes étapes du progrès, la communauté n'avait aucun droit d'expulsion, elle pouvait seulement les conseiller, avec *compassion. Il s'y trouvait aussi des renonçants, *bhikkhus et *bhikkhunīs, qui avaient acquis des pouvoirs thaumaturgiques et d'autres des capacités surhumaines, mais sans avoir atteint une pureté complète vis-à-vis des *écoulements mentaux toxiques. Il était donc utile de leur rappeler, de temps en temps, le but de la vie du renoncement. À cet égard, le sermon intitulé *Mahā-Sārōpama-sutta* (M. I, 192-197), que nous allons lire, est un bon exemple.

Après une longue explication, le Bouddha précise quel est le but de la vie du renoncement : « De cette façon, ô bhikkhus, cette *Conduite sublime n'a pas pour but d'acquérir des avantages matériels, du respect et de la popularité ; elle n'a pas pour but d'obtenir la maîtrise des sens, ni la *concentration mentale, ni la connaissance fondée sur la vision correcte, mais cette Conduite sublime a pour but la *libération inébranlable de la pensée. C'est le cœur, c'est la fin totale[1]. »

Mahā-Sārōpama-sutta (Le cœur d'un grand arbre solide)

*Ainsi ai-je entendu : une fois, le Bienheureux séjournait sur la colline dite Gijjhakūṭa, près de la ville de Rājagaha.

C'était très peu de temps après le départ de Devadatta[2]. À propos de Devadatta, le Bienheureux s'adressa aux bhikkhus et dit : « Ici, ô bhikkhus, un certain fils de famille, qui

1. « *It khō bhikkhave n'idaṃ brahmacariyaṃ lābasakkārasilōkānisamsaṃ, na sīlasampadānisamsaṃ, na samādhi sampadānisamsaṃ, na ñāṇadassanānisamsaṃ. Yā ca khō ayaṃ bhikkhave akuppā cetōvimutti, etadattaṃ idaṃ bhikkhave brahmacariyaṃ, etaṃ sāram, etaṃ pariyōsānaṃ.* »

2. Devadatta est cousin et l'un des disciples du Bouddha. Plus tard, certains désaccords se produisirent entre les deux hommes, Devadatta devenant de plus en plus extrémiste – il proposa ainsi à la communauté religieuse quelques pratiques rigoureuses comme : vivre perpétuellement dans la forêt, vivre définitivement et uniquement avec la nourriture recueillie comme aumône, c'est-à-dire refuser des invitations à déjeuner, etc. Lorsque le Bouddha rejeta ces propositions, Devadatta, mécontent, quitta la *communauté des disciples et fut suivi par quelques partisans. Il tenta même deux fois d'assassiner le Bouddha. Lors de l'un de ces attentats, le pied gauche du Bouddha fut sérieusement blessé.

a quitté la vie du foyer pour entrer dans la vie sans foyer à cause de la *confiance sereine, pense : "Je suis assailli par la *naissance, par la vieillesse, par la mort, par le chagrin, par la tristesse, par la souffrance, par les lamentations et par le désespoir. Je verrai peut-être la cessation de tout ce monceau de **dukkha*." Étant entré dans la vie sans foyer dans cet espoir, il acquiert des avantages matériels, du respect et de la popularité. Avec ces avantages matériels, ce respect et cette popularité, il est satisfait. Il est comblé par son sort. En raison de ces avantages matériels, de ce respect et de cette popularité, il se vante et médit des autres ainsi : "Parce que je suis renommé, c'est moi qui suis digne de dons. Quant aux autres bhikkhus, ils sont peu connus, peu estimés." Ainsi, avec ces avantages matériels, ce respect et cette popularité, il devient ivre. Étant bien ivre, il tombe dans la négligence. Ainsi, il demeure dans le mal.

Supposons, ô bhikkhus, qu'un homme aille à la recherche du cœur d'un grand arbre solide. Voyant un grand arbre, il en néglige pourtant le cœur, l'aubier, l'écorce, les jeunes pousses, il coupe des rameaux et du feuillage, les ramasse et s'en va, en pensant que c'est là le cœur. Un homme qui a des yeux, qui a vu cet individu, se dira : "Sûrement, ce bonhomme ne connaît pas le cœur. Il ne connaît pas l'aubier. Il ne connaît pas l'écorce. Il ne connaît pas les jeunes pousses. Il ne connaît pas les rameaux et le feuillage. Ce bonhomme va à la recherche du cœur d'un grand arbre solide, voit un grand arbre, mais en néglige le cœur, l'aubier, l'écorce et les jeunes pousses, il coupe des rameaux et du feuillage, les ramasse et s'en va, en pensant que c'est là le cœur. Par conséquent, il n'obtient pas le bienfait et l'utilité que le cœur pourrait lui donner véritablement."

De même, ô bhikkhus, ici un certain fils de famille, qui a quitté la vie du foyer pour entrer dans la vie sans foyer à cause de la confiance sereine, pense : "Je suis assailli par la naissance, par la vieillesse, par la mort, par le chagrin, par la tristesse, par la souffrance, par les lamentations et par le désespoir. Je verrai peut-être la cessation de tout ce monceau de *dukkha*." Étant entré dans la vie sans foyer dans cet espoir, il acquiert des avantages matériels, du respect et de la popularité. Avec ces avantages matériels, ce respect et cette popularité, il est satisfait. Il est comblé par son sort. En raison de ces avantages matériels, de ce respect et de cette popularité, il se vante et médit des autres ainsi : "Parce que je suis renommé, c'est moi qui suis digne de dons. Quant aux autres bhikkhus, ils sont peu connus, peu estimés." Aussi, avec ces avantages matériels, ce respect et cette popularité, il devient ivre. Étant bien ivre, il tombe dans la négligence. Ainsi, étant négligent, il demeure dans le mal. À propos de ce bhikkhu, on peut dire qu'il a ramassé seulement "les rameaux et le feuillage" de la Conduite sublime[1], et qu'il s'est arrêté là.

Cependant, ô bhikkhus, ici un certain fils de famille, qui a quitté la vie du foyer pour entrer dans la vie sans foyer à cause de la confiance sereine, pense : "[...] Je verrai peut-être la cessation de tout ce monceau de *dukkha*." Étant entré dans la vie sans foyer dans cet espoir, il acquiert des avantages matériels, du respect et de la popularité. Avec ces avantages matériels, ce respect et cette popularité, il n'est pas satisfait. Il n'est pas totalement content de son sort. En dépit de ces avantages matériels, de ce respect et de cette popularité, il ne se vante pas ni ne médit des autres ainsi : "Parce que je suis renommé, c'est moi qui suis digne de dons. Quant aux autres bhikkhus, ils sont peu connus, peu estimés." Aussi, malgré ces avantages matériels, ce respect et cette popularité, il ne devient pas ivre. N'étant pas ivre, il ne tombe pas dans la négligence. Étant vigilant, il atteint la maîtrise des sens. Avec sa maîtrise des sens, il est satisfait. Il est comblé par son sort. En raison de sa maîtrise des sens, il se vante et médit des autres ainsi : "Parce que je

1. Ici l'expression « Conduite sublime » (*brahmacariyā*) est employée pour désigner l'ensemble de l'entraînement dans le progrès intérieur.

suis vertueux, je suis agréable par ma conduite. Quant aux autres bhikkhus, ils ne sont pas vertueux, ils ne sont pas agréables par leur conduite." Aussi, à cause de sa maîtrise des sens, il devient ivre. Étant bien ivre, il tombe dans la négligence. Ainsi, étant négligent, il demeure dans le mal.

Supposons, ô bhikkhus, qu'un homme aille à la recherche du cœur d'un grand arbre solide. Voyant un grand arbre, il en néglige pourtant le cœur, l'aubier, l'écorce, il coupe les jeunes pousses, les ramasse et s'en va, en pensant que c'est là le cœur. Un homme qui a des yeux, qui a vu cet individu, se dira : "Sûrement, ce bonhomme ne connaît pas le cœur. Il ne connaît pas l'aubier. Il ne connaît pas l'écorce. Il ne connaît pas les jeunes pousses. Il ne connaît pas les rameaux et le feuillage. Ce bonhomme va à la recherche du cœur d'un grand arbre solide, voit un grand arbre, mais en néglige le cœur et l'aubier, il coupe les jeunes pousses, les ramasse et s'en va, en pensant que c'est là le cœur. Par conséquent, il n'obtient pas le bienfait et l'utilité que le cœur pourrait lui donner véritablement."

De même, ô bhikkhus, ici un certain fils de famille, qui a quitté la vie du foyer pour entrer dans la vie sans foyer à cause de la confiance sereine, pense : "[...] Je verrai peut-être la cessation de tout ce monceau de *dukkha*." Étant entré dans la vie sans foyer dans cet espoir, il acquiert des avantages matériels, du respect et de la popularité. Avec ces avantages matériels, ce respect et cette popularité, il n'est pas satisfait. Il n'est pas totalement content de son sort. En dépit de ces avantages matériels, de ce respect et de cette popularité, il ne se vante pas ni ne médit des autres ainsi : "Parce que je suis renommé, c'est moi qui suis digne de dons. Quant aux autres bhikkhus, ils sont peu connus, peu estimés." Malgré ces avantages matériels, ce respect et cette popularité, il ne devient pas ivre. N'étant pas ivre, il ne tombe pas dans la négligence. Étant vigilant, il atteint la maîtrise des sens. Avec sa maîtrise des sens, il est satisfait. Il est comblé par son sort. En raison de sa maîtrise des sens, il se vante et médit des autres ainsi : “Parce que je suis vertueux, je suis agréable par ma conduite. Quant aux autres bhikkhus, ils ne sont pas vertueux, ils ne sont pas agréables par leur conduite.” Aussi, en raison de sa maîtrise des sens, il devient ivre. Étant bien ivre, il tombe dans la négligence. Ainsi, étant négligent, il demeure dans le mal. À propos de ce bhikkhu, on peut dire qu’il a ramassé seulement “les jeunes pousses” de la Conduite sublime, et qu’il en a terminé là.

Cependant, ô bhikkhus, ici un certain fils de famille, qui a quitté la vie du foyer pour entrer dans la vie sans foyer à cause de la confiance sereine, pense : “[…] Je verrai peut-être la cessation de tout ce monceau de dukkha.” Étant entré dans la vie sans foyer dans cet espoir, il acquiert des avantages matériels, du respect et de la popularité. Avec ces avantages matériels, ce respect et cette popularité, il n’est pas satisfait. Il n’est pas comblé par son sort. En dépit de ces avantages matériels, de ce respect et de cette popularité, il ne se vante pas ni ne médit des autres ainsi : “Parce que je suis renommé, c’est moi qui suis digne de dons. Quant aux autres bhikkhus, ils sont peu connus, peu estimés.” Aussi, malgré ces avantages matériels, ce respect et cette popularité, il ne devient pas ivre. N’étant pas ivre, il ne tombe pas dans la négligence. Étant vigilant, il atteint la maîtrise des sens. Mais avec sa maîtrise des sens, il n’est pas satisfait. Il n’est pas comblé par son sort. En raison de sa maîtrise des sens, il ne se vante pas ni ne médit des autres ainsi : “Parce que je suis vertueux, je suis agréable par ma conduite. Quant aux autres bhikkhus, ils ne sont pas vertueux, ils ne sont pas agréables par leur conduite.” Ainsi, en raison de sa maîtrise des sens, il ne devient pas ivre. N’étant pas ivre, il ne tombe pas dans la négligence. Étant vigilant, il atteint la concentration mentale. Avec la concentration mentale qu’il a acquise, il est satisfait. Il est comblé par son sort. En raison de la concentration mentale qu’il a acquise, il se vante et il médit des autres : “C’est moi qui ai le mental concentré. Quant aux autres, ils ont le mental non concentré. Leur mental est dispersé." Ainsi, en raison de sa concentration mentale, il devient ivre. Étant bien ivre, il tombe dans la négligence. Ainsi, étant négligent, il demeure dans le mal.

Supposons, ô bhikkhus, qu'un homme aille à la recherche du cœur d'un grand arbre solide. Voyant un grand arbre, il en néglige pourtant le cœur et l'aubier, coupe l'écorce, la ramasse et s'en va, en pensant que c'est là le cœur. Un homme qui a des yeux, qui a vu cet individu, se dira : "Sûrement, ce bonhomme ne connaît pas le cœur. Il ne connaît pas l'aubier. Il ne connaît pas l'écorce. Il ne connaît pas les jeunes pousses. Il ne connaît pas les rameaux et le feuillage. Ce bonhomme va à la recherche du cœur d'un grand arbre solide, voit un grand arbre, mais en néglige le cœur et l'aubier, il coupe l'écorce, la ramasse et s'en va, en pensant que c'est là le cœur. Par conséquent, il n'obtient pas le bienfait et l'utilité que le cœur pourrait lui donner véritablement."

De même, ô bhikkhus, ici un certain fils de famille, qui a quitté la vie du foyer pour entrer dans la vie sans foyer à cause de la confiance sereine, pense : "[…] Je verrai peut-être la cessation de tout ce monceau de *dukkha*." Étant entré dans la vie sans foyer dans cet espoir, il acquiert des avantages matériels, du respect et de la popularité. Avec ces avantages matériels, ce respect et cette popularité, il n'est pas satisfait. Il n'est pas totalement content de son sort. En dépit de ces avantages matériels, de ce respect et de cette popularité, il ne se vante pas ni ne médit des autres ainsi : "Parce que je suis renommé, c'est moi qui suis digne de dons. Quant aux autres bhikkhus, ils sont peu connus, peu estimés." Aussi, malgré ces avantages matériels, ce respect et cette popularité, il ne devient pas ivre. N'étant pas ivre, il ne tombe pas dans la négligence. Étant vigilant, il atteint la maîtrise des sens. Mais avec sa maîtrise des sens, il n'est pas satisfait. Il n'est pas comblé par son sort. En raison de sa maîtrise des sens, il ne se vante pas ni ne médit des autres ainsi : "Parce que je suis vertueux, je suis agréable par ma conduite. Quant aux autres bhikkhus, ils ne sont pas vertueux, ils ne sont pas agréables par leur conduite." Aussi, en raison de sa maîtrise des sens, il ne devient pas ivre. N'étant pas ivre, il ne tombe pas dans la négligence. Étant vigilant, il atteint la concentration mentale. Avec la concentration mentale qu'il a acquise, il est satisfait. Il est comblé par son sort. En raison de la concentration mentale qu'il a acquise, il se vante et il médit des autres : "C'est moi qui ai le mental concentré. Quant aux autres, ils ont le mental non concentré. Leur mental est dispersé." Ainsi, en raison de sa concentration mentale, il devient ivre. Étant bien ivre, il tombe dans la négligence. Ainsi, étant négligent, il demeure dans le mal. À propos de ce bhikkhu, on peut dire qu'il a ramassé seulement l'"écorce" de la Conduite sublime, et qu'il en a terminé là.

Cependant, ô bhikkhus, ici un certain fils de famille, qui a quitté la vie du foyer pour entrer dans la vie sans foyer à cause de la confiance sereine, pense : "[...] Je verrai peut-être la cessation de tout ce monceau de *dukkha*." Étant entré dans la vie sans foyer dans cet espoir, il acquiert des avantages matériels, du respect et de la popularité. Avec ces avantages matériels, ce respect et cette popularité, il n'est pas satisfait. Il n'est pas totalement content de son sort. En dépit de ces avantages matériels, de ce respect et de cette popularité, il ne se vante pas ni ne médit des autres ainsi : "Parce que je suis renommé, c'est moi qui suis digne de dons. Quant aux autres bhikkhus, ils sont peu connus, peu estimés." Aussi, malgré ces avantages matériels, ce respect et cette popularité, il ne devient pas ivre. N'étant pas ivre, il ne tombe pas dans la négligence. Étant vigilant, il atteint la maîtrise des sens. Mais avec sa maîtrise des sens, il n'est pas satisfait. Il n'est pas comblé par son sort. En raison de sa maîtrise des sens, il ne se vante pas ni ne médit des autres ainsi : "Parce que je suis vertueux, je suis agréable par ma conduite. Quant aux autres bhikkhus, ils ne sont pas vertueux, ils ne sont pas agréables par leur conduite." Aussi, en raison de sa maîtrise des sens, il ne devient pas ivre. N'étant pas ivre, il ne tombe pas dans la négligence. Étant vigilant, il atteint la concentration mentale. Cependant, avec la concentration mentale qu'il a acquise, il n'est pas satisfait. Il n'est pas comblé par son sort. En raison de la concentration mentale qu'il a acquise, il ne se vante pas ni ne médit des autres ainsi : "C'est moi qui ai le mental concentré, Quant aux autres, ils ont le mental non concentré. Leur mental est dispersé." Aussi, en raison de sa concentration mentale, il ne devient pas ivre. N'étant pas ivre, il ne tombe pas dans la négligence. Étant vigilant, il acquiert la connaissance fondée sur la vision correcte. Avec la connaissance fondée sur la vision correcte qu'il a acquise, il est satisfait. Il est comblé par son sort. En raison de la connaissance fondée sur la vision correcte qu'il a acquise, il se vante et il médit des autres : "C'est moi qui vis en sachant et en voyant. Quant aux autres, ils vivent sans savoir et sans voir." Ainsi, en raison de sa connaissance fondée sur la vision correcte, il devient ivre. Étant bien ivre, il tombe dans la négligence. Ainsi, étant négligent, il demeure dans le mal.

Supposons, ô bhikkhus, qu'un homme aille à la recherche du cœur d'un grand arbre solide. Voyant un grand arbre, il en néglige pourtant le cœur, il coupe l'aubier, le ramasse et s'en va, en pensant que c'est là le cœur. Un homme qui a des yeux, qui a vu cet individu, se dira : "Sûrement, ce bonhomme ne connaît pas le cœur. Il ne connaît pas l'aubier. Il ne connaît pas l'écorce. Il ne connaît pas les jeunes pousses. Il ne connaît pas les rameaux et le feuillage. Ce bonhomme va à la recherche du cœur d'un grand arbre solide, voit un grand arbre, mais en néglige le cœur. Il coupe l'aubier, le ramasse et s'en va, en pensant que c'est là le cœur. Par conséquent, il n'obtient pas le bienfait et l'utilité que le cœur pourrait lui donner véritablement."

De même, ô bhikkhus, ici un certain fils de famille, qui a quitté la vie du foyer pour entrer dans la vie sans foyer à cause de la confiance sereine, pense : "[...] Je verrai peut-être la cessation de tout ce monceau de *dukkha*." Étant entré dans la vie sans foyer dans cet espoir, il acquiert des avantages matériels, du respect et de la popularité. Avec ces avantages matériels, ce respect et cette popularité, il n'est pas satisfait. Il n'est pas totalement content de son sort. En dépit de ces avantages matériels, de ce respect et de cette popularité, il ne se vante pas ni ne médit des autres ainsi : "Parce que je suis renommé, c'est moi qui suis digne de dons. Quant aux autres bhikkhus, ils sont peu connus, peu estimés." Aussi, malgré ces avantages matériels, ce respect et cette popularité, il ne devient pas ivre. N'étant pas ivre, il ne tombe pas dans la négligence. Étant vigilant, il atteint la maîtrise des sens. Mais avec sa maîtrise des sens, il n'est pas satisfait. Il n'est pas comblé par son sort. En raison de sa maîtrise des sens, il ne se vante pas et il ne médit pas des autres en disant : "Parce que je suis vertueux, je suis agréable par ma conduite. Quant aux autres bhikkhus, ils ne sont pas vertueux, ils ne sont pas agréables par leur conduite." Aussi, en raison de sa maîtrise des sens, il ne devient pas ivre. N'étant pas ivre, il ne tombe pas dans la négligence. Étant vigilant, il atteint la concentration mentale. Mais, avec la concentration mentale qu'il a acquise, il n'est pas satisfait. Il n'est pas comblé par son sort. En raison de la concentration mentale qu'il a acquise, il ne se vante pas et il ne médit pas des autres ainsi : "C'est moi qui ai le mental concentré, Quant aux autres, ils ont le mental non concentré. Leur mental est dispersé." Aussi, en raison de sa concentration mentale, il ne devient pas ivre. N'étant pas ivre, il ne tombe pas dans la négligence. Étant vigilant, il acquiert la connaissance fondée sur la vision correcte. Avec la connaissance fondée sur la vision correcte qu'il a acquise, il est satisfait. Il est comblé par son sort. En raison de la connaissance fondée sur la vision correcte qu'il a acquise, il se vante et il médit des autres : "C'est moi qui vis en sachant et en voyant. Quant aux autres, ils vivent sans savoir et sans voir." Ainsi, en raison de la connaissance fondée sur la vision correcte qu'il a acquise, il devient ivre. Étant ivre, il tombe dans la négligence. Ainsi, étant négligent, il demeure dans le mal. À propos de ce bhikkhu, on peut dire qu'il a ramassé seulement l'"aubier" de la Conduite sublime, et qu'il en a terminé là.

Cependant, ô bhikkhus, ici un certain fils de famille, qui a quitté la vie du foyer pour entrer dans la vie sans foyer à cause de la confiance sereine, pense : "[…] Je verrai peut-être la cessation de tout ce monceau de *dukkha*." Étant entré dans la vie sans foyer dans cet espoir, il acquiert des avantages matériels, du respect et de la popularité. En dépit de ces avantages matériels, de ce respect et de cette popularité, il n'est pas satisfait. Il n'est pas comblé par son sort. En raison de ces avantages matériels, de ce respect et de cette popularité, il ne se vante pas ni ne médit des autres en disant : "Parce que je suis renommé, c'est moi qui suis digne de dons. Quant aux autres bhikkhus, ils sont peu connus, peu estimés." Ainsi, malgré ces avantages matériels, ce respect et cette popularité, il ne devient pas ivre. N'étant pas ivre, il ne tombe pas dans la négligence. Étant vigilant, il atteint la maîtrise des sens. Mais avec sa maîtrise des sens, il n'est pas satisfait. Il n'est pas comblé par son sort. En raison de sa maîtrise des sens, il ne se vante pas ni ne médit des autres en disant : "Parce que je suis vertueux, je suis agréable par ma conduite. Quant aux autres bhikkhus, ils ne sont pas vertueux, ils ne sont pas agréables par leur conduite." Ainsi, en raison de sa maîtrise des sens, il ne devient pas ivre. N'étant pas ivre, il ne tombe pas dans la négligence. Étant vigilant, il atteint la concentration mentale. Mais, avec la concentration mentale qu'il a acquise, il n'est pas satisfait. Il n'est pas comblé par son sort. En raison de la concentration mentale qu'il a acquise, il ne se vante pas ni ne médit des autres en disant : "C'est moi qui ai le mental concentré. Quant aux autres, ils ont le mental non concentré. Leur mental est dispersé." Ainsi, en raison de sa concentration mentale, il ne devient pas ivre. N'étant pas ivre, il ne tombe pas dans la négligence. Aussi, étant vigilant, il acquiert la connaissance fondée sur la vision correcte. Avec la connaissance fondée sur la vision correcte qu'il a acquise, il n'est pas satisfait. Il n'est pas comblé par son sort. En raison de la connaissance fondée sur la vision correcte qu'il a acquise, il ne se vante pas et ne médit pas des autres en disant : "C'est moi qui vis en sachant et en voyant. Quant aux autres, ils vivent sans savoir et sans voir." Ainsi, en raison de la connaissance fondée sur la vision correcte qu'il a acquise, il ne devient pas ivre. N'étant pas ivre, il ne tombe pas dans la négligence. Aussi, étant vigilant, il atteint la dissociation qui est sans limite de temps[1]. Ô bhikkhus, il n'y a pas de raison, il n'y a pas de possibilité pour que ce bhikkhu soit retombé de cette dissociation qui est sans limite de temps.

Supposons, ô bhikkhus, qu'un homme aille à la recherche du cœur d'un grand arbre solide. Voyant un grand arbre, il en coupe le cœur, le ramasse et s'en va, en sachant que c'est là le cœur. Un homme qui a des yeux, qui a vu cet individu, se dira : "Sûrement, ce bonhomme connaît le cœur. Il connaît l'aubier. Il connaît l'écorce. Il connaît les jeunes pousses. Il connaît les rameaux et le feuillage. Ce bonhomme va à la recherche du cœur d'un grand arbre solide, voit un grand arbre, il en coupe le cœur, le ramasse et s'en va, en sachant que c'est là le cœur. Par conséquent, il obtient le bienfait et l'utilité que le cœur pourrait lui donner véritablement."

De même, ô bhikkhus, ici un certain fils de famille, qui a quitté la vie du foyer pour entrer dans la vie sans foyer à

1. La dissociation qui est sans limite de temps (*asamaya vimokkha*) : la libération qui est située en dehors du temps ; la libération complète et définitive qu'on peut atteindre par l'arrivée à l'état d'Arahant.

cause de la confiance sereine, pense : "[...] Je verrai peut-être la cessation de tout ce monceau de *dukkha*." Étant entré dans la vie sans foyer dans cet espoir, il acquiert des avantages matériels, du respect et de la popularité. Avec ces avantages matériels, ce respect et cette popularité, il n'est pas satisfait. Il n'est pas comblé par son sort. En dépit de ces avantages matériels, de ce respect et de cette popularité, il ne se vante pas ni ne médit des autres en disant : "Parce que je suis renommé, c'est moi qui suis digne de dons. Quant aux autres bhikkhus, ils sont peu connus, peu estimés." Ainsi, malgré ces avantages matériels, ce respect et cette popularité, il ne devient pas ivre. N'étant pas ivre, il ne tombe pas dans la négligence. Étant vigilant, il atteint la maîtrise des sens. Mais avec sa maîtrise des sens, il n'est pas satisfait. Il n'est pas comblé par son sort. En raison de sa maîtrise des sens, il ne se vante pas ni ne médit des autres en disant : "Parce que je suis vertueux, je suis agréable par ma conduite. Quant aux autres bhikkhus, ils ne sont pas vertueux, ils ne sont pas agréables par leur conduite." Ainsi, en raison de sa maîtrise des sens, il ne devient pas ivre. N'étant pas ivre, il ne tombe pas dans la négligence. Étant vigilant, il atteint la concentration mentale. Mais, avec la concentration mentale qu'il a acquise, il n'est pas satisfait. Il n'est pas comblé par son sort. En raison de la concentration mentale qu'il a acquise, il ne se vante pas et il ne médit pas des autres en disant : "C'est moi qui ai le mental concentré. Quant aux autres, ils ont le mental non concentré. Leur mental est dispersé." Ainsi, en raison de sa concentration mentale, il ne devient pas ivre. N'étant pas ivre, il ne tombe pas dans la négligence. Étant vigilant, il atteint la connaissance fondée sur la vision correcte. Mais, avec la connaissance fondée sur la vision correcte qu'il a acquise, il n'est pas satisfait. Il n'est pas comblé par son sort. En raison de la connaissance fondée sur la vision correcte qu'il a acquise, il ne se vante pas et il ne médit pas des autres en disant : "C'est moi qui vis en sachant et en voyant.

Quant aux autres, ils vivent sans savoir et sans voir." En raison de sa connaissance fondée sur la vision correcte, il ne devient pas ivre. N'étant pas ivre, il ne tombe pas dans la négligence. Étant vigilant, il atteint la dissociation qui est sans limite de temps. Ô bhikkhus, il n'y a pas de raison, il n'y a pas de possibilité pour que ce bhikkhu soit retombé de cette dissociation qui est sans limite de temps.

De cette façon, ô bhikkhus, cette Conduite sublime n'a pas pour but d'acquérir des avantages matériels, du respect et de la popularité ; elle n'a pas pour but d'obtenir la maîtrise des sens, ni la concentration mentale, ni la connaissance fondée sur la vision correcte. Cette Conduite sublime a pour but la libération inébranlable de la pensée. C'est le cœur, c'est la fin totale. »

Ainsi parla le Bienheureux. Les bhikkhus, heureux, se réjouirent des paroles du Bienheureux.

(M. I, 192-197.)

20

La vacuité

Cūḷa-Suññata-sutta

La vacuité (*suññatā* ; skt. *śunyatā*) ne constitue pas seulement une théorie importante du bouddhisme, elle représente aussi un aspect pratique[1]. En tant que série d'expériences, elle est exposée dans deux sermons, intitulés *Mahā-Suññata-sutta* (M. III, 109-118) et *Cūḷa-Suññata-sutta* (M. III, 104-109). Ce dernier nous montre, étape par étape, l'échelle du *progrès intérieur d'un *disciple qui s'engage dans ces *exercices mentaux. Naturellement, il a, au début, la perception de son village et celle des gens qui vivent autour de lui. Puis, dans la solitude, vivant parmi les

1. Par cette théorie, le bouddhisme présente un certain point de vue à ses adeptes sur les choses intérieures et extérieures, mondaines et supramondaines. Un des intérêts de ce point de vue est d'acquérir la capacité de rester détaché des opinions fausses, comme l'idée de l'**ātman*, etc. Selon la théorie de la vacuité, toutes les choses conditionnées sont vides et sans formes, car elles ne sont pas permanentes, ni stables, ni satisfaisantes, et elles sont dépourvues d'une existence indépendante, donc naturellement, elles sont sans « Soi ». Également, tous les **dhammās* (skt. *dharmāh*), y compris les états mentaux très purs comme la Sphère sans perception ni non-perception, sont vides, car ils ne sont pas permanents, ni stables, ni satisfaisants, et ils sont dépourvus d'une existence indépendante, donc, naturellement, ils sont sans « Soi ». Même un état non conditionné comme le **nibbāna* est inclus dans la vacuité, car non seulement celui-ci est vide d'un « Soi » quelconque et il est sans formes, mais en outre il est vide des *écoulements mentaux toxiques, de souffrances, d'illusions, de formations mentales. La théorie de la vacuité a été grandement commentée par les philosophes de l'école bouddhique du Mahāyāna appelée Mādhyamika.

arbres, probablement dans un bois ou dans une forêt, le disciple a la perception de la forêt. Pour gravir l'échelle, il est obligé d'abandonner cette perception et d'acquérir celle de la vaste Terre. En l'abandonnant, il acquiert ensuite la perception de la « Sphère de l'espace infini ». Puis, en passant successivement aux trois autres sphères[1], il parvient à la *concentration mentale, qui est sans signes indicatifs. Selon cette démonstration, il apparaît clairement que le disciple étudiant gravit progressivement l'échelle en changeant telle ou telle perception (*saññā*) et que, chaque fois, il essaye d'atteindre une étape mentale plus subtile que la précédente.

Ce projet expliqué dans le *Cūḷa-Suññata-sutta* peut être exposé différemment. Au début, le disciple étudiant atteint les **jhānas* appartenant au domaine des formes subtiles (*rūpāvacara bhūmi*), car il possède toujours les notions concernant ce domaine. En s'avançant vers une autre étape plus élevée, il a accès aux hauts états mentaux concentrés (*samāpatti*) appartenant au domaine sans formes (*arūpāvacara bhūmi*). C'est une étape à laquelle on ne peut pas arriver sans renoncer aux notions concernant le domaine des formes subtiles. Lorsque le disciple a la perception concernant le domaine sans formes, il n'aperçoit même plus les formes matérielles subtiles. Dorénavant, son signe indicatif est l'espace vide infini (*ākāsa*), qui, selon le point de vue du Bouddha, n'est qu'une simple désignation (*paññatti*). Ainsi, il arrive à comprendre que l'espace vide infini n'est pas une chose existante en tant que réalité, mais simplement un signe indicatif perceptible par la *conscience. Puis, n'ayant pas trouvé une réflexion mentale satisfaisante, il fixe sa pensée sur la conscience vide infinie et il comprend celle-ci également comme une création mentale. Puis il atteint la « Sphère du néant » et développe sa perception, qui, désormais, est dépourvue

1. Voir dans le glossaire, pour les quatre sphères, l'entrée « Recueillements ».

de signe indicatif ; et, en la développant graduellement jusqu'à un état mental extrêmement subtil, il atteint la quatrième étape, appelée « Sphère sans perception ni non-perception ». Cependant, le disciple n'y trouve pas une cessation complète de la perception. La raison est évidente : si la perception existe d'une façon ou d'une autre, c'est toujours en s'associant avec un indice mental. Autrement dit, même la pensée stable qui reste immobile sur une seule réflexion est une pensée fonctionnelle. Alors, le disciple développe encore davantage la perception de la vacuité et arrive à la concentration qui est sans indice, appelée « concentration mentale sans signes indicatifs » (*animitta-cetō-samādhi*)[1]. Cette étape aussi est une création mentale, et c'est en le comprenant que le disciple élimine complètement l'ignorance (*avijjā*)[2].

Le même état mental est mentionné dans le *Mahā-Suññata-sutta*, où le Bouddha annonce qu'il demeure dans la vacuité intérieure sans réfléchir à aucun signe indicatif.

La philosophie bouddhiste du *Mahāyāna soutient exactement sur ce point la même position, en mettant l'accent sur « l'arrêt complet du fonctionnement de la pensée »[3]. Le fonctionnement de la pensée qui engendre les formations mentales (*saṅkhāra*) constitue un des problèmes épineux dans la voie de la délivrance.

Cet aspect de la doctrine bouddhique devient plus clair lorsque nous rendons compte de la liaison entre deux fac-

1. Cette concentration mentale est également mentionnée dans l'*Animitta-sutta* (S. IV, 268). Vraisemblablement, cet *animitta-cetō-samādhi* n'est autre que le *saññāvedayita-nirōdha-samāpatti* (la concentration mentale où des sensations et des perceptions ont cessé d'exister) mentionné dans divers passages canoniques.

2. Le Commentaire du *Saṃyutta-nikāya-aṭṭhakathā* (voir SA. III, 90) explique que, dans cet état mental, la pensée est vide de toutes sortes de préjugés et qu'elle dirige, vers la compréhension des choses telles qu'elles sont, une compréhension totale qui aide à mettre fin aux retours dans le cycle des existences.

3. Voir *Mahā-Prajñāpāramitā-sūtra*, 18, 7.

teurs : les formations mentales indiquées dans la *coproduction conditionnée et l'arrêt complet du fonctionnement de la pensée qui est un haut lieu de la vacuité. Dans un des sermons sur la coproduction conditionnée, le Bouddha l'explique :

> « Ô bhikkhus, si on pense à une chose, si on réfléchit à une chose, si on la garde dans sa pensée, elle est la base de l'existence de la conscience[1]. Lorsqu'il y a cette base, la conscience est établie. Lorsque la conscience est établie, lorsqu'elle est développée, les phénomènes mentaux et les phénomènes physiques (*nāma-rūpa*) sont établis. Conditionnées par les phénomènes mentaux et les phénomènes physiques se produisent les six *sphères des sens. Conditionné par les six sphères des sens se produit le contact. Conditionnée par le contact se produit la sensation. [...] Si on ne pense pas à une chose, si on ne réfléchit pas à une chose, si on la garde quand même dans sa pensée, elle est la base de l'existence de la conscience. Lorsqu'il y a cette base, la conscience est établie. Lorsque la conscience est établie, lorsqu'elle est développée, les phénomènes mentaux et les phénomènes physiques sont établis. Conditionnées par les phénomènes mentaux et les phénomènes physiques se produisent les six sphères des sens. Conditionné par les six sphères des sens se produit le contact. Conditionnée par le contact se produit la sensation[2]. »

D'après cette explication, il est clair que l'origine de l'existence de la conscience n'est autre que les pensées volitives dites « compositions mentales » (*saṅkhāra*) qui ne naissent pas sans le « fonctionnement de la pensée ».

1. Cette explication n'est qu'une paraphrase du mot *saṅkhāra* (formations mentales), qui se trouve bien souvent dans la formule de la coproduction conditionnée (voir *supra*, p. 118).

2. S. II, 66 ; voir M. W., *La Philosophie du Bouddha*, Paris, Éditions Lis, 2000, p. 74.

Ces formations mentales, de leur côté, donnent naissance à la conscience. La raison du « fonctionnement de la pensée » est l'ignorance (*avijjā*), qui est l'état mental diamétralement opposé à la compréhension de la vacuité. Autrement dit, si quelqu'un arrive à la compréhension de la vacuité, si quelqu'un atteint la vacuité, il ne multiplie plus les compositions mentales. Comme il est mentionné dans la coproduction conditionnée : « Par la cessation complète de la même ignorance, les compositions mentales cessent » (*avijjāyatve' va asesa virāga nirōdhō, sankhāra nirōdhā*).

Le projet du *Cūḷa-Suññata-sutta* que nous allons lire est évidemment d'arrêter des compositions mentales par la compréhension de la vacuité, en arrivant à la vacuité.

Cūḷa-Suññata-sutta (La vacuité)

*Ainsi ai-je entendu : une fois, le Bienheureux séjournait au palais de Migāra-Mātā, dans le parc de l'Est, situé près de la ville de Sāvatthi.

En ce temps-là, un après-midi, s'étant levé de son repos solitaire, l'Āyasmanta Ānanda s'approcha de l'endroit où se trouvait le Bienheureux. S'étant approché, il rendit hommage au Bienheureux et *s'assit à l'écart sur un côté. S'étant assis à l'écart sur un côté, l'Āyasmanta Ānanda dit au Bienheureux : « Une fois, Vénéré, le Bienheureux, vous étiez dans le bourg des Sākyas appelé Nagaraka, situé au pays des Sākyas. En ces jours-là, j'ai entendu, étant en face de lui, le Bienheureux qui disait : "Moi, ô Ānanda, en demeurant dans la vacuité, maintenant j'y demeure davantage." Je pense, Vénéré, que j'ai entendu ainsi correctement, que j'ai compris ainsi correctement. »

Le Bienheureux dit : « Certainement, ô Ānanda, ce que vous avez entendu ainsi est correct ; ce que vous avez compris ainsi est correct. Maintenant, tout comme avant, en demeurant dans la vacuité, j'y demeure davantage. Tout comme ce palais de Migāra-Mātā est vide d'éléphants, de vaches, de chevaux, de juments, est vide d'or et d'argent, est vide d'assemblées d'hommes et de femmes. Seulement, elle est non vide de la qualité unique fondée sur le groupe de *bhikkhus. De même, ô Ānanda, un disciple, sans se concentrer sur la perception concernant le village, sans se concentrer sur la perception concernant les êtres humains, se concentre sur la qualité unique fondée sur la perception concernant la forêt. Sa pensée se plonge dans la perception concernant la forêt. Sa pensée s'y plaît, sa pensée s'y établit, sa pensée s'y libère. Alors, il sait : "Ici, il n'existe pas de soucis qui se produisent à cause de la perception concernant le village. Ici, il n'existe pas de soucis qui se produisent à cause de la perception concernant les êtres humains. Ici, il existe seulement des soucis qui se produisent à cause de la qualité unique de la pensée fondée sur la perception concernant la forêt." Alors, il sait : "Cette aperception est vide de la perception concernant le village. Cette aperception est vide de la perception concernant les êtres humains. Elle est non vide seulement de la qualité unique fondée sur la perception concernant la forêt." De cette façon, s'il n'y a pas une chose, il constate bien cette absence. S'il y a un résidu, à propos de ce résidu, il comprend : "Quand ceci est, cela est." Ainsi, ô Ānanda, pour ce disciple, c'est aussi l'arrivée dans une vacuité qui est vraie, non fausse et pure.

Et encore, ô Ānanda, ce disciple, sans se concentrer sur la perception concernant les êtres humains, sans se concentrer sur la qualité unique fondée sur la perception concernant la forêt, se concentre sur la qualité unique fondée sur la perception concernant la Terre. Tout comme, ô Ānanda, une peau de bœuf bien tendue par cent chevilles, dont la graisse a disparu, un disciple, sans se concentrer sur les choses terrestres comme les hautes terres et les marécages, les rivières, les arbres portant des branches et des épines, etc., les montagnes et les vallées, etc., se concentre sur la qualité unique fondée sur la perception concernant la Terre. Sa pensée se plonge dans la perception concernant la terre. Sa pensée s'y plaît, sa pensée s'y établit, sa pensée s'y libère. Alors, il sait : "Ici, il n'existe pas de soucis qui se produisent à cause de la perception concernant les êtres humains. Ici, il n'existe pas de soucis qui se produisent à cause de la perception concernant la forêt. Ici, il existe seulement des soucis qui se produisent à cause de la qualité unique de la pensée fondée sur la perception concernant la Terre." Alors, il sait : "Cette aperception est vide de la perception concernant les êtres humains. Cette aperception est vide de la perception concernant la forêt. Elle est non vide seulement de la qualité unique fondée sur la perception concernant la Terre." De cette façon, s'il y a pas une chose, il constate bien cette absence. S'il n'y a un résidu, à propos de ce résidu, il comprend : "Quand ceci est, cela est." Ainsi, ô Ānanda, pour ce disciple, c'est aussi l'arrivée dans une vacuité qui est vraie, non fausse et pure.

Et encore, ô Ānanda, ce disciple, sans se concentrer sur la perception concernant la forêt, sans se concentrer sur la qualité unique fondée sur la perception concernant la Terre, se concentre sur la qualité unique fondée sur la perception concernant la Sphère de l'espace infini[1]. Sa pensée se plonge dans la perception concernant la Sphère de l'espace infini. Sa pensée s'y plaît, sa pensée s'y établit, sa pensée s'y libère. Alors, il sait : "Ici, il n'existe pas de soucis qui se produisent à cause de la perception concernant la forêt. Ici, il n'existe pas de soucis qui se produisent à cause de la perception concernant la Terre. Ici, il existe seulement des soucis qui se produisent à cause de la qualité unique de la pensée fondée sur la perception concernant la Sphère de l'espace infini." Alors, il sait : "Cette aperception est vide de la perception concernant la forêt. Cette aperception est vide de la perception concernant la Terre. Elle est non vide

1. Voir glossaire, « Recueillements ».

seulement de la qualité unique fondée sur la perception concernant la Sphère de l'espace infini." De cette façon, s'il n'y a pas une chose, il constate bien cette absence. S'il y a un résidu, à propos de ce résidu, il comprend : "Quand ceci est, cela est." Ainsi, ô Ānanda, pour ce disciple, c'est aussi l'arrivée dans une vacuité qui est vraie, non fausse et pure.

Et encore, ô Ānanda, ce disciple, sans se concentrer sur la perception concernant la Terre, sans se concentrer sur la qualité unique fondée sur la perception concernant la Sphère de l'espace infini, se concentre sur la qualité unique fondée sur la perception concernant la Sphère de la conscience infinie[1]. Sa pensée se plonge dans la perception concernant la Sphère de la conscience infinie. Sa pensée s'y plaît, sa pensée s'y établit, sa pensée s'y libère. Alors, il sait : "Ici, il n'existe pas de soucis qui se produisent à cause de la perception concernant la Terre. Ici, il n'existe pas de soucis qui se produisent à cause de la perception concernant la Sphère de l'espace infini. Ici, il existe seulement des soucis qui se produisent à cause de la qualité unique de la pensée fondée sur la perception concernant la Sphère de la conscience infinie." Alors, il sait : "Cette aperception est vide de la perception concernant la Terre. Cette aperception est vide de la perception concernant la Sphère de l'espace infini. Elle est « non vide » seulement de la qualité unique fondée sur la perception concernant la Sphère de la conscience infinie." De cette façon, s'il n'y a pas une chose, il constate bien cette absence. S'il y a un résidu, à propos de ce résidu, il comprend : "Quand ceci est, cela est." Ainsi, ô Ānanda, pour ce disciple, c'est aussi l'arrivée dans une vacuité qui est vraie, non fausse et pure.

Et encore, ô Ānanda, ce disciple, sans se concentrer sur la perception concernant la sphère de l'espace infini, sans se concentrer sur la qualité unique fondée sur la perception concernant la Sphère de la conscience infinie, se concentre

1. Voir glossaire, « Recueillements ».

sur la qualité unique fondée sur la perception concernant la Sphère du néant[1]. Sa pensée se plonge dans la perception concernant la Sphère du néant. Sa pensée s'y plaît, sa pensée s'y établit, sa pensée s'y libère. Alors, il sait : "Ici, il n'existe pas de soucis qui se produisent à cause de la perception concernant la Sphère de l'espace infini. Ici, il n'existe pas de soucis qui se produisent à cause de la perception concernant la Sphère de la conscience infinie. Ici, il existe seulement des soucis qui se produisent à cause de la qualité unique de la pensée fondée sur la perception concernant la Sphère du néant." Alors, il sait : "Cette aperception est vide de la perception concernant la Sphère de l'espace infini. Cette aperception est vide de la perception concernant la Sphère de la conscience infinie. Elle est « non vide » seulement de la qualité unique fondée sur la perception concernant la Sphère du néant." De cette façon, s'il n'y a pas une chose, il constate bien cette absence. S'il y a un résidu, à propos de ce résidu, il comprend : "Quand ceci est, cela est." Ainsi, ô Ānanda, pour ce disciple, c'est aussi l'arrivée dans une vacuité qui est vraie, non fausse et pure.

Et encore, ô Ānanda, ce disciple, sans se concentrer sur la perception concernant la Sphère de la conscience infinie, sans se concentrer sur la qualité unique fondée sur la perception concernant la Sphère du néant, se concentre sur la qualité unique fondée sur la perception concernant la Sphère sans perception ni non-perception[2]. Sa pensée se plonge dans la perception concernant la Sphère sans perception ni non-perception. Sa pensée s'y plaît, sa pensée s'y établit, sa pensée s'y libère. Alors, il sait : "Ici, il n'existe pas de soucis qui se produisent à cause de la perception concernant la Sphère de la conscience infinie. Ici, il n'existe pas de soucis qui se produisent à cause de la perception concernant la Sphère du néant. Ici, il existe seule-

1. Voir glossaire, « Recueillements ».
2. Voir glossaire, « Recueillements ».

ment des soucis qui se produisent à cause de la qualité unique de la pensée fondée sur la perception concernant la Sphère sans perception ni non-perception." Alors, il sait : "Cette aperception est vide de la perception concernant la Sphère de la conscience infinie. Elle est vide de la qualité unique fondée sur la perception concernant la Sphère du néant. Elle est non vide seulement de la perception concernant la Sphère sans perception ni non-perception." De cette façon, s'il n'y a pas une chose, il constate bien cette absence. S'il y a un résidu, à propos de ce résidu, il comprend : "Quand ceci est, cela est." Ainsi, ô Ānanda, pour ce disciple, c'est aussi l'arrivée dans une vacuité qui est vraie, non fausse et pure.

Et encore, ô Ānanda, ce disciple, sans se concentrer sur la perception concernant la Sphère du néant, sans se concentrer sur la qualité unique fondée sur la perception concernant la Sphère sans perception ni non-perception, se concentre sur la qualité unique fondée sur la perception concernant la "concentration mentale sans signes indicatifs". Sa pensée se plonge dans la perception concernant la concentration mentale sans signes indicatifs. Sa pensée s'y plaît, sa pensée s'y établit, sa pensée s'y libère. Alors, il sait : "Cette concentration mentale sans signes indicatifs est un état conditionné. Elle est un état produit par la pensée. Si une chose est conditionnée, si elle est une production de la pensée, elle est sûrement impermanente ; elle est sujette à la dissolution."

Quand il sait cela, quand il voit cela, la pensée se libère de l'*écoulement mental toxique dit "*désir sensuel" ; la pensée se libère de l'écoulement mental toxique dit "désir de l'existence" ; la pensée se libère de l'écoulement mental toxique dit "ignorance". Quand il est libéré, vient la connaissance : "Ceci est la *libération", et il sait désormais que "la *naissance est détruite, la conduite sublime est vécue, ce qui devait être achevé est achevé, plus rien ne demeure à accomplir".

Également, il comprend : “Ici, il n’existe pas de soucis qui se produisent à cause de l’écoulement mental toxique dit ‘désir sensuel’. Ici, il n’existe pas de soucis qui se produisent à cause de l’écoulement mental toxique dit ‘désir de l’existence’. Ici, il n’existe pas de soucis qui se produisent à cause de l’écoulement mental toxique dit ‘ignorance’. Ici, il existe seulement des soucis qui se produisent à cause des six sphères sensorielles conditionnées par cette vie, conditionnées par ce corps.” Alors il sait : “Cette aperception est vide de l’écoulement mental toxique dit ‘désir sensuel’. Cette aperception est vide de l’écoulement mental toxique dit ‘désir de l’existence’. Cette aperception est vide de l’écoulement mental toxique dit ‘ignorance’. Ce qui est non vide, ce sont les six sphères sensorielles conditionnées par cette vie, conditionnées par ce corps.” Ainsi, s’il n’y a pas une chose, il constate bien cette absence. S’il y a un résidu, à propos de ce résidu, il comprend : “Quand ceci est, cela est.” De cette façon, ô Ānanda, pour ce disciple, c’est aussi l’arrivée dans une vacuité suprême, incomparable, vraie, non fausse et pure.

S’il y a eu, ô Ānanda, des *samanas et des brāhmanes dans le passé le plus lointain qui sont entrés et ont demeuré dans la vacuité complètement pure, incomparable et suprême, tous ces samanas et ces brāhmanes entrèrent et demeurèrent précisément dans cette vacuité complètement pure, incomparable et suprême.

S’il y a, ô Ānanda, des samanas et des brāhmanes dans le futur le plus lointain qui entreront et demeureront dans la vacuité complètement pure, incomparable et suprême, tous ces samanas et ces brāhmanes entreront et demeureront précisément dans cette vacuité complètement pure, incomparable et suprême. S’il y a, ô Ānanda, des samanas et des brāhmanes dans le présent qui entrent et demeurent dans la vacuité complètement pure, incomparable et suprême, tous ces samanas et ces brāhmanes entrent et demeurent précisément dans cette vacuité complètement pure, incomparable et suprême. C'est pourquoi, ô Ānanda, vous devez vous entraîner en disant : "Entrant dans cette vacuité qui est complètement pure, incomparable et suprême, j'y demeure." »

Ainsi parla le Bienheureux. L'Āyasmanta Ānanda, heureux, se réjouit des paroles du Bienheureux.

(M. III, 104-109.)

Glossaire

Abhidhamma-piṭaka. Troisième groupe de textes du *Canon bouddhique. L'*Abhidhamma* (litt. la doctrine spécifique, la doctrine détaillée) traite l'aspect philosophique et psychologique de l'Enseignement du Bouddha. L'*Abhidhamma-piṭaka* ancien comporte les sept ouvrages suivants : **1**. *Dhammasaṅganī* ; **2**. *Vibhaṅga* ; **3**. *Dhātukathā* ; **4**. *Puggalapaññatti* ; **5**. *Kathāvatthu* ; **6**. *Yamaka* ; **7**. *Paṭṭhāna*.

Ābhidhammikās. Savants versés dans l'*Abhidhamma-piṭaka* ; commentateurs anciens de l'*Abhidhamma-piṭaka* ; les spécialistes dans les théories de l'*Abhidhamma-piṭaka*.

Agrégats (*khandhā* ; skt. *skandhāḥ*). Cinq groupes de phénomènes de la « personnalité » : **1**. agrégat des matières, les formes physiques (*rūpakkhandha*) ; **2**. agrégat des sensations (*vedanākkhandha*) ; **3**. agrégat des perceptions (*saññākkhandha*) ; **4**. agrégat des composants volitionnels, compositions mentales (*saṅkhārakkhandha*) ; **5**. agrégat des consciences (*viññāṇakkhandha*). Ces cinq agrégats se rassemblent pour produire chaque expérience de l'être individuel. Il faut bien distinguer la différence entre les cinq agrégats (*pañcakkhandhā*) et les cinq agrégats d'appropriation (*pañcūpādānakkhandhā*). Les cinq agrégats deviennent « cinq agrégats d'appropriation » seulement lorsqu'il y a un attachement (*upādāna*).

Ainsi ai-je entendu (*evaṃ me sutaṃ*). La plupart des **suttas* du corpus canonique commencent par cette formule attribuée à l'Āyasmanta Ānanda. Selon la tradition, quelques mois après le **parinibbāna* du Bouddha, c'est par cette formule qu'Ānanda rapporta, au premier concile, les sermons et les discussions qu'il avait entendus de la bouche du Bouddha, alors que celui-ci était encore vivant. Plusieurs textes bouddhiques en sanskrit composés très tardivement commencent aussi traditionnellement avec la phrase « *evaṃ mayā sṛutaṃ* ». Évidemment, ces textes n'ont rien à voir avec l'Āyasmanta Ānanda.

Ājīvakas. Groupe de religieux dont le chef était Makkhalī-Gōsāla, contemporain du Bouddha.

Amour universel (*mettā* ; skt. *maïtrī*). Bienveillance envers tous les êtres vivants ; amitié même à l'égard des ennemis ; la première des *quatre demeures sublimes (*brahmavihāra*).

Anatta. Non-Soi. ***Anatta-vāda.*** La théorie bouddhique niant l'existence d'une substance permanente quelconque chez les êtres, dans les choses ou dans les états mentaux. Ainsi, le bouddhisme rejette la notion de l'*ātman* personnel ou de l'*ātman* universel. Voir **Trois caractéristiques**.

Anāgāmi. Troisième et avant-dernière étape de la voie de la *libération. C'est en se débarrassant complètement de l'attachement aux plaisirs sensuels (*kāmarāga*) et de l'aversion (*paṭigha*) qu'on accède à cette étape. Voir **Sōtāpatti** et **Sakadāgāmi**.

Anāgāmin (litt. « celui qui est dans l'état de non-retour »). Celui ou celle qui atteint l'étape d'*anāgāmi. L'anāgāmin est quelqu'un qui a déraciné complètement les *cinq liens inférieurs.

Appropriation (*upādāna*). Attachement ; l'acte de s'approprier une chose, une notion ou un état mental en pensant « ceci est à moi, je suis ceci, ceci est mon Soi ».

Arahant (litt. « méritant »). Celui ou celle qui est libéré(e) de toute souillure mentale et de toute *entrave ; celui ou celle qui a atteint la quatrième et dernière étape de la voie de la libération ; le but du disciple. Celui-ci arrive à cette étape en se débarrassant complètement des cinq dernières souillures : l'attachement pour les existences matérielles subtiles (*rūpa-rāga*), l'attachement pour les existences immatérielles (*arūpa-rāga*), l'orgueil (*māna*), l'inquiétude (*uddhacca*) et l'ignorance (*avijjā*). Voir **Sōtāpatti, Sakadāgāmi** et **Anāgāmi**. Le terme arahant est aussi employé constamment dans les textes canoniques comme une épithète du Bouddha. Par exemple, « *itipi sō bhagavā arahaṃ sammā sambuddhō*... » (« Il est le Bienheureux qui est l'Arahant, l'Éveillé parfait... »). L'Éveil d'un Arahant est appelé *sāvaka-bōdhi* puisqu'il atteint l'Éveil en tant que disciple du Bouddha.

Ariya (skt. *āryan*). Adjectif employé souvent dans les Écritures canoniques pour indiquer ce qui est sublime, correct, juste et pur au sens philosophico-religieux, sans aucune connotation raciale. Antonyme : *anariya* (litt. « ignoble »). Voir **Noble**.

Āruppa (skt. *ārupya*). *Quatre états mentaux concentrés concernant les Sphères sans formes matérielles dites *arūpāyatana*.

Asseoir (s') à l'écart sur un côté. Une manière respectueuse de s'asseoir pour discuter avec quelqu'un d'honorable, en ne se tenant ni trop près, ni trop loin, ni directement en face de lui, ni derrière lui. Les textes canoniques qui rapportent les sermons et les discussions mentionnent que tel ou tel interlocuteur qui est venu discuter avec le Bouddha « s'assit à l'écart sur un côté » (*ekam' antaṃ nisīdi*).

Ātman (*attā*). Âme ; Soi ; substance ; essence permanente personnelle ou universelle, niée par le bouddhisme.

Attention (*sati* ; skt. *smṛti*). Vigilance, présence de la pensée. Dans le sens ordinaire du mot, *sati* signifie la mémoire. La mémoire est un état mental concernant le passé, tandis que le mot *sati* (= *sammā sati*) dans la *Noble Voie octuple concerne le présent. C'est pourquoi le terme est traduit par vigilance ou par attention.

Auditeurs. Voir **Disciples**.

Avidité (*lōbha*). Convoitise ; une des trois racines des mauvais **kammas*. L'absence de convoitise (*alōbha*) est une des trois racines des *kammas* méritoires (*puñña kamma)* et des *kammas* efficaces (*kusala kamma*).

Āyasmanta. Appellation désignant, dans les textes canoniques, par respect et par affection, les disciples de l'époque du Bouddha.

Āyatana. Voir **Recueillements**.

Bhikkhu (skt. *bhiksu* ; litt. « celui qui mendie sa nourriture »). Nom commun pour identifier les renonçants bouddhistes par rapport aux autres religieux comme les *nigaṇṭhas, les *paribbājakas ou encore les *ājīvakas. Le terme bhikkhu (fém. bhikkhunī) fait référence au détachement pour les choses du monde et à la vie ascétique que le renonçant bouddhiste devait mener. Pour eux, la manière ordinaire d'obtenir la nourriture était d'aller quêter devant les maisons des fidèles laïcs. Cette quête prescrite dans leur discipline avait des caractéristiques spéciales, qui la différenciaient de la mendicité des vagabonds ou des clochards. D'une part, les bhikkhus (et les bhikkhunīs) allaient quêter seulement de la nourriture ; en effet, mendier ou accepter de l'argent étaient formellement interdits. D'autre part, ils arrêtaient leur tournée d'aumônes dès qu'ils avaient reçu suffisamment de nourriture, c'est-à-dire que leur mendicité était limitée à une demi-heure, au plus une heure par jour, et avait toujours lieu avant midi. Ainsi, la vie d'un bhikkhu dépendait de la générosité des laïcs. Mais, s'il profitait de cette générosité sans être vertueux, il était considéré *ipso facto* comme un usurpateur. En outre, il est impropre de traduire le terme bhikkhu par « moine » ou par

« bonze ». Le bhikkhu bouddhiste n'est pas un bonze (du portugais *bonzo* ; du japonais *bozu*), car il n'a aucune fonction sacerdotale ; au sens strict du terme, le mot « moine » ne lui convient pas non plus, puisqu'il n'est pas un solitaire.

Bhikkhu-saṅgha (fém. ***bhikkhunī-saṅgha***). La communauté des *bhikkhus (ou des *bhikkhunīs) ; la communauté des renonçants hommes (ou des renonçants femmes).

Bōdhisatta (skt. bōdhisattva). Personnage voué à l'Éveil ; nom commun employé pour désigner la personne héroïque qui est en train d'améliorer ses qualités intérieures – dites « *perfections » (*pāramī*) –, dont l'achèvement est nécessaire pour devenir un jour Bouddha. Dans l'Occident mal informé, le terme *bōdhisatta* est synonyme de divinité bouddhiste. Pourtant, un *bōdhisatta* naît souvent parmi les êtres humains pour le bien-être de ces derniers. Certains savants pensent que le concept de *bōdhisatta* est tardif et disent à tort qu'il date du Ier siècle après J.-C. Ainsi, ils tentent de minimiser la valeur de ce concept par rapport au bouddhisme originel. Il est vrai que la notion de *bōdhisatta* fut popularisée plus tard par divers commentaires et légendes, mais, dès le commencement du bouddhisme, elle avait sa place au cœur des enseignements, à travers le concept de bouddhéité*. En effet, les textes les plus anciens du corpus canonique (pāli) parlent souvent des Bouddhas du passé et des Bouddhas du futur, et les deux termes Bouddha et *Tathāgata sont indiqués au pluriel dans de nombreux passages de ces textes. En bonne logique, donc, affirmer la multitude des Bouddhas, c'est naturellement affirmer la pluralité des *bōdhisattas*, car s'il n'y avait pas de *bōdhisattas* anciens, il n'y aurait pas de Bouddhas du passé, et sans affirmer l'existence des *bōdhisattas* du passé et du présent, ces textes n'auraient pu parler des Bouddhas du futur. En outre, dans le corpus canonique, le terme *bōdhisatta* est employé dans deux contextes : soit, au singulier, pour désigner l'époque avant l'Éveil de la vie du Bouddha historique, soit, au pluriel, pour désigner de grands êtres qui se préparaient, se préparent et se prépareront à devenir un jour Bouddha.

Bouddha parfait (*sammā sambuddha*). Une épithète pour le Bouddha, qui désigne sa situation incomparable par rapport aux *Bouddhas solitaires et aux disciples *arahants. Selon le bouddhisme originel, ce n'est que très rarement qu'un Bouddha parfait naît dans le monde. Voir **Éveillé**, **Éveil parfait.**

Bouddha solitaire. Voir **Éveillé solitaire**.

Bouddhéité. Voir **Éveil.**

Brahmacariyā (skt. *brahmacaryā*). Voir **Conduite sublime**.

Canon bouddhique. Corpus canonique ; ensemble des textes canoniques. Le Canon bouddhique est divisé en trois parties : **1.** le *Sutta-piṭaka*, qui rassemble les sermons et les discussions du Bouddha et de ses disciples (laïcs et religieux) ; **2.** le *Vinaya-piṭaka*, qui définit le code disciplinaire de la vie monastique ; **3.** l'**Abhidhamma-piṭaka*, qui traite des aspects philosophiques et psychologiques de la doctrine. Voir le tableau *supra*, p. 28.

Choses composées (*saṅkhata*). Choses conditionnées, choses interdépendantes ; choses existant par des conditions interdépendantes. Selon la philosophie bouddhique, toutes les choses, sauf **nibbāna* (et l'espace vide), sont conditionnées et elles sont des conditions qui conditionnent les autres conditions. Le caractère important de toutes les conditions ou des choses conditionnées est l'impermanence (*aniccatā*), l'absence d'état satisfaisant (*dukkhatā*) et l'insubstantialité (*anattatā*). Voir **Trois caractéristiques.**

Cinq agrégats. Voir **Agrégats**.

Cinq entraves (*pañca nīvaraṇa*). Cinq empêchements dans la voie de la libération : **1**. la convoitise sensuelle (*kāmacchanda*) ; **2**. la malveillance (*vyāpāda*) ; **3**. la torpeur physique et mentale, et la langueur (*thīnamiddha*) ; **4**. l'inquiétude et le tracas (*uddhacca-kukkucca*) ; **5**. le doute (*vicikicchā*).

Cinq liens inférieurs (*ōrambhāgīya samyōjana*). États mentaux qui engendrent la naissance dans les existences (spirituellement) inférieures : **1**. la fausse opinion de la personnalité (*sakkāya diṭṭhi*) ; **2**. le doute (*vicikicchā*) ; **3**. l'attachement aux pratiques et préceptes divers (*sīlabbata parāmāsa*) ; **4**. le désir pour les plaisirs des sens (*kāma rāga*) ; **5**. l'aversion (*paṭigha*). Ces cinq substrats n'existent plus chez les êtres qui sont nés dans les existences supérieures, comme les domaines de sans-formes (*arūpa lōka*). Chez celui qui atteint l'étape d'*anāgāmi, ces cinq liens n'existent plus. Voir **Sōtāpatti** et **Sakadāgāmi**.

Cinq liens supérieurs (*uddhambhāgīya samyōjana*). États mentaux qui existent même chez les êtres qui ont atteint l'étape d'*anāgāmi : **1**. le désir pour les existences des formes subtiles (*rūpa rāga*) ; **2**. le désir pour les existences sans formes (*aruūpa rāga*) ; **3**. l'orgueil (*māna*) ; **4**. l'inquiétude (*uddhacca*) ; **5**. l'ignorance (*avijjā*). C'est en arrivant à l'état d'*Arahant que le disciple noble détruit ces cinq liens supérieurs.

Circumambulation (*padakkhinā* ; skt. *pradakṣinā*). Geste ancien employé pour saluer quelqu'un d'honorable et pour lui dire au revoir. Ce geste consiste à joindre les mains pour rendre hommage au personnage qu'on respecte tout en tournant lentement autour de lui et en le gardant toujours à sa droite. De nos jours encore, les bouddhistes font la circumambulation autour d'un **thūpa*.

Communauté des disciples (*sāvaka-saṅgha*). L'ensemble des laïcs et les renonçants qui ont atteint une des trois étapes de la libération : *sōtāpatti, *sakadāgāmi, *anāgāmi, ou l'état d'*Arahant. Voir **Disciples**.

Compassion (*karuṇā*). Pitié à l'égard des êtres souffrants ; la deuxième parmi les *quatre demeures sublimes (*brahma-vihāra*).

Compositions (*saṅkhāra*). Voir **Conditions.**

Concentration mentale (*samādhi*). Concentration stable atteinte par un exercice mental systématiquement pratiqué, notamment par l'une des méthodes de l'apaisement (*samatha*) de la pensée. Voir **Exercices mentaux**.

Conditions (*saṅkhāra*). Conditions qui conditionnent les autres conditions ; choses conditionnées ; éléments qui composent les autres compositions ; choses composées.

Conduite pure. Voir **Conduite sublime**.

Conduite sublime (*brahmacariyā*). L'ensemble de l'enseignement du Bouddha ; l'ensemble des théories et pratiques visant à la libération de la pensée. Ce terme est employé souvent comme synonyme de Doctrine (*dhamma*), qui comprend trois parties : la maîtrise des sens (*sīla*), la concentration mentale (*samādhi*) et la sagesse (*paññā*). Dans les textes concernant la vie monastique, l'expression *brahmacariyā* est employée souvent pour désigner la continence absolue.

Confiance sereine (*saddhā* ; skt. *sṛaddhā*). Conviction née de la compréhension d'un ou de plusieurs points doctrinaux. Tout en refusant la nécessité d'une dévotion ou d'une soumission inconditionnelle, le bouddhisme affirme la valeur d'une confiance sereine en tant que facteur préliminaire.

Conscience (*viññāṇa*, skt. *vijñāna*). *Continuum* des phénomènes mentaux ; connaissance. Il y a six sortes de conscience : **1**. la conscience visuelle (*rūpa viññāṇa*) ; **2**. la conscience auditive (*sadda viññāṇa*) ; **3**. la conscience olfactive (*gandha viññāṇa*) ; **4**. la conscience gustative (*rasa viññāṇa*) ; **5**. la conscience tactile (*poṭṭhabbha viññāṇa*) ; **6**. la conscience mentale (*mano viññāṇa*).

Coproduction conditionnée (*paṭicca-samuppāda* ; skt. *pratītya-samutpāda*). Production conditionnée ; conditions de **dukkha* ; processus des phénomènes mentaux et physiques qui constituent chaque expérience : « Conditionnées par l'ignorance se produisent les compositions mentales [*avijjā paccayā saṅkhārā*] ; conditionnée par les compositions mentales se produit la conscience (*saṅkhāra paccayā viññāṇaṃ*] ; conditionnés par la conscience se produisent les phénomènes mentaux et physiques [*viññāṇa paccayā nāmarūpaṃ*] ; conditionnées par les phénomènes mentaux et physiques se produisent les six sphères [fonctionnement des six facultés : l'œil, l'oreille, le nez, la langue, le corps et la pensée] [*nāmarūpa paccayā saḷāyatanaṃ*] ; conditionné par les six sphères se produit le contact [sensoriel et mental] [*saḷāyatana paccayā phassō*] ; conditionnée par le contact [sensoriel et mental] se produit la sensation [*phassa paccayā vedanā*] ; conditionnée par la sensation se produit la "soif" [*vedanā paccayā taṇhā*] ; conditionné par la soif se produit l'attachement [*taṇhā paccayā upādānaṃ*] ; conditionné par l'attachement se produit le *processus de re-devenir [*upādāna paccayā bhavō*] ; conditionnée par le processus du re-devenir se produit la naissance [*bhava paccayā jāti*] ; conditionnés par la naissance se produisent la décrépitude, la mort, les lamentations, les peines, les douleurs, les chagrins, les désespoirs [*jāti paccayā jarāmaraṇa sōka-parideva-dukkha-dōmassupāyāsā sabhavanti*]. De cette façon, se produit tout simplement ce monceau de *dukkha* [*evametassa kevalassa dukkhakhandhassa samudayō hōti*]. »

Demeures sublimes (*brahma-vihāra*). Voir **Quatre demeures sublimes**.

Désir (*taṇhā* ; skt. *tṛṣṇā*). « Soif », avidité ; la source principale de l'état d'insatisfaction (*dukkha*) ; l'un des éléments principaux qui lient l'être à la série des existences. Voir **Soif**.

Dhamma (skt. *dharma*). Terme aux significations diverses selon le contexte : la Doctrine du Bouddha ; la vérité ; la droiture ; la justice ; la moralité ; la nature de n'importe quelle chose.

Dhammās (skt. *dharmāh*). C'est la forme plurielle du terme *dhamma*. Elle a en outre plusieurs significations selon le contexte doctrinal : points doctrinaux, lois naturelles, phénomènes mentaux (les pensées, par exemple), choses matérielles ou immatérielles, conditions, choses conditionnées et choses inconditionnées. Dans certains contextes, tout ce qui est bon est désigné par le terme *dhamma*. Dans de tels cas, l'antonyme est *adhammā*.

Disciples (*sāvakā* ; skt. *sṛāvakā*). Disciples – laïcs et renonçants – du Bouddha. Littérairement, le mot *sāvaka* signifie « auditeurs ». Pourtant, dans les textes canoniques, ce terme ne désigne pas simplement des personnes qui écoutent, mais plutôt ceux qui vivent en suivant l'Enseignement qu'ils ont entendu et appris. Dans le contexte bouddhique, ces auditeurs et ces auditrices se répartissent en quatre catégories : **1**. mendiants religieux (*bhikkhus*) ; **2**. mendiantes religieuses (*bhikkhunīs*) ; **3**. disciples laïcs hommes *(upāsakās) ;* **4**. disciples laïques femmes *(upāsikās)*.

Disciple noble (*ariya sāvaka*). Expression canonique souvent employée pour désigner les disciples laïcs qui avaient une compréhension de la Doctrine ; « *sutavā ariyasāvakō* » (le disciple noble bien instruit) est l'antonyme d'« *asssutavā puthujjanō* » (le **puthujjana* non instruit).

Dix sortes de liens (*dasa saṃyōjana*). Voir **Cinq liens inférieurs** et **Cinq liens supérieurs**.

Doctrine et Discipline (*dhamma-vinaya*). L'expression canonique désignant l'ensemble des aspects théoriques et pratiques de l'Enseignement du Bouddha.

Dukkha (skt. *duhkha*). Dans son sens ordinaire, ce mot désigne la souffrance, la douleur, le chagrin, le malheur et le malêtre, en tant qu'expérience. Dans son sens spécial et philosophique, il désigne à la fois les conflits, le mal, l'absurdité, l'impermanence, l'état insatisfaisant qui réside dans toutes les *choses composées et conditionnées. C'est dans ce sens philosophique que le terme *dukkha* est employé en tant que la première Noble Vérité de l'Enseignement du Bouddha. Même le bonheur spirituel très pur est qualifié de *dukkha*, à cause de son impermanence et de son incapacité à donner une satisfaction définitive. Antonyme : **nibbāna*.

Écoulements mentaux toxiques (*āsavā*). Terme métaphorique pour désigner les souillures mentales, notamment : l'écoulement mental toxique dit « désir sensuel » (*kāmāsava*) ; l'écoulement mental toxique dit « devenir », désir de l'existence (*bhavāsava*) ; l'écoulement mental toxique dit « opinions » (*diṭṭhāsava*) ; l'écoulement mental toxique dit « ignorance » (*avijjāsava*).
L'*Arahant est constamment désigné dans les textes canoniques par l'épithète Khīṇāsava, c'est-à-dire « celui [ou celle] qui a épuisé les écoulements mentaux toxiques ».

Écritures canoniques. Voir **Canon bouddhique**.

Entrave. Voir **Cinq entraves**.

Égarement (*mōha*). Erreur ; illusion ; habitude mentale qui conduit l'être à se tromper encore et encore. L'une des trois racines des actes déméritoires (*pāpa kamma*) et des actes inefficaces (*akusala kamma*).

Équanimité (*upekkhā* ; skt. *upekṣā*). Impassibilité ; indifférence à l'égard des profits et des pertes (*lābha*, *alābha*), de la gloire et du déshonneur (*yasa*, *ayasa*), des éloges et des blâmes (*pasansā, nindā*), des bonheurs et des malheurs (*sukha, dukkha*) ; indifférence à l'égard de toute sensation agréable ou désagréable. L'équanimité est la dernière et la plus haute des *quatre demeures sublimes.

Êtres nobles. Voir **Nobles êtres**.

Éveil (*bōdhi*). État d'Éveil ; la bouddhéité ; l'ensemble des connaissances et des capacités mentales acquises par un *bōdhisatta lorsqu'il atteint l'état d'Éveil. Les textes canoniques parlent de trois sortes d'individus qui atteignent l'Éveil : le *Bouddha parfait (*sammā sambuddha*) ; le *Bouddha solitaire ; l'*Arahant. L'Éveil du premier est appelé *sammā-sambōdhi*. Celui du deuxième est nommé *pacceka-bōdhi*. Celui du troisième est appelé *sāvaka-bōdhi* (« l'Éveil en tant que disciple de Bouddha »).

Éveillé (*Buddha*). Celui qui atteint l'état d'*Éveil ; celui qui est arrivé à la plénitude de la sagesse (*paññā*) et de la *libération (*vimutti*) après avoir pratiqué les *perfections (*pāramī*) et après être parvenu sans l'aide de quiconque au plus haut sommet de la compréhension, tout en ayant la capacité d'expliquer au monde la voie parcourue. « Éveillé parfait » (*sammā sambuddha*) : épithète qualifiant le Bouddha. Voir **Éveillé solitaire.**

Éveillé parfait (*sammā sambōdhi*). Voir **Éveil** et **Éveillé.**

Éveillé solitaire (*pacceka buddha*). Un Pacceka Bouddha (« Éveillé pour soi-même ») est aussi un Bouddha, mais sans habileté à expliquer la voie qu'il a parcourue pour arriver à cet état – il est donc sans disciples, ce qui explique pourquoi il est appelé « Bouddha solitaire ». Les Bouddhas solitaires existent seulement dans les époques où l'Enseignement d'un Bouddha n'existe plus, c'est-à-dire que quelqu'un n'atteint cet état que lorsque l'Enseignement d'un Bouddha a complètement disparu. La valeur doctrinale de ce concept de « Bouddha solitaire » est la suivante : même en dehors du bouddhisme, quelqu'un peut atteindre l'Éveil. Autrement dit, le bouddhisme ne dit pas qu'il détient le monopole de la vérité. Une personne qui est née dans une époque où l'Enseignement du Bouddha n'existe plus va dans la forêt vivre comme un ermite. Par la pratique des méthodes contemplatives et par un grand effort, il tombe dans la voie correcte et atteint l'*Éveil. N'ayant pas la capacité d'expliquer la voie qu'il a parcourue, il n'apparaît pas à la société comme un maître religieux. Comme une fleur née dans la forêt et qui meurt dans la forêt, cet anachorète appelé « Bouddha solitaire », qui arrive à la cessation de **dukkha*, meurt seul, sans aucun disciple. Par là, le bouddhisme affirme qu'il y avait dans les époques prébouddhiques, des ascètes qui avaient atteint l'Éveil.

Exercices mentaux (*bhāvanā*). Exercices pour développer les capacités de la pensée bien entraînée, soit par des « méthodes fondées sur la forte concentration et la quiétude » (*samatha*), soit par des « méthodes fondées sur la vision analytique et pénétrante » (*vipassanā*). Les méthodes *samatha* donnent comme résultats les **jhānas* et les *recueillements, tandis que la libération de la pensée (*citta vimutti*) ne peut être réalisée que par les méthodes de *vipassanā* (sans forcément passer par les *jhāna*s et les recueillements). Les méthodes de *vipassanā* sont fondées sur les *quatre bases de l'attention. En outre, les connaissances liées à la vision analytique et pénétrante (*vipassanā-ñāṇa*) peuvent se produire chez quelqu'un qui a une compréhension suffisamment mûre, lorsqu'il écoute la parole du Bouddha. Voir **Quatre bases de l'attention**.

Facteurs d'Éveil (*bōdhi-aṅga = bojjhaṅga* ; skt. *bōdhyanga*). Qualités mentales qui constituent le moyen d'atteindre la sagesse parfaite dite *Éveil ; facteurs aidant à atteindre l'Éveil. Il y a sept facteurs : **1**. l'*attention (*sati*) ; **2**. l'analyse des choses (*dhamma-vicaya*) ; **3**. l'effort (*viriya*) ; **4**. la joie (*pīti*) ; **5**. la sérénité (*passaddhi*) ; **6**.la *concentration mentale (*samādhi*) ; **7**. l'*équanimité (*upekkhā*).

Haine (*dōsa*). Mauvaise volonté, aversion, colère, y compris le moindre mécontentement envers soi-même. La haine est l'une des trois racines des mauvais *kammas* et des *kammas* inefficaces (*akusala kamma*).

Hīnayāna (« petit véhicule »). Terme péjoratif employé par les mahāyānistes et les vajrayānistes pour dénigrer les anciennes écoles du bouddhisme. Ce terme n'est plus employé dans les milieux bien informés en la matière.

Huit sections de la Voie Noble. Voir **Noble Voie octuple**.

Illusion (*mōha*). Voir **Égarement**.

Jaïnas. Adeptes du *jaïnisme.

Jaïnisme/Jinisme. Religion non brāhmanique contemporaine du Bouddha, dont le chef était le célèbre Jina Mahāvīra. Cette religion est toujours florissante en Inde. Voir **Nigaṇṭhas**.

Jaṭilas. Communauté d'ascètes assez connue dans le royaume des Magadhans. Plusieurs groupes de jaṭilas étaient installés au bord de la rivière Neranjarā, près de Gayā. Tous ces ascètes appartenaient à une communauté religieuse d'origine brāhmane, portant la chevelure tressée et enroulée en un gros chignon sur la tête. Ils prêtaient une grande valeur au feu sacrificiel perpétuellement allumé dans leurs ermitages. Toutefois, contrairement aux brāhmanes orthodoxes, les jaṭilas effectuaient ces sacrifices du feu sans immoler d'animaux. Les jaṭilas soutenaient aussi la théorie du **kamma*. Cela explique la sympathie spéciale de la communauté bouddhique de l'époque à leur égard.

Jhānas (skt. *dhyāna*). Absorptions, quatre états mentaux qu'on atteint par la haute concentration mentale.

Kamma (skt. *karman*). Acte ; œuvre, action ; action volitive. Ce terme est employé communément pour désigner tous les actes bons, mauvais et neutres. *Akusala kamma* : actes inefficaces. *Kusala kamma* : actes efficaces. *Pāpa kamma* : actes déméritoires, actes négatifs. *Puñña kamma* : actes méritoires, actes positifs. *Kamma vipāka* = *kamma phala* : fruits (résultats) des actes commis.

Kappa (skt. *kalpa*). Terme dont le sens varie selon le contexte : **1.** l'âge de vie : la durée maximale d'une vie (c'est-à-dire : cent vingt ans) ; **2.** l'âge du monde : l'ère cosmique de plusieurs millions d'années ; **3.** une chose ou une occasion convenable et choisie ; **4.** la pratique ; **5.** la règle ; **6.** la manière de faire ou la manière d'être. L'adjectif *kappa* est employé pour qualifier diverses situations particulières telles que vivre (seul) comme un rhinocéros (*kaggavisāna-kappa*) ou encore pour désigner le fait d'amener du sel dans une corne *(siṅgalōna-kappa*), un point marqué sur les vêtements monastiques désignant la conformité aux règles disciplinaires (*kappa bindu*), etc.

Khattiyas (skt. *kṣatriyas*). Caste des guerriers aristocrates ; caste royale ; nobles ; membres des familles de la haute aristocratie.

Libération (*vimutti*, skt. *vimukti*). Libération par rapport aux souillures mentales ; synonyme de **nibbāna* ; libération par rapport au **sansāra* ; libération par rapport à **dukkha*.

Mahāyāna (litt. « grand véhicule »). Forme du bouddhisme développé tardivement. Des écoles telles que Mādyamika, Yōgācāra (Vijñānavāda), etc., appartenaient au bouddhisme du Mahāyāna. Plus tard, de nombreuses écoles comme Lōkōttaravāda ont été créées. Certaines parmi elles s'étaient plus ou moins approprié des théories et des pratiques tantriques empruntées à l'hindouisme. Ces diverses écoles du bouddhisme mahāyāna se sont propagées en Chine, au Japon et en Corée.

Naissance (*jāti*). Apparition, résultat du processus du re-devenir (*bhava*). Dans la *coproduction conditionnée, il est expliqué : « Conditionnée par le processus du re-devenir se produit la naissance » (*bhava paccayā jāti*).

Nibbāna (skt. *nirvāṇa*). « Extinction » de toute souillure mentale ; absence des *cinq agrégats d'appropriation ; « extinction » de **dukkha* ; *summum bonum* du bouddhisme. Voir aussi **Parinibbāna**.

Nigaṇṭhas. Disciples du grand chef religieux Jina Mahāvīra (connu dans les textes bouddhiques sous le nom de Nigaṇṭha Nāthaputta), contemporain du Bouddha ; les membres de la communauté monastique du *jaïnisme ; le terme *nigaṇṭha* signifie « sans liens ». Dans les textes bouddhiques, il est traduit parfois par « sans vêtements ».

Noble (*ariya* ; skt. *āryan*). Adjectif employé souvent dans les Écritures canoniques pour désigner ce qui est sublime, correct, juste et pur au sens philosophico-religieux, sans aucune connotation raciale. Par exemple : *Noble vérité (*ariya sacca*), *Noble Voie octuple (*ariya aṭṭhaṅgika magga*), *Nobles êtres (*ariya puggala*), etc.

Noble Voie octuple (*ariya aṭṭhaṅgika magga*). Chemin de la cessation de *dukkha* avec ses huit sections : **1**. le point de vue correct (*sammā diṭṭhi*) ; **2.** la pensée correcte (*sammā saṅkappa*) ; **3.** la parole correcte (*sammā vācā*) ; **4.** l'action correcte (*sammā kammanta*) ; **5.** le moyen d'existence correct (*sammā ājīva*) ; **6.** l'effort correct (*sammā vāyāma*) ; **7.** l'*attention correcte (*sammā sati*) ; **8.** la concentration mentale correcte (*sammā samādhi*). La voie est une expression figurative. Les huit étapes signifient les huit facteurs mentaux. Ils sont interdépendants et interactifs et, dans leur niveau le plus haut, ils fonctionnent simultanément, et non l'un après l'autre. La Noble Voie octuple est aussi appelée « la voie du milieu » (*majjhimā paṭipadā*).

Nobles êtres (*ariya puggala*), **êtres nobles**. Épithète s'appliquant aux Bouddhas, aux *Bouddhas solitaires et aux individus qui ont atteint l'une des quatre étapes : *sōtāpatti, *sakadāgāmi, *anāgāmi, *arahant.

Nobles vérités (*ariya sacca*). Les quatre nobles vérités sont : **1**. **dukkha* ; **2**. l'apparition de *dukkha* ; **3**. la cessation de *dukkha* ; **4**. le chemin de la cessation de *dukkha*. Certains savants traduisent ces quatre vérités par « quatre vérités saintes » ou par « quatre vérités mystiques ». Ces traductions sont incorrectes. Ces quatre vérités ne sont pas des vérités saintes, ni mystiques, ni ésotériques, mais les vérités d'une analyse noble (*ariya*) par rapport à des analyses ignobles (*anariya*).

Paribbājakas. Groupe d'ascètes brāhmaniques contemporains du Bouddha. Ceux-ci appartenaient à plusieurs écoles. Certains jeunes brāhmanes, ayant terminé leur éducation traditionnelle, devinrent parfois paribbājakas à titre provisoire, avant d'entrer définitivement dans la vie séculière. Cependant, le plus souvent, les paribbājakas demeuraient perpétuellement des religieux errants. En général, les paribbājakas étaient érudits et très ouverts aux idées philosophico-religieuses qui différaient des leurs.

Parinibbāna (skt. *parinirvāṇa*). Cessation complète ; extinction complète et définitive ; fin totale de la série des existences ; terme employé pour désigner la fin de la vie des Bouddhas, des *Bouddhas solitaires et des *Arahants. Pour celui qui a atteint la cessation complète, il n'y a plus de re-devenir (*punabbhava*) ni de renaissance. Le terme « mort » (*maraṇa*) n'est jamais employé pour désigner la fin de la vie d'un Arahant, d'un Bouddha ou d'un Bouddha solitaire. En outre, la notion « entièrement éteint » (*parinibbuta*) est aussi employée pour qualifier l'état mental d'un Bouddha, d'un Bouddha solitaire ou d'un Arahant. C'est dans ce contexte que les Écritures canoniques emploient deux expressions : « *sōpādisesa parinibbāna* » (la cessation complète avec reste des substrats [de la vie]) et « *anupādisesa parinibbāna* » (la cessation complète sans reste des substrats [de la vie]). La première correspond à l'extinction complète des souillures tout en gardant les substrats correspondant à la vie, c'est-à-dire la paix intérieure (l'extinction des souillures mentales) atteinte par un Bouddha, un Bouddha solitaire ou un Arahant ; la seconde désigne la fin de sa vie. Selon la première expression, celui qui a déraciné les souillures mentales est déjà « entièrement éteint » (*parinibbuta*), même avant la fin de sa vie. Ainsi, le « *sōpādisesa parinibbāna* » est considéré comme « *kilesa parinibbāna* » (l'extinction complète des souillures mentales) et le « *anupādisesa parinibbāna* » est synonyme de « *khandha parinibbāna* » (l'extinction complète des agrégats). Il ne faut pas confondre, d'une part, les substrats correspondant à la vie (*upādi*) avec les appropriations (*upādāna*), et, d'autre part, les *agrégats (*khandhā*) avec les agrégats d'appropriation (*upādānakkhandhā*). En outre, l'expression « entrer dans le *parinibbāna* » est complètement erronée.

Perfections (*pāramī* ; *pāramitā*). Pratiques effectuées par un **bōdhisatta* afin d'atteindre l'*Éveil. Selon la tradition pāli, elles sont au nombre de dix : **1**. la générosité (*dāna*) ; **2**. la haute moralité (*sīla*) ; **3**. le renoncement (*nikkhamma*) ; **4**. la sagesse (*paññā*) ; **5**. l'effort énergique (*viriya*) ; **6**. la patience (*khanti*) ; **7**. l'honnêteté (*sacca*) ; **8**. la détermination (*adhiṭṭhāna*) ; **9**. la bienveillance (*mettā*) ; **10.** l'*équanimité (*upekkhā*).

Petit véhicule. Voir **Hīnayāna**.

Plaisir des sens (*kāma*). Plaisir des cinq sens ; plaisirs sensuels. « *Kāma taṇhā* » : la « soif » des plaisirs sensuels.

Processus de re-devenir (*bhava*). Continuité de la série des existences ; continuité des expériences que le **puthujjana* s'est appropriées ; résultat de l'attachement (*upādāna*). Dans la *coproduction conditionnée, il est expliqué : « Conditionné par l'attachement se produit le processus de re-devenir » (*upādāna paccayā bhavō*).

Progrès intérieur. Progrès spirituel ; progrès dans la vie intérieure atteinte par une compréhension permettant un changement radical du point de vue envers soi-même et envers le monde extérieur.

Puthujjana (skt. *pratagjana*). « Individu séparé » (à cause de ses appropriations) ; individu ordinaire qui n'a éliminé aucune souillure mentale. Ce terme est employé dans les sermons du Bouddha pour désigner les personnes qui n'ont pas atteint au moins l'étape de *sōtāpatti. « *Assutavā puthujjanō* » : individu non instruit (dans le *dhamma*). L'antonyme de cette expression est « *sutavā ariyasāvakō* » (le disciple noble bien instruit).

Quatre bases de l'attention (*cattārō satipaṭṭhānā*). Demeurer attentivement en observant le corps physique selon les fonctions du corps physique (*kāye kāyānupassī*), en observant les sensations selon les fonctions des sensations (*vedanāsu vedanānupassī*), en observant la pensée selon les fonctions de la pensée (*citte cittānupassī*), en observant les objets mentaux selon les fonctions des objets mentaux (*dhamme dhammānupassī*).

Quatre bases de puissance surnaturelle (*iddhipāda*). Ce sont : **1**. l'attention (*canda*) ; **2**. la pensée (*citta*) ; **3**. l'effort énergique (*viriya*) ; **4**. l'investigation (*vīmansa*). Celui qui développe une forte *concentration mentale dans ces quatre domaines atteint un « savoir-faire » pour accomplir des miracles.

Quatre demeures sublimes (*brahma-vihāra*). Quatre états mentaux sublimes sans limites (*aparimāṇa*) qu'un bouddhiste (laïc ou renonçant) doit développer : **1**. la bienveillance et l'amour (*mettā*) à l'égard de tous les êtres vivants ; **2**. la compassion (*karuṇā*) à l'égard des personnes en difficulté ; **3**. la joie sympathique (*muditā*) pour le succès des autres ; **4**. l'*équanimité (*upekkhā*) vis-à-vis de ses propres expériences, qu'elles soient agréables ou désagréables.

Quatre étapes de la libération. Ce sont : **1.** *sōtāpatti ; **2.** *sakadāgāmi ; **3.** *anāgāmi ; **4.** *arahant.

Quatre nobles vérités. Voir **Nobles vérités.**

Recueillements (*āyatana*, *samāpatti*). Il y a quatre sphères atteintes par la haute concentration mentale fondée sur les *exercices mentaux : **1**. la Sphère de l'espace infini (*ākāsānancāyatana*) ; **2**. la Sphère de la conscience infinie (*viññāṇañcāyatana*) ; **3**. la Sphère du néant (*ākiñcaññāyatana*) ; **4**. la Sphère sans perception ni non-perception (*nevasaññānāsññāayatana*). Ces quatre états mentaux concernent les sphères sans formes matérielles. C'est pourquoi ils sont appelés aussi *āruppa* (skt. *ārupya*). Pour atteindre ces sphères mentales, il faut dépasser les quatre **jhānas*. Pourtant, ni les *jhānas* ni les *āyatanas* ne sont des étapes essentielles pour atteindre le **nibbāna*.

Re-devenir (*punabbhava* ; skt. *punarbhava*). Voir **Renaissance.**

Renaissance. Re-devenir ; réexistence, réapparition des phénomènes mentaux et physiques (*nāma-rūpa santati*) selon les conditions présentées et selon les circonstances données. La renaissance du bouddhisme correspond, d'une part, à la notion de la continuité de la série des existences (**sansāra*), et, d'autre part, à la doctrine de la *coproduction conditionnée (*paṭicca samuppāda*). C'est pourquoi le terme hindou « réincarnation », lié essentiellement à la notion de l'**ātman*, ne convient pas pour désigner la « renaissance » bouddhique.

Sakadāgāmi. Deuxième étape de la voie de la *libération. On arrive à cette étape en se débarrassant partiellement de deux *souillures mentales (parmi les *cinq liens inférieurs) : le désir pour les plaisirs des sens (*kāma rāga*) et l'aversion (*paṭigha*). C'est en arrivant à l'étape d'*anāgāmi qu'on se débarrasse complètement de ces deux souillures.

Sakadāgāmin (litt. « celui qui ne revient qu'une seule fois »). Celui (ou celle) qui a atteint l'étape de *sakadāgāmi.

Sākyas (litt. puissants). Guerriers aristocrates ; parents du prince Gōtama.

Samanas et brāhmanes (*samaṇa-brāhmaṇā*). Cette expression est employée fréquemment pour désigner dans leur ensemble les religieux et les savants contemporains du Bouddha, à savoir les ermites, les religieux errants, les semi-anachorètes, les *bhikkhus bouddhistes ou jaïnistes, les **jatilas*, les **ājīvakas*, les *paribbājakas, les érudits sur les sujets religieux, divers prêtres et autres sages. Bref, toutes les personnes qui ont un lien avec la matière spirituelle, y compris les philosophes. Utilisée dans divers contextes par les textes bouddhiques, l'expression peut signifier tout simplement « les hommes religieux ».

Saṅkhāra (skt. *saṃskāra*). Voir **Conditions.**

Sansāra (skt. *saṃsāra*). Le cycle des renaissances ; transmigration ; la série des existences, l'errance dans le cycle des événements en s'appropriant des sensations agréables et désagréables.

Sept facteurs d'Éveil. Voir **Facteurs d'Éveil**.

Six sphères des sens. Voir **Sphères extérieures** et **Sphères intérieures**.

Soi (*attā*; skt. *ātman*). Voir ***ātman***.

Soif (*taṇhā*; skt. *tṛṣṇā*). Terme désignant les désirs qui se produisent encore et encore : la « soif » des plaisirs sensuels (*kāma taṇhā*); la « soif » d'existence (*bhava taṇhā*); la « soif » de la non-existence (*vibhava-taṇhā*).

Sōtāpanna (litt. « celui ou celle qui est entré[e] dans le courant [de la libération] »). Désigne celui ou celle qui a atteint l'étape de *sōtāpatti.

Sōtāpatti. Première étape de la voie de la *libération. On arrive à cette étape en se débarrassant des trois premiers des *cinq liens inférieurs : la fausse opinion de la personnalité (*sakkāya diṭṭhi*), le doute (*vicikicchā*) et l'attachement aux pratiques et préceptes divers (*sīlabbata parāmāsa*).

Souillures mentales (*kilesa*; skt. *kleṣa*). Terme métaphorique désignant les états mentaux négatifs qui engendrent **dukkha*. Voir **Cinq liens inférieurs, Cinq liens supérieurs**.

Sphères extérieures (*bāhirāyatana*). Désigne les six organes sensoriels : **1**. l'œil (*cakkhu*); **2**. l'oreille (*sōta*); **3**. le nez (*ghāna*); **4**. la langue (*jivhā*); **5**. le corps (*kāya*); **6**. la pensée (*mana*).

Sphères intérieures (*ajjhattikāyatana*). Désigne les six objets sensoriels : **1**. les formes (*rūpā*); **2**. les sons (*saddā*); **3**. les odeurs (*gandhā*); **4**. les saveurs (*rasā*); **5**. les choses tangibles (*phoṭṭabbā*); **6**. les pensées (*dhammā*).

Stūpa. Voir ***Thūpa***.

Sugata (litt. Bien-venu). Bien arrivé à son but ; bien arrivé à la destination où sont arrivés les autres Bouddhas ; épithète s'appliquant au Bouddha tout comme le terme *Tathāgata.

Sutta (litt. « fil »). Un *sutta* (skt. *sūtra*) est un texte canonique court ou long contenant un sermon ou une discussion du Bouddha ou de l'un de ses disciple laïc ou religieux. Le mot symbolique « fil » (*sutta*) signifie l'affinité entre divers textes canoniques, car un *sutta* est souvent complémentaire.

Sutta-piṭaka. Voir **Canon bouddhique**.

Tathāgata. Épithète s'appliquant au Bouddha. Ce terme est employé par le Bouddha dans ses sermons quand il se réfère à lui-même ou aux autres Bouddhas. Le sens littéral du mot est « celui qui est arrivé ainsi » ou « celui qui est parti ainsi ». Dans ce sens, tous les êtres libérés sont des Tathāgata. Dans certains contextes doctrinaux, dans les Écritures canoniques, le terme Tathāgata est employé pour désigner tout simplement l'être individuel (*sattā*).

Tevijjā (skt. *trividyā, trayi-vidyā*). Trois sciences, trois connaissances : **1**. la connaissance permettant de se rappeler ses propres vies antérieures (*pubbenivāsānussati-ñāṇa*) ; **2**. la connaissance permettant de constater comment et où les autres renaissent après leur mort (*cutūpapāta-ñāṇa*) ; **3**. la connaissance permettant de détruire ses *souillures mentales (*āsavakkhaya- ñāṇa*). Ce n'est pas par hasard que les bouddhistes les ont désignées par l'expression « trois sciences », puisque, selon le concept brāhmanique relatif à la connaissance, les « trois sciences » (*trividyā*) véritables n'étaient autres que l'érudition concernant les trois Veda. Ainsi, le bouddhisme a apporté une nouvelle connotation pour le terme « trois sciences ».

Theravāda (skt. Sthaviravāda). Dires des Anciens ; école des Anciens. Le terme Theravāda désigne le tronc original du bouddhisme qui a été créé par les Anciens après le *parinibbāna** du Bouddha, en présentant la doctrine de celui-ci sous l'étiquette monastique et en conférant aux laïcs une grande responsabilité pour soutenir la « religion » en tant que défenseurs, critiques et donateurs. Très tôt, les Anciens (*Therā* ; skt. *Sthavirāh*) ont établi leurs textes en langue pāli. Rappelons en outre que seul le Canon des Theravādins nous est parvenu dans son intégralité et dans sa langue originelle. De nos jours encore, le bouddhisme du Theravāda est accepté et pratiqué principalement en Birmanie, en Thaïlande, au Cambodge, au Laos, au Sri Lanka, à Chittagong et dans une partie du Vietnam.

Thūpa (skt. *stūpa*). Tumulus à reliques, parfois appelé *cetiya* (cinghalais : *caïtyaya*, *sëya*). Au début, le *thūpa* était un dôme hémisphérique plein (*aṇḍa*), construit en briques ou en pierres, reposant sur une terrasse circulaire servant aussi de déambulatoire (*pradakṣiṇāpatha*), et à laquelle on accédait par quatre escaliers (*sōpāna*). Le dôme était surmonté d'un kiosque carré (*hermikā*) où venait se fixer une hampe (*yasṭi*) supportant une série de parasols (*cattrāvali*). Au milieu du dôme se trouvait une chambre murée contenant des reliques (*dhātu garbha*). Au cours du temps, l'apparence extérieure du *thūpa* a changé.

Toxiques mentaux (*āsava*). Voir **Écoulements mentaux toxiques.**

Trois caractéristiques (*tilakkhaṇa* ; skt. *trilakṣaṇa*). Désigne trois phénomènes de la vie, de l'univers et du cycle d'existences : **1**. l'impermanence (*anicca*) ; **2**. l'insatisfaction (*dukkha*) ; **3**. le Non-Soi (*anatta*). Dans la philosophie bouddhique, ces trois caractéristiques correspondent aux trois théories suivantes : toutes les conditions (et toutes les choses conditionnées) sont impermanentes (*sabbe saṅkhārā aniccā*) ; toutes les conditions (et toutes les choses conditionnées) sont insatisfaisantes (*sabbe saṅkhārā dukkhā*) ; toutes les choses conditionnées ou non conditionnées sont dépourvues de Soi (*sabbe dhammā anattā*).

Trois corps (*trikāya*). Concept créé et développé par le bouddhisme du Mahāyāna, selon lequel le Bouddha possède trois corps : le corps de jouissance (*sambhōga-kāya*), qu'il utilise, le corps de création (*nirmāṇa-kāya*) et le corps de la Loi (*dharma-kāya*), qui est la nature éternelle du Bouddha. Il est possible que cette doctrine ait été créée par les brāhmanes savants qui se sont convertis, un peu malgré eux, au bouddhisme, celle-ci leur étant très utile pour y « ranger » leurs anciennes théories théistes. De toute façon, c'est une doctrine complètement étrangère au bouddhisme originel, et dans le Canon pāli, il n'y a pas la moindre allusion à un tel concept. En outre, la tradition pāli a toujours rejeté l'idée que le corps du Bouddha était surhumain ou qu'il possédait un corps éternel. Aux yeux du bouddhisme originel, le *dharma kāya* n'est autre que le corpus canonique, c'est-à-dire l'ensemble des points doctrinaux énoncés par le Bouddha.

Trois joyaux. Ce sont : **1**. le Bouddha ; **2**. la *Doctrine (*dhamma*) ; **3**. la *communauté des disciples (*sāvaka-saṅgha*).

Trois refuges. Ce sont : **1**. le Bouddha ; **2**. la *Doctrine (*dhamma*) ; **3**. la *communauté des disciples (*sāvaka saṅgha*). Prendre ces « trois refuges » implique l'acceptation implicite et explicite d'imiter, d'admirer et de soutenir le Bouddha, son Enseignement ainsi que la communauté des disciples (laïcs et religieux) qui ont atteint une des *quatre étapes de la *libération : *sōtāpatti, *sakadāgāmi, *anāgāmi et *arahant.

Upōsatha. Jours qui portent ce nom ; les huitième et quinzième jours de la lune croissante et de la lune décroissante, quatre fois dans le mois.

Vinaya-piṭaka. Voir **Canon bouddhique.**

Voie du milieu (*majjhimā paṭipadā*). Voir **Noble Voie octuple**.

Table

Du même auteur

Le Moine bouddhiste selon les textes du Theravāda
(préface d'André Bareau)
Éditions du Cerf, « Patrimoines », 1983

Le Culte des dieux chez les bouddhistes singhalais
Éditions du Cerf, 1987 (épuisé)

Le Bouddha et ses disciples
(avec la traduction intégrale de vingt-cinq textes
du canon bouddhique)
Éditions du Cerf, « Patrimoines », 1990

Buddhist Monastic Life
Cambridge-New York, Cambridge University Press,
1990 ; 2e éd., 1994

Les Moniales bouddhistes.
Naissance et développement
du monachisme féminin
Éditions du Cerf, « Patrimoines », 1991

« Le bouddhisme dans les pays du Theravāda »
in *Jean Delumeau,* Le Fait religieux
Fayard, 1993

La Philosophie du Bouddha
(avec la traduction intégrale de 10 textes
du Canon bouddhique)
(préface de Guy Bugault)
Sagesse, Lyon, 1995 ; 2e éd., Éditions Lis, 2000

Au-delà de la mort. Une explication
sur les renaissances et les karmas
(avec la traduction intégrale de 10 textes
du Canon bouddhique)
Éditions Lis, 1996

Le Dernier Voyage du Bouddha
(avec la traduction intégrale du *Mahā-Parinibbāna-sutta*)
Éditions Lis, 1998

Les Entretiens du Bouddha. La traduction intégrale
de 21 textes du Canon bouddhique
Éditions du Seuil, « Points Sagesses », 2001

Buddhist Nuns. The Birth and Development
of a Women's Monastic Order
Colombo, Wisdom Puwblishers, 2001

Le Renoncement au monde dans le bouddhisme
et dans le christianisme
Éditions Lis, 2002

La traduction complète du *Dīgha-nikāya*
est à paraître en 2006.

RÉALISATION : CURSIVES À PARIS
IMPRESSION : NORMANDIE ROTO IMPRESSION s.a.s. À LONRAI
DÉPÔT LÉGAL : FÉVRIER 2006. N° 81572 (06-0168)
IMPRIMÉ EN FRANCE